De mon sang

www.castelmore.fr

Amanda Hocking

DE MON SANG

Tome 1

Traduit de l'anglais (États-Unis)
par Florence Cogne

CASTELMORE

Titre original : *My Blood Approves*

Loi nº 49-956 du 16 juillet 1949 sur les publications destinées à la jeunesse

Dépôt légal : juin 2012

ISBN : 978-2-36231-053-9

CASTELMORE
60-62, rue d'Hauteville – 75010 Paris
E-mail : info@castelmore.fr
Site Internet : www.castelmore.fr

Chapitre premier

Jane piétinait, les bras couverts de chair de poule, au moins en partie à cause du froid. Mais elle prétendait que c'était seulement parce qu'elle en avait marre de patienter dans la file, et soutenait que fumer cigarette sur cigarette la réchauffait.

— J'en ai ras le bol, dit-elle en jetant d'une chiquenaude son mégot sur le trottoir mouillé avant de l'écraser de sa botte à talon aiguille.

— On devrait peut-être s'en tenir là pour ce soir, proposai-je.

Nos fausses cartes d'identité n'étaient pas aussi réussies que le contact de Jane l'avait promis, puisque nous étions sur le point de nous faire refouler d'une troisième boîte, si nous parvenions seulement à atteindre la porte.

Pour l'occasion, j'avais donné l'autorisation à Jane de choisir mes habits, si bien que rien ne m'allait et que mon décolleté était beaucoup trop profond pour les nuits fraîches du Minnesota. Une brume épaisse s'était installée, mais mon amie se refusait à frissonner ou à admettre que cela la gênait de quelque façon que ce soit. Elle comptait se soûler puis se taper un parfait inconnu, et je n'avais aucun moyen de la raisonner.

— Pas question ! s'écria-t-elle en secouant la tête. Je le sens bien, cette fois.

— Il est minuit passé, Jane.

Les chaussures à talons qu'elle m'avait prêtées me blessaient, et je me dandinais d'une jambe sur l'autre pour soulager mes pieds douloureux.

— J'ai juste envie de danser et de m'éclater ! pleurnicha-t-elle, ce qui la fit paraître bien plus jeune que ses dix-sept ans et réduisit encore nos chances d'entrer. Allez Alice, c'est ça, être jeune !

— J'espère vraiment que non, marmonnai-je.

Selon moi, faire la queue pendant des heures pour se voir refuser l'accès à plusieurs boîtes n'avait rien d'amusant.

— On pourra retenter le coup le week-end prochain, repris-je. Promis. Ça nous laissera le temps de nous procurer des papiers mieux contrefaits.

— Je n'ai même pas bu.

Malgré son expression boudeuse, je savais qu'elle commençait à flancher.

— Je suis sûre qu'on peut dénicher de l'alcool quelque part, lui assurai-je.

Jane en trouvait aussi facilement que moi de l'eau. Je ne comprenais pas de quoi elle se plaignait : partout où elle allait, la fête ne tardait jamais à faire son apparition.

— D'accord, soupira-t-elle, mais à charge de revanche !

Elle s'écarta de la file et nous partîmes en direction de mon appartement, laissant derrière nous les fumeurs ivres et les lumières scintillantes des discothèques.

— Comment ça ? répliquai-je.

— Tu m'obliges à rentrer tôt…

Après quelques mètres à peine, n'y tenant plus, je m'arrêtai et ôtai mes chaussures, préférant marcher pieds nus sur le bitume sale plutôt que risquer d'attraper de nouvelles ampoules. Un chewing-gum ou autre chose allait très probablement entrer en contact avec l'une de mes plaies et me donner la typhoïde ou la rage, un sort que j'estimais pourtant plus enviable.

Au fur et à mesure que nous nous éloignions des boîtes de nuit, les rues devenaient de plus en plus désertes. Il n'était pas prudent pour deux adolescentes de se promener dans le centre de Minneapolis.

— On devrait prendre un taxi, suggérai-je.

D'un mouvement de tête, Jane rejeta mon idée. Nous n'avions pas beaucoup d'argent, alors plus on avancerait, plus le trajet à payer serait court. J'habitais près de Loring Park, et nous ne pouvions pas rejoindre ce quartier à pied, même s'il n'était pas si loin que ça.

Quand un taxi vert et blanc nous dépassa, je le suivis d'un regard envieux.

— De toute manière, un peu d'exercice nous fera le plus grand bien, décréta Jane qui avait remarqué mon expression.

Je me demandais pourquoi j'acceptais toujours d'entrer dans ses combines. Cela l'amusait beaucoup plus que moi. Jouer les faire-valoir d'une fille plus séduisante n'était pas reluisant.

— Mais j'ai mal aux pieds, protestai-je.

— Il faut souffrir…

— … pour être belle, ouais, je sais, l'interrompis-je en râlant.

Elle s'alluma une autre cigarette et nous continuâmes à marcher en silence. Je savais qu'elle faisait la tête car nous n'avions pu entrer dans aucune boîte et qu'elle essayait de manigancer un nouveau plan palpitant dans lequel m'embarquer, mais cette fois, je ne me laisserais pas entraîner.

Lorsque les bruits de la circulation sur Hennepin Avenue se furent estompés, j'entendis des pas résonner derrière nous. Jane semblait n'avoir rien remarqué, mais j'avais l'impression tenace qu'on nous suivait.

Puis les pas commencèrent à s'accélérer et à s'amplifier, auxquels s'ajoutaient des souffles saccadés et des voix masculines étouffées.

Jane me décocha un regard paniqué, m'indiquant qu'elle aussi les entendait. Plus courageuse que moi, elle jeta un coup d'œil par-dessus son épaule.

J'allais lui demander ce qu'elle avait vu, quand elle se lança dans une course effrénée. Il ne m'en fallut pas plus. Je tentai de la rattraper, mais elle ne ralentit pas et conserva une longueur d'avance sur moi.

La rue débouchait sur l'entrée d'un parking souterrain. Elle se précipita à l'intérieur du bâtiment, et je l'imitai. Il y avait forcément d'autres endroits fréquentés, mais son choix s'était d'abord porté sur un garage mal éclairé.

Pour la première fois, je me risquai à regarder derrière moi. Dans la pénombre, je distinguai seulement quatre silhouettes imposantes d'hommes. Lorsqu'ils virent que je m'étais retournée, l'un d'eux se mit à me siffler.

Je courus de plus belle et m'aperçus que Jane avait disparu. Incapable de décider si je devais attaquer ou fuir, je me figeai.

— Par ici ! murmura alors mon amie.

À cause de la mauvaise acoustique du lieu, je ne pus déterminer d'où provenait sa voix et restai tétanisée sous la lumière jaune vacillante d'un néon, espérant une mort rapide et sans douleur.

— Salut fillette, susurra l'un des types d'un ton qui était tout sauf amical.

Je me retournai. Comme mes agresseurs avaient cessé de courir en même temps que moi, ils s'approchèrent sans se presser.

— Pourquoi tu cherches à éviter un bon moment ? me demanda un autre.

Pour une raison qui m'échappa, ses copains jugèrent cette réplique hilarante, et leurs rires se propagèrent dans tout le parking.

J'eus soudain la chair de poule. J'ouvris la bouche pour répondre ou pousser un cri, mais aucun son n'en sortit. Je me tenais dans une flaque d'eau froide et d'huile, et le néon au-dessus de ma tête décida de rendre l'âme pour de bon.

Je fermai les yeux pour ne pas voir ce que mes agresseurs s'apprêtaient à me faire subir. Ils parlaient entre eux, riaient et lançaient des blagues tordues, et je fus persuadée que j'allais mourir.

Quelque part dans mon dos s'éleva un crissement de pneus, mais je me contentai de serrer les paupières encore plus fort.

Chapitre 2

— Hé ! Qu'est-ce que vous faites ? cria quelqu'un à côté de moi.

Dès que j'entendis cette voix, je compris qu'elle n'appartenait pas à l'un de mes poursuivants et j'ouvris les yeux.

— En quoi ça te regarde ? grogna un grand tatoué, qui recula d'un pas.

Un véhicule venait de se garer sur ma droite, et ses phares projetaient leur lumière aveuglante droit sur moi.

— Je crois que vous devriez dégager, ordonna le nouveau venu.

Je lui jetai un coup d'œil furtif, sans réussir à distinguer ses traits, parce qu'il se tenait à contre-jour. Il faisait trop sombre, et je ne discernai que son tee-shirt rose.

Il s'avança encore, et mes agresseurs battirent en retraite. Ils ne bougèrent pas assez vite cependant, et la tache fuchsia et floue fondit soudain sur eux.

J'eus l'impression que l'obscurité et la peur m'empêchaient de me fier à ma vue. On aurait dit que le tee-shirt se déplaçait à une vitesse surnaturelle. Les types hurlèrent quand mon sauveur les percuta et ils s'enfuirent hors du parking.

Le temps que je cligne des paupières pour accoutumer mes yeux au noir, tout le monde avait disparu.

Enfin, pas exactement. Le néon au-dessus de ma tête ressuscita, et je découvris que le garçon en rose se tenait près de moi. Sur son torse se détachait l'inscription « LES VRAIS HOMMES PORTENT DU ROSE », en lettres noires majuscules.

Il paraissait plus âgé que moi, probablement la vingtaine, et n'était pas particulièrement grand ou costaud. Il semblait plus maigre que musclé, et j'avais du mal à imaginer ce qui avait fait fuir les autres.

Son visage, ouvert et amical, s'éclaira d'un sourire spontané que je ne pus m'empêcher de lui retourner, même si je venais de frôler la mort.

— Ça va ? demanda-t-il en me jaugeant du regard.

— Oui, répondis-je d'une voix que je ne me connaissais pas. Tu viens de me sauver la vie.

— C'est imprudent de rester seule dans un lieu pareil, répliqua-t-il sans relever mon allusion à son héroïsme.

— Je suis avec ma copine Jane, qui est quelque part par là.

Je me mis alors à la chercher des yeux. D'un côté, je lui en voulais de n'avoir rien tenté pour me secourir, mais il fallait avouer que je ne l'avais pas aidée non plus, et j'estimais que je ne devais pas me montrer plus exigeante envers elle que je ne l'étais envers moi-même.

— Deux filles ?

Il haussa un sourcil interrogateur.

— Je crois que Jane a une bombe lacrymogène sur elle, précisai-je sans conviction.

— Et où est-elle, cette soi-disant amie ?

À son tour, il scruta les environs avant de désigner une camionnette blanche stationnée à l'autre bout du parking.

— Je pense que c'est elle, là-bas, ajouta-t-il.

— Où ?

Je plissai les yeux dans la direction qu'il m'indiquait, mais ne vis rien.

— Là-bas, répéta-t-il en faisant un pas vers la Jetta noire garée près de moi. Viens, on va la récupérer, et ensuite je vous ramènerai chez vous en voiture.

Je fis le tour du véhicule pour m'installer sur le siège passager. L'idée de refuser ne m'effleura même pas. Pour une raison qui m'échappait, j'avais confiance en lui.

L'autoradio diffusait un morceau du groupe Weezer et, à la lueur bleutée qui émanait du tableau de bord, j'examinai mon sauveur pour la première fois. Si sa peau était sans défaut, ses cheveux étaient complètement en bataille.

Il accéléra pour traverser le parking et je détachai mes yeux de son visage pour regarder par la vitre. Jane était recroquevillée derrière la camionnette blanche, et je me demandai si elle avait pris la peine d'appeler la police ou qui que ce soit d'autre. Il s'arrêta à côté d'elle et baissa la vitre pour se pencher à l'extérieur.

— Jane ?

Elle se tourna vers lui. Après ce qui venait de se passer, je m'attendais à ce qu'elle prenne peur et tente même de s'enfuir. Au lieu de cela, elle lui jeta un regard très étrange. Elle semblait presque émerveillée.

— Salut, dit-elle.

Sa voix n'était pas aussi enjôleuse que d'ordinaire, même si j'étais certaine que c'était l'effet escompté.

— Jane, il propose de nous raccompagner. Monte, lui ordonnai-je quand je constatai qu'elle restait plantée là, bouche bée.

— D'accord.

Elle lui adressa un sourire avant de se glisser sur la banquette arrière.

— Comment te sens-tu ? m'enquis-je en me retournant pour la dévisager.

— Très bien, répondit-elle sans détacher les yeux du conducteur. Tu me présentes ton copain ?

— En vérité, on ne se connaît pas, lui avouai-je avant de me tourner vers lui.

— Je m'appelle Jack, enchaîna-t-il. Et tu es Jane. Et toi ? demanda-t-il en me regardant.

— Alice.

— Bon, je ne sais pas ce que vous en pensez les filles, mais moi j'aurais bien besoin d'une dose de caféine maintenant.

Il embraya et démarra en trombe sans attendre notre réponse. De toute façon, il ne s'agissait pas réellement d'une question, et d'ailleurs, aucune de nous n'aurait osé protester.

— Elle est vraiment chouette, ta voiture, commenta Jane.

Sa voix avait retrouvé cette nuance suave qui m'écœurait. Jack resta muet, jusqu'à ce que le silence devienne gênant.

— Est-ce que c'est Weezer ? demandai-je, histoire de meubler.

— Oui, acquiesça Jack.

— J'adore leur chanson *Pork'n Beans*.

Il s'empressa alors de sélectionner le titre en question.

— Je les ai vus lors de leur tournée avec le groupe Motion City Soundtrack, dit-il.

— Ah bon ? (Je fis mine de ne pas remarquer le regard furieux et agacé que Jane m'adressait.) J'aime beaucoup leur musique, poursuivis-je. Qu'est-ce qu'ils donnent sur scène ?

— Ils sont plutôt bons, lâcha-t-il avec un haussement d'épaules, avant de négocier un virage serré pour se garer devant un petit restaurant ouvert toute la nuit.

Nous sortîmes de la voiture et Jane trottina jusqu'à lui, puis lui prit le bras. Il ne sembla pas s'en réjouir, mais ne la repoussa pas pour autant.

Je profitai de la lumière vive des lampadaires pour le dévisager de nouveau. Outre son tee-shirt rose, il portait un bermuda Dickies, des chaussettes de sport et des Converse bleu ciel. Il m'évoquait plus une barbe à papa qu'un partenaire potentiel pour Jane.

— Et merde, m'écriai-je en baissant les yeux vers mes pieds, nus et sales.

Ils étaient couverts d'ampoules et d'huile, et si enflés que je n'envisageais pas un instant de les faire entrer de nouveau dans les chaussures de Jane.

— Qu'y a-t-il ? s'enquit Jack avant de suivre mon regard. Oh, tu n'as qu'à rester pieds nus.

— C'est impossible.

Je ne voyais pas vraiment d'autre solution, mais je ne pouvais pas entrer dans un restaurant sans chaussures.

— Tu n'as qu'à attendre dans la voiture, suggéra Jane avec un sourire victorieux.

Elle se serra un peu plus contre Jack, qui retira son bras et s'écarta d'un pas. Elle eut l'air déçue, mais je savais qu'elle ne s'avouerait pas vaincue si facilement.

— Non, ça va aller, insista-t-il. S'ils viennent t'embêter, je m'en chargerai.

— Ça veut dire quoi ? demandai-je.

Mais il m'avait déjà persuadée. Après tout, j'avais vu la manière dont il avait chassé une bande d'individus louches. L'équipe de nuit d'un pauvre restaurant n'aurait aucune chance contre lui.

Comme prévu, personne ne remarqua mon absence de souliers. Ni même ma présence, à vrai dire, ou celle de Jane. La serveuse n'avait d'yeux que pour Jack.

Il s'assit en premier et Jane s'installa aussitôt à côté de lui, puis il s'éloigna d'elle jusqu'à se plaquer contre la vitre. Je pris place en face d'eux ; Jack posa les avant-bras sur la table et se pencha vers moi.

— Je vous écoute, annonça la serveuse.

— Du café, répondit Jack. Ce sera tout. À moins que vous vouliez autre chose, les filles ?

— Non, c'est parfait, répliquai-je.

J'avais un petit creux, mais je me sentais gênée à l'idée de manger devant Jane et lui.

— Tu es sûr que tu n'as pas faim ? demanda Jane en lui caressant le bras.

Cette fois, il eut un véritable mouvement de recul.

— Certain, soupira-t-il. Mais j'aimerais bien, ajouta-t-il à voix basse.

— Pardon ? s'enquit la serveuse en se penchant vers lui pour l'entendre.

— Non, rien, lui assura Jack avec un sourire. Juste du café.

Comme la serveuse s'attardait à notre table, je la remerciai, et elle partit chercher notre commande.

— Merci encore de nous avoir sauvées, dit Jane en se pressant de nouveau contre lui. Si je peux faire quoi que ce soit pour te rendre la pareille, n'hésite pas.

Aucun doute, il se passait quelque chose de bizarre, sans que je puisse mettre le doigt dessus.

Jack avait le teint hâlé, ce qui était rare pour un habitant du Minnesota au mois de mars. Il se dégageait quelque chose de très enfantin de ses yeux, d'une étrange couleur bleu-gris, ainsi que du reste de sa personne d'ailleurs, mais excepté cela, à première vue, il n'était pas particulièrement séduisant.

— Est-ce que tu es connu ? lâchai-je.

Jane eut l'air suffisamment embarrassée pour nous deux, si bien que je ne pris pas la peine de rougir.

— Que veux-tu dire ? demanda-t-il, visiblement troublé.

— Tout le monde nous dévisage. Te dévisage, rectifiai-je.

Il se contenta de hausser les épaules et baissa les yeux vers la table, sans faire l'effort de vérifier mon affirmation.

— Je ne suis pas célèbre.

Il paraissait sur le point de développer, mais la serveuse revint avec trois tasses et un pichet de café.

— Désirez-vous autre chose ? demanda-t-elle.

— Non, merci, répondit sèchement Jane en plaquant sa main d'un geste possessif sur la cuisse de Jack jusqu'au départ de la serveuse.

Je posai les avant-bras sur la table et me penchai vers lui, puis chuchotai :

— Arrête ton char. Que se passe-t-il ?

— Je n'ai pas d'explication.

Il souleva la carafe et nous servit, avant de remplir la tasse de Jane.

— Tu le bois avec de la crème ou du sucre ? me demanda-t-il.

— Les deux.

J'étais tout à fait capable de m'en charger moi-même, mais il avait manifestement envie de s'occuper pour que je ne remarque pas qu'il esquivait ma question. Il ajouta de la crème en poudre et deux sachets de sucre à mon café puis remua la crème dans le sien avant de se caler contre le dossier de la banquette.

— Pareil pour moi, crème et sucre, intervint Jane.

Jack fit glisser les sachets vers elle.

— Donc, tu n'es pas célèbre ?

Je refusais de le laisser s'en tirer sans me répondre franchement.

— Je t'assure que non.

Il me décocha un sourire. J'en avais rarement vu d'aussi éblouissant, je dois l'avouer.

— C'est juste que ton visage m'est vraiment familier.

— Je sais, c'est dingue !

Il m'adressa un regard perplexe qui reflétait le mien.

— Alors, on s'est déjà vus quelque part ?

Dès que je prononçai ces mots, je compris que ce n'était pas cela non plus. J'étais presque certaine de ne jamais l'avoir rencontré, mais incontestablement, son visage me disait quelque chose.

— Ce n'est pas possible, expliqua-t-il en secouant la tête.

— Pourquoi ? demandai-je. Parce que tu viens d'emménager dans le coin ?

— C'est compliqué.

Il prit sa tasse comme s'il allait boire son café, mais ne la souleva pas.

Jane se résolut à avaler le sien en nous observant bavarder. Elle termina sa tasse et se resservit.

— En quoi ?

— Ça l'est, c'est tout, répliqua-t-il avec un nouveau sourire magnifique.

Il avait l'air d'un adolescent de quinze ans et, en même temps, semblait plus âgé que moi. Son regard paraissait à la fois très jeune et très vieux.

— Quel âge as-tu ? demandai-je sèchement.

À mon grand étonnement, il éclata de rire et je me surpris à trouver ce son encore plus incroyable que son sourire. Il avait le plus beau rire du monde : cristallin et parfait.

— Quel âge as-tu, toi ? rétorqua-t-il.

— Je t'ai posé la question en premier.

Je me renfonçai dans mon siège et croisai les bras. Il s'esclaffa de nouveau.

— Quelle importance ? Tu brûles de connaître ma réponse.

— J'ai dix-sept ans, soupirai-je.

— Et moi, vingt-quatre, avoua Jack avec un petit sourire narquois.

— Tu ne te sens pas un peu ridicule de sortir avec deux filles de notre âge ?

Dans un coin de mon esprit, l'aspect répréhensible de la situation ne m'échappait pas. Un garçon de cet âge n'avait pas à draguer deux adolescentes rencontrées par hasard. Pourtant, je me sentais à ma place et tout à fait en sécurité en sa compagnie dans ce restaurant.

— Je suis mature pour mon âge, lança Jane.

— Je crois me souvenir que sans mon intervention, vous seriez mortes.

Il posa de nouveau les avant-bras sur la table et se pencha davantage vers moi.

— D'ailleurs, que fichiez-vous là-bas ?

— On essayait d'entrer en boîte, mais j'avais les pieds en compote et j'ai voulu retourner à la maison, expliquai-je.

Il m'observa longuement avec une expression sérieuse qui détonnait sur son visage, puis secoua la tête et me resservit du café.

— Dans quelle discothèque avez-vous tenté votre chance ? s'enquit-il.

Il ajouta de la crème et du sucre à ma boisson. Il n'avait pas encore touché à la sienne, mais je décidai de ne pas en faire la remarque.

— Aucune idée, répondis-je en haussant les épaules.

D'ordinaire, je laissais Jane me traîner où bon lui semblait en espérant revenir chez moi en un seul morceau au petit matin.

— Et toi, que faisais-tu en ville ? Tu écumais les boîtes ? l'interrogeai-je.

— Certainement pas ! Je… je cherchais de quoi manger.

— À minuit ? m'étonnai-je.

— Je suis un couche-tard.

Il parut soudain se souvenir de l'heure, car il consulta une pendule accrochée au mur.

— Il se fait vraiment tard. Je devrais vous raccompagner chez vous.

— Je n'ai pas du tout sommeil, pépia joyeusement Jane.

Pas de chance pour elle, ce n'était pas mon cas.

Malgré le café et l'afflux d'adrénaline, plus tôt dans la soirée, je me sentais épuisée. J'avais envie de rester avec Jack, mais mon corps tout entier me faisait mal, surtout au niveau des jambes et des chevilles.

— Je commence à fatiguer.

Pour illustrer mon propos, je bâillai bruyamment.

Jack régla l'addition, même si je tentai d'abord de la payer. Elle ne s'élevait qu'à quelques dollars et étant donné mon état de fatigue, je n'insistai pas trop.

Lorsque je me levai, je chancelai, mais je parvins à rester debout. Pourtant, l'espace d'une seconde, je crus que Jack allait me soulever et me porter jusqu'à sa voiture. Jane avait dû avoir la même impression, parce qu'elle se glissa entre nous.

Une fois à l'intérieur du véhicule, je m'endormis presque instantanément. Je ne me souviens que d'une brève discussion à propos de celle qu'il déposerait en premier. J'ouvris les yeux quand Jack s'arrêta devant mon immeuble. Jane n'était plus là, et j'en déduisis qu'il l'avait reconduite chez elle. J'ignore comment il avait obtenu mon adresse, mais ça n'avait aucune importance.

Je laissai Jack devant le bâtiment de grès brun et montai chez moi. Par bonheur, ma mère ne rentrerait pas de son travail avant 7 heures, et mon petit frère Milo dormait déjà dans sa chambre.

J'ôtai péniblement l'accoutrement ridicule choisi par Jane et enfilai un tee-shirt large. Je pris mon portable avec la ferme intention de le recharger, mais m'écroulai sur mon lit en le gardant à la main avant de le brancher.

Au moment où j'allais sombrer, je le sentis vibrer sur ma paume et m'éveillai en sursaut.

Fais de beaux rêves :-) Jack

Mon cœur s'emballa à la lecture de ce texto. Il avait réussi, pendant que j'étais assoupie, à récupérer mon numéro et à enregistrer le sien dans mes contacts.

Dans d'autres circonstances, j'aurais jugé ça un peu flippant, mais je n'éprouvai sur le moment que de la satisfaction et du soulagement. Je refermai mon téléphone, le posai sur ma table de chevet et m'endormis rapidement.

Chapitre 3

À mon réveil, je remarquai d'abord les dommages que mes pieds avaient subis, puis les dix mille messages envoyés par Jane. Ils concernaient tous Jack, et je n'eus pas envie d'y répondre.

Je passai un survêtement, avant de me rendre dans la salle de bains d'un pas mal assuré pour me gaver d'analgésiques, appliquer de la crème cicatrisante et poser des pansements sur mes pauvres orteils.

Par miracle, je m'étais levée avant 14 heures, ce qui signifiait que ma mère dormait encore. En tant que régulatrice de nuit à l'hôpital de Saint-Paul, elle rentrait habituellement très tôt le matin, puis restait couchée toute la journée.

Mon frère Milo, en revanche, était un vrai petit intello. Il s'était probablement mis au lit avant minuit et réveillé avant 9 heures.

Quand j'atteignis le salon, je le trouvai installé devant l'ordinateur, sûrement occupé à faire des recherches pour un exposé, même si les vacances de printemps avaient commencé. Il était en seconde, et il avait la vie sociale d'un nourrisson. Il fallait se rendre à l'évidence, même si c'était consternant : j'étais la plus cool de la famille.

— C'est quoi ton problème ? me demanda-t-il en me jetant un coup d'œil.

— C'est quoi le tien? ripostai-je avec ma repartie légendaire.

Je sortais juste de notre petite cuisine où je m'étais servi un bol de céréales multicolores. Les scientifiques n'ont pas testé ce remède, mais j'avais découvert qu'une boisson énergétique, des Froot Loops et une aspirine guérissaient à coup sûr n'importe quelle gueule de bois.

— Tu as trop bu hier soir ? s'enquit Milo.

Il avait remarqué que j'avais concocté mon antidote, et je me sentais sans nul doute aussi mal que si j'avais bu la veille.

— On peut dire ça comme ça.

Mon bol de céréales dans une main et ma boisson dans l'autre, je m'affalai sur le canapé, bien décidée à regarder un dessin animé ou un navet sur une chaîne câblée. C'était la seconde étape de ma méthode spéciale « lendemains difficiles ».

— À quelle heure es-tu rentrée hier soir ? s'enquit Milo, avec une pointe de désapprobation dans la voix.

Même s'il avait un an et demi de moins que moi, mon frère jouait sans conteste le rôle du parent dans notre relation. Comme notre mère travaillait sans arrêt et que notre père était aux abonnés absents depuis toujours, je suppose que l'un de nous deux devait prendre l'initiative de les remplacer.

— Je n'en sais rien.

Je tentai de réfléchir, mais impossible de m'en souvenir.

Après avoir quitté le petit restaurant, j'étais restée presque tout le temps endormie. Je me rappelais juste vaguement avoir reçu un SMS de Jack, certainement vers 2 ou 3 heures.

— Alors, qu'est-ce que vous avez fait, finalement, hier soir ?

Milo cessa même de faire semblant d'utiliser l'ordinateur et tourna sa chaise dans ma direction.

Il riva son regard brun sur moi. J'y lus son habituel mélange de curiosité et d'inquiétude, comme s'il s'attendait plus ou moins à m'entendre lui confesser que je me piquais à l'héroïne et me prostituais.

— Rien, répondis-je en haussant les épaules.

— Rien ?

Il haussa un sourcil soupçonneux. Cette expression le faisait paraître plus vieux qu'il ne l'était en réalité. Mis à part ses joues rebondies de bébé, on pouvait effectivement le croire plus âgé que moi.

— On n'a pu entrer nulle part, expliquai-je, la bouche pleine. Alors on a tenté plusieurs discothèques au hasard pour en trouver une qui ne nous refoule pas, jusqu'à ce que mes pieds soient ruinés, et ensuite on est rentrées.

— Jane ne t'a pas traînée dans une fête ?

— Non.

— Ça ne lui ressemble pas de terminer la soirée sans vodka ni sexe, observa-t-il.

— La vie nous réserve bien des surprises.

Une fois mes céréales englouties, j'avalai le lait coloré, en espérant que Milo abandonne le sujet.

— Que vas-tu faire de beau aujourd'hui ?

— Rien de spécial, dit-il en haussant les épaules. Et toi ?

— Pareil, répliquai-je en posant mon bol vide sur la table basse avant de me renfoncer dans le canapé. Il y a un film sur un accro au sexe sur le câble. Tu as envie de regarder ?

— Bien sûr !

Il se leva de la chaise de cuisine qui faisait office de siège de bureau et s'installa à l'autre bout du sofa.

Je m'allongeai et posai mes pieds meurtris sur ses genoux. Il voulut faire un commentaire sur leur piteux état, puis répondit à sa propre question par un simple « Jane ». Il déclara que ma meilleure amie était la cause de tous les maux de mon existence, et j'acquiesçai.

Nous passâmes le reste de l'après-midi vautrés sur le canapé en mode marathon télé. Notre mère se leva, se doucha et partit tôt en prétextant des heures supplémentaires à faire, mais comme toujours, cette excuse me laissa dubitative.

Parfois, je pensais qu'elle n'aimait tout simplement pas rester dans l'appartement. À tel point que j'avais l'impression de vivre seule avec mon frère. On se chargeait même des courses, de la cuisine, du ménage, du linge, etc. *Par « on », je veux surtout dire « lui ». Mais je l'aide. Parfois.*

Vers 21 heures, je décidai enfin qu'il était temps de me laver. Quand je me rendis dans ma chambre pour choisir mes vêtements, mon portable clignotait sur ma table de chevet. J'avais fait en sorte de « l'oublier » toute la journée parce que je ne voulais pas répondre à Jane, mais j'étais consciente que j'allais devoir finir par l'affronter.

À ma grande surprise, sous l'amoncellement de textos qu'elle m'avait envoyés, je découvris un message de Jack.

Concert de Motion City Soundtrack demain à First Avenue. 19 heures. Je t'invite. Ça te dit ?

La veille, il s'était montré attentif quand j'avais mentionné au passage que j'appréciais ce groupe, et voilà qu'il me proposait de le voir sur scène. First Avenue était une petite salle historique du centre-ville, non loin de l'endroit où Jack nous avait trouvées.

Je savais que si Milo apprenait ça, sa paranoïa se réveillerait et il ferait tout pour m'empêcher d'y aller. Malgré cela, je ne voyais pas les choses de cette façon. Bien entendu, Jack était trop âgé pour moi, mais on ne sortait pas ensemble, et je n'envisageais pas cette possibilité.

Je soupirai, puis m'empressai de répondre :

C'est trop cher. Je te dois déjà trop.

Ne t'inquiète pas. L'argent n'a pas d'importance. Tu viens ou pas ? m'écrivit-il quelques secondes plus tard.

Oui. Mais ne prends pas l'habitude de m'acheter des trucs, tapai-je.

Ne prends pas celle de protester quand je t'offre quelque chose. ;-)

Amusant !

J'espérais qu'il trouverait ma réplique aussi drôle que je l'avais voulue.

Je passe te chercher à 18 h 30, ça te va ?

Cela nous laissait très peu de marge avant le début du concert, mais comme il m'invitait, c'était lui qui voyait.

OK. À plus. :-)

Je décidai sur-le-champ que je ne pouvais pas mettre Jane dans la confidence. Si je devais fréquenter Jack de manière régulière, je devrais tout lui avouer. Ainsi qu'à Milo.

Mais dans l'immédiat, il me parut plus judicieux de me taire. Comme j'étais incapable de garder un secret, même s'il me concernait, j'ignore donc ce qui me poussa à ne pas dévoiler cette invitation.

Je consacrai les vingt-quatre heures suivantes à éviter Jane et à éluder les questions de Milo. Il possédait un sixième sens pour savoir que je préparais quelque chose dans son dos, et il m'était presque impossible de lui dissimuler quoi que ce soit.

En m'observant me préparer, il comprit que j'allais voir un garçon, alors que j'avais simplement mis un sweat à capuche près du corps et un jean. J'ignorais ce qui m'avait trahie.

Je n'aimais pas laisser Milo seul à la maison. Même s'il avait quinze ans et que nous passions la majeure partie de notre temps tous les deux, je culpabilisais toujours.

Il n'avait pas vraiment envie que je parte, car il ignorait ce que je comptais faire, mais il m'assura que jouer à *World of*

Warcraft lui convenait parfaitement, et qu'il remarquerait à peine mon absence.

Jack arriva à 18 h 30 précises. Tous mes remords et mon appréhension s'évanouirent. Dès que je le vis, je me sentis à l'aise et vaguement contente.

— Salut, me lança-t-il avec un large sourire quand je montai dans sa voiture.

— Merci. Pour tout.

— Tout quoi ?

L'air perplexe, il redémarra et nous nous éloignâmes de mon immeuble pour foncer en direction de la salle de concerts.

— De me servir de chauffeur, d'avoir payé les billets et de m'avoir sauvé la vie, développai-je.

— Oh, ça ! rit-il. Pas de problème. Crois-moi.

— Ce qui ne veut pas dire que je ne dois pas t'être reconnaissante, soulignai-je.

— D'accord, concéda-t-il. Dans ce cas, de rien.

Se garer en ville relevait du miracle, mais il parvint à trouver une place dans une rue adjacente à celle de la salle. De toute évidence, il pouvait marcher beaucoup plus vite que moi, mais il calqua son allure sur la mienne, et je me sentis gênée de le ralentir.

Lorsque nous atteignîmes la porte, il était presque 19 heures, et j'avais bien conscience que c'était en partie à cause de ma lenteur. Je me lançai dans des excuses, qu'il ne voulut pas entendre.

À la vue du nombre de spectateurs présents à l'intérieur, je me résignai à devoir rester debout au fond de la salle sans apercevoir le groupe sur scène. Jack me prit alors par la main et nous nous faufilâmes à travers la foule. Ce contact me parut très bizarre.

Sa peau n'était ni chaude, ni froide. Elle semblait… dénuée de température. Malgré sa douceur incroyable, elle me rappelait celle d'un lézard. Ces animaux, dépourvus de régulation thermique interne, ont une température identique à celle de l'endroit où ils sont, ou à ce qui les touche.

Nous nous frayâmes un chemin jusqu'à la scène, mais comme j'étais petite, cela ne m'avança guère. Quand le groupe fit son entrée sur scène et que le public se rua en avant, ma tête se retrouva écrasée contre le dos du type devant moi.

Jack réussit cependant à préserver un espace autour de lui, donnant l'impression d'avoir créé un petit périmètre artificiel épargné par la pression générale. Il remarqua ma situation délicate, me récupéra assez facilement et me hissa sur ses épaules.

Je fus soudain très embarrassée de dépasser les cinquante kilos (le chiffre précis importe peu), et de peser lourd. Bon sang, porter même vingt-cinq kilos sur les épaules me paraissait déjà trop.

— Préviens-moi si je deviens trop lourde, criai-je pour couvrir la musique.

— Ça n'arrivera pas ! hurla-t-il.

Je n'étais pas convaincue, mais savais qu'il ne me l'avouerait pas si c'était le cas.

Pendant toute la durée de ce fabuleux concert, il ne chancela pas une seule fois ni ne manifesta la moindre envie de me faire descendre. Quand les spectateurs commencèrent à se disperser, j'étais toujours perchée sur ses épaules, et je crus un instant qu'il allait sortir de la salle ainsi. Au lieu de quoi, il me souleva et me reposa au sol.

— La vache ! m'exclamai-je alors. Tu dois sûrement engloutir une double dose de céréales le matin !

— Comment ça ? demanda-t-il en me dévisageant comme si j'étais folle.

— Tu es carrément costaud !

Sans réfléchir, je tendis la main et palpai son biceps pour tenter de sentir d'impressionnants muscles cachés, mais, pour être honnête, je ne constatai rien de tel.

— Tu es vraiment légère, c'est tout.

Jack commença à s'éloigner dans l'espoir de couper court à cette conversation, mais je courus après lui.

— Sous quel angle envisages-tu les choses ?

Je m'étais efforcée d'adopter un ton plus taquin qu'exigeant.

— Isocèle, railla-t-il.

— Quoi ?

Si Milo avait été là, il aurait certainement saisi l'allusion, mais je n'étais pas très forte en géométrie.

— Tu veux savoir sous quel angle j'envisage les choses, je te réponds : isocèle, expliqua Jack en baissant les yeux sur moi pour s'assurer que je ne me perdais pas dans la foule. C'est un triangle qui possède deux côtés égaux. Je suppose que ce n'est pas un angle à proprement parler, et j'aurais bien dit quelque chose comme « aigu » ou « obtus », mais alors, tu aurais pu t'imaginer que je n'aimais pas ta voix ou que je te trouvais stupide. J'aurais dû choisir « oblique ». Ça colle tout à fait. Merde ! Je m'en souviendrai pour la prochaine fois.

— Je n'ai jamais rencontré quelqu'un d'aussi énigmatique que toi, soupirai-je.

Nous sortîmes dans la nuit et je resserrai mon sweat contre moi et rabattis la capuche sur ma tête. D'ordinaire, la fraîcheur de l'air était la bienvenue après avoir sué à grosses gouttes dans une salle pleine à craquer, mais comme j'étais restée en hauteur, je n'avais pas souffert de la chaleur.

Repousser les spectateurs dans la fosse ne semblait pas avoir fait transpirer Jack, et le froid ne paraissait pas l'atteindre non plus. Je fus tentée de lui prendre la main pour vérifier sa température, mais c'était trop embarrassant.

— Alors, ça t'a plu ? s'enquit-il tandis que nous nous dirigions lentement vers sa voiture.

— Oui, répondis-je en souriant. Et toi ?

— Bien sûr.

Après un bon concert, je ressentais toujours un merveilleux bien-être, comme une poussée d'adrénaline, l'affolement en moins. Une fois dehors, j'avais l'habitude de parler à toute vitesse du spectacle, des gens, de tout et de rien.

Pourtant, ce soir-là, je demeurai silencieuse. Des milliers de pensées que j'avais envie de partager se bousculaient dans mon esprit, mais très peu d'entre elles étaient liées à la performance des musiciens, c'est pourquoi je préférais garder le silence.

— Je ne fais pas exprès d'être énigmatique, reprit enfin Jack.

Nous étions presque arrivés à la voiture, mais il s'arrêta, le regard dans le vague et les mains profondément enfoncées dans les poches de son bermuda de surfeur. Il poussa un soupir.

— Je ne sais pas. C'est juste que...

Il me jeta un coup d'œil, comme pour vérifier que je l'écoutais toujours. Sous ma capuche, je levai les yeux sur lui et remarquai son sourire en coin.

— Tu as froid. On devrait monter dans la voiture.

— Non ! Termine d'abord ta phrase ! réclamai-je d'un ton plus pressant que je l'aurais souhaité.

Mais Jack se contenta de rire. Puis il se remit à regarder droit devant lui et se rembrunit.

— Je ne veux pas que tu me croies complètement prétentieux, parce que ce n'est pas mon genre. Je suis simplement réaliste.

— Tu veux parler de la façon dont toutes les filles te dévorent des yeux ?

Le soir de notre rencontre, Jane et la serveuse l'avaient regardé bouche bée, et j'avais surpris de nombreuses adolescentes en train de le reluquer pendant le concert.

— Ouais, admit-il, d'un air penaud. Tout le monde… réagit d'une certaine manière en ma présence. Sauf toi. C'est agréable. C'est pour ça que je suis ici. Avec toi.

— Attends, lui dis-je en agitant les mains devant lui, tandis qu'une vague de déception me submergeait. Que penses-tu de cette réaction que tu suscites chez les autres ? Comment tu l'expliques ?

— Je n'en ai aucune idée.

Il bougea légèrement, et je me rendis compte qu'il mentait. Il savait pertinemment ce qui se passait, mais ne voulait pas me le dire.

— C'est injuste !

— Tu vois ? répliqua-t-il, le sourire aux lèvres. C'est précisément ce que j'apprécie chez toi. Tu sais combien de personnes osent me contredire ?

— Si ça te plaît, alors tu vas être servi !

Je tentai de le fusiller du regard, mais son sourire était vraiment trop contagieux.

— Viens, dit-il en se remettant à marcher. Tu vas mourir de froid.

— Jack ! protestai-je en pressant le pas derrière lui. Qu'est-ce que c'est ? Ça a un rapport avec ton odeur, un truc que je ne sens pas ?

Il eut l'air abasourdi, puis fit claquer sa langue.

— Allez, c'est quoi ?

— Eh bien, oui, c'est presque ça, en effet, avoua-t-il.

Il déverrouilla sa voiture puis la contourna pour ouvrir sa portière, toujours un peu stupéfait. Je montai à bord et il poursuivit :

— C'est une phéromone ou un truc de ce genre.

— Euh, attends ! Est-ce que c'est comme une maladie ?

— J'imagine que oui.

Il hocha la tête, comme si sa réponse suffisait.

—De quelle sorte ? persistai-je, sans me rendre compte qu'il s'agissait d'un sujet très personnel.

Quelque chose chez Jack me faisait oublier tout sens des convenances.

—Du genre rare, m'informa-t-il d'un ton désinvolte avant de démarrer.

—Alors, pourquoi je n'y suis pas sensible ?

Je commençais à me demander si quelque chose ne clochait pas chez moi. Tout le monde réagissait de façon bizarre à sa présence, sauf moi. Mon odorat était peut-être altéré, ou bien j'avais une tumeur au cerveau ou un problème tout aussi horrible.

—C'est une très bonne question.

Il sortit du parking et s'inséra aisément dans la circulation.

—En fait, tu ignores pourquoi, n'est-ce pas ? Tu ignores pourquoi je suis différente des autres.

—C'est vrai, reconnut-il avant de se tourner vers moi. Mais écoute, Alice, je n'ai pas envie que tu fasses une fixation là-dessus. C'est trop dur à expliquer et... dans notre cas, ça n'a même aucune importance.

—Notre cas ? rétorquai-je en fronçant les sourcils.

—Pour que notre amitié fonctionne, il va falloir que tu acceptes que je te cache certaines choses annonça-t-il avec fermeté. Ce n'est pas pour faire le malin, mais c'est comme ça.

—Et si je n'y arrive pas ?

—Alors, on ne pourra plus continuer à se voir.

Son ton se voulait détaché, mais j'y discernai de la tristesse.

—C'est insensé ! m'exclamai-je, mais j'avais déjà commencé à fléchir. Pourquoi tu ne peux pas me dire certaines choses ?

—Je ne peux pas te l'expliquer ! s'écria-t-il, comme si cela avait un sens et que j'allais soudain lui répondre que je saisissais tout à présent.

—Ça va m'énerver à n'en plus finir.

Je me renfrognai, mais il se contenta de sourire.

— Je sais, s'excusa-t-il sans cesser de sourire. Je vais te déposer chez toi et te laisser un peu de temps pour réfléchir à la situation et décider si tu crois que ça vaut le coup de me fréquenter. Et si tu estimes que oui, envoie-moi un texto. D'accord ?

— D'accord, répondis-je d'un ton aussi abattu et boudeur que possible, dans l'espoir qu'il change d'avis et me révèle tous ses secrets.

Il s'esclaffa de nouveau tandis qu'il s'arrêtait devant mon immeuble. Je lui dis « à plus » en descendant de la voiture. Il se contenta de me faire un signe de la main en retour, et j'entrai dans la résidence.

Après un bref interrogatoire de Milo, je restai éveillée dans mon lit pendant des heures à échafauder des centaines d'hypothèses au sujet de Jack. S'agissait-il d'une expérience bizarre du gouvernement ? Ou de la CIA ? Était-il un loup-garou ? Rien ne semblait convenir.

Selon ma théorie la plus plausible, il était célèbre et menait une double existence ridicule, comme l'héroïne de la série *Hannah Montana*. Cela expliquerait pourquoi tout le monde le remarquait. Et s'il avait choisi de dissimuler sa véritable identité, alors il ne pouvait pas me mettre dans la confidence.

Toutefois, cela ne me disait toujours pas pourquoi j'étais la seule à ne pas le reconnaître, ni la raison pour laquelle il voulait vivre incognito. Mais au moins, c'était envisageable.

Comme j'étais restée éveillée jusqu'au petit matin à essayer de percer le mystère de Jack et que je n'avais pas cours, j'avais la ferme intention de consacrer toute ma journée à dormir, pelotonnée sous le confort moelleux de ma couette.

Malheureusement, mon embargo sur Jane tomba à l'eau lorsqu'elle déboula dans ma chambre, anéantissant tous mes projets de repos.

— Que se passe-t-il, bordel ? siffla-t-elle après avoir ouvert ma porte à la volée, avec une violence telle que la poignée laissa une marque dans le plâtre du mur.

Je me levai d'un bond, empêtrée dans ma couette, l'esprit embrumé par le sommeil. Je m'efforçai de me concentrer sur la silhouette floue de Jane qui se tenait sur le seuil, les mains sur les hanches et le regard furieux.

Derrière elle, Milo tremblait de peur, marmonnant qu'elle devait baisser d'un ton, sinon notre mère allait se réveiller. Chaque fois que Jane était là, il se comportait comme un chiot sur le point de faire pipi par terre, ce qui me rendait dingue.

— De quoi tu parles ? demandai-je d'une voix faible.

Je me laissai retomber sur mon matelas et essayai de me souvenir du rêve auquel elle m'avait arrachée.

— Tu le sais parfaitement.

Ses lèvres s'incurvèrent en un sourire méprisant. Ses Jimmy Choo aux pieds, elle enjamba mes vêtements sales éparpillés dans la pièce.

Du coin de l'œil, je vis que le réveil affichait 11 h 13, et je grimaçai. Il n'était même pas encore midi, pourtant elle portait déjà des talons hauts et du rouge à lèvres.

— Je t'assure que non.

Je bâillai et tirai un peu plus la couette sur moi.

— Pourquoi n'as-tu pas répondu à mes milliards de textos et d'appels ? m'accusa-t-elle en me découvrant d'un coup sec pour me forcer à lui parler.

— Parce qu'il y en avait trop, dis-je en me redressant à contrecœur.

— Pfff! soupira-t-elle avant de s'asseoir à côté de moi, l'air profondément vexé. Si tu m'avais répondu, j'en aurais envoyé moins.

— Désolée.

— Alors ? demanda-t-elle avec un regard interrogateur.

Son expression s'était radoucie. Elle m'avait visiblement pardonné, ce qui était très étonnant de sa part. Selon Jane, c'était un péché capital que de ne pas lui prêter attention ; or j'avais réussi l'exploit de le faire pendant presque deux jours.

— Alors quoi ?

Je ne voyais vraiment pas où elle voulait en venir. Attendait-elle des remerciements ?

— Est-ce que tu lui as parlé ?

Je levai les yeux au ciel.

— À qui donc ? se rengorgea Milo dans un sursaut d'orgueil, comme s'il s'apprêtait à défendre mon honneur.

Au lycée, mon frère était du genre à se faire bousculer contre les casiers, et il était plus jeune que moi. Je me demandais bien de qui il aurait pu me protéger, mais se battre pour moi à cause d'un garçon aurait constitué un assez mauvais prétexte.

— À Jack ! répondit Jane comme s'il s'agissait d'une évidence absolue.

Lorsqu'elle se rendit compte que Milo n'avait jamais entendu ce nom, elle en resta bouche bée.

— Ce n'est pas vrai, Alice ! Tu ne lui as pas parlé de Jack ?

— Non, dis-je en secouant la tête.

En vérité, je n'avais pas prévu de dévoiler son existence à Milo avant d'avoir clarifié les choses, mais grâce à Jane, ce n'était désormais plus possible.

— Comment tu as pu ne pas tout lui raconter ?

Cela la sidérait. Elle ne parvenait pas à concevoir un monde où Jack n'aurait pas été le sujet de toutes les conversations.

— Je n'en sais rien, Jane, soupirai-je. L'occasion ne s'est pas présentée.

Pour être honnête, son obsession pour lui était la première chose concernant Jack qui m'angoissait réellement. S'il avait un tel effet sur elle, que provoquait-il chez les autres ? Et pourquoi réagissais-je différemment d'une manière différente ?

— Attends, dit Milo, comme la vérité lui apparaissait soudain.

Il était en train de faire le rapprochement et j'aurais été prête à me couper une jambe pour l'empêcher d'achever sa phrase.

— Jack, c'est le type avec lequel tu es sortie hier soir ? poursuivit-il.

— Tu es sortie avec lui ? demanda Jane d'une voix pantelante.

— On est allés à un concert. Pas de quoi en faire tout un plat, lui assurai-je d'un ton décontracté et désinvolte.

Toutefois, je l'entendis retenir son souffle.

— C'est qui, ce Jack ? insista Milo.

La réaction de Jane l'avait rendu nerveux, et il fit de son mieux pour paraître le plus menaçant possible.

— C'est le mec le plus extraordinaire du monde, s'enthousiasma mon amie.

— Il n'a rien d'extraordinaire, déclarai-je en ajoutant à mon timbre détaché un haussement d'épaules pour faire bonne mesure.

— Comment peux-tu dire ça ? demanda Jane.

Pour elle, il semblait comparable à un dieu dont on ne devait parler que dans les termes élogieux qu'elle réservait d'habitude aux chaussures et aux sacs à main.

— Tu sais quoi, je ne pige pas, déclarai-je en me tournant vers elle. Qu'est-ce qui te plaît autant chez lui ?

— Tu veux rire ?

— Pas du tout.

— Non, mais... tu l'as rencontré !

— Oui, je sais. Mais je ne comprends toujours pas. Tu es folle de lui. Tu dois forcément être capable d'expliquer ce qui t'attire chez lui.

— Il est simplement...

Elle chercha ses mots. Elle avait l'air obnubilée par Jack. Dans ce cas, pourquoi ne réussissait-elle pas à analyser ce qui la subjuguait autant ?

— On dirait que... il dégage quelque chose d'indescriptible. Je le veux. Plus que tout.

— Hein ? lâchai-je, ne trouvant rien d'autre à répliquer.

— Tu veux dire que tu n'as pas envie de lui ? s'enquit-elle, incrédule.

— Exactement, répondis-je avec franchise.

De manière très étrange, j'appréciais Jack, mais pas de la même façon que Jane. C'était beaucoup plus simple et moins charnel. Du moins, c'était ce que j'en avais déduit d'après sa façon de parler et d'agir.

— Est-ce qu'il t'a parlé de moi ?

Elle revenait sur le seul sujet qui l'intéressait : elle-même.

— Non.

Je me levai et commençai à fouiller les tiroirs de ma commode, en quête d'une tenue. De mon côté, le sujet était clos, et j'avais décidé de passer à autre chose en prenant ma douche matinale.

— Rien du tout ?

Je ne tins pas compte de sa voix si fluette et triste.

— Non, répétai-je. Là je vais me laver. Et tu as certainement mieux à faire que de rester là à m'attendre.

— Je suppose, bredouilla-t-elle.

Elle semblait complètement abattue, mais j'étais persuadée que dans quelques heures tout au plus, elle serait sans doute complètement ivre et danserait seins nus sur la table d'un pauvre type. Il était difficile d'éprouver de la compassion pour elle.

Elle finit par se ressaisir et partir. Milo me questionna alors à propos de Jack. Cela dura un petit moment, mais je réussis à le convaincre que tout allait bien. Il abandonna le sujet de mauvaise grâce et m'autorisa à prendre ma douche.

Savourant le contact de l'eau chaude sur ma peau, je laissai mes pensées revenir là où elles s'étaient égarées la veille au soir. Ce que m'avait dit Jane sur son obsession pour Jack sans pouvoir la justifier me restait dans la tête.

Soudain, je me rendis compte que le véritable Jack était tel que moi je le voyais : un garçon séduisant au charme enfantin. Ce que tous les autres, comme Jane et la serveuse du restaurant, voyaient en lui correspondait à quelque chose qui n'était pas réel. Les phéromones généraient une sorte d'illusion.

Mais peut-être n'étais-je pas totalement immunisée. Jack n'avait peut-être rien d'extraordinaire, mais j'étais néanmoins sensible à son physique, même si cela agissait sur moi dans une moindre mesure. J'étais peut-être en train de tomber dans le même piège que Jane.

Chapitre 4

Dans son infinie sagesse, l'une de nos chaînes de télévision diffusa toute la journée une rétrospective des films de John Hughes. Milo, qui avait toujours été réfractaire au charme de Molly Ringwald, les regarda avec moi. Il tenta de me persuader de changer de programme, mais j'étais plus forte que lui et c'était moi qui avais la télécommande.

Nous avions entamé notre second visionnage de *Rose bonbon* lorsque mon portable sonna. Comme il était près de minuit, je présumai que c'était Jane qui souhaitait que je lui serve de chauffeur sobre, même si je ne possédais pas de voiture. Je pris néanmoins mon téléphone sur la table basse.

Et je découvris un message de Jack.

Bon. Tu ne m'as pas envoyé de texto.

Tu es très observateur, répondis-je.

Je comptais jouer l'indifférence. L'idée d'être probablement victime d'un genre de sortilège ou d'une influence hormonale me contrariait.

Est-ce que ça signifie que tu ne veux pas être mon amie ?

Il avait osé écrire ça : c'était digne des petits mots que je recevais au CP. Sa réaction me fit fondre, et dans la mesure où je ne pouvais ni le sentir ni le voir, j'en déduisis qu'il me plaisait réellement.

Non. J'en ai envie. Vraiment.

— Qui est-ce ? demanda Milo d'une voix tendue.

Assis à l'autre bout du canapé, il se pencha afin d'examiner mon mobile, mais je l'éloignai de lui.

— C'est ce Jack, hein ?

— Tu as conscience que la loi ne m'interdit pas d'envoyer des SMS à des personnes du sexe opposé ? rétorquai-je en lui adressant un regard sévère.

— Peu importe, dit-il en secouant la tête, avant de reporter son attention sur le film.

Mon téléphone sonna de nouveau, et mon frère bougonna.

Génial ! Tu as envie de bouger ? me demanda Jack.

À quoi penses-tu ?

À rien. À tout. La ville nous appartient ! m'assura-t-il.

Cela semble très ambitieux, répondis-je, même si j'étais sincèrement tentée.

Ça l'est. Donc, tu peux être prête d'ici un quart d'heure ?

Bien sûr. Rendez-vous devant mon immeuble.

En un éclair, je retouchai mon maquillage et enfilai des chaussures. Avant de sortir précipitamment, je promis à Milo que je ne rentrerais pas trop tard et que je resterais joignable en cas de besoin. Il poussa un soupir de désapprobation, et je filai retrouver Jack.

Il m'attendait déjà, cette fois au volant d'une voiture de sport rouge vif qui devait coûter plus qu'une maison. Quand j'ouvris la portière et montai, il me décocha un grand sourire.

— Elle est chouette, dis-je en faisant référence à son véhicule ostensiblement tape-à-l'œil.

— Elle est bien plus que chouette ! C'est une Lamborghini Gallardo, expliqua-t-il, sans se départir de son sourire idiot. Il n'en existe que six mille en circulation.

— Elle est neuve ?

— Non, elle est à mon frère.

Avant que je puisse ajouter quoi que ce soit, il enclencha la première et s'élança dans la rue. La capacité d'accélération de la Jetta n'était rien comparée à celle de ce bolide.

Jack effectua un virage avec beaucoup d'adresse et se faufila entre les voitures. Très rapidement, il rejoignit l'autoroute, sans doute pour nous faire profiter pleinement des sensations de la Lamborghini à son allure maximale hors agglomération.

— Ton frère doit être plein aux as.

— En quelque sorte, admit-il avec un haussement d'épaules. L'argent n'est pas vraiment un souci pour moi.

Son ton désinvolte m'indiquait qu'il n'avait jamais eu à se battre pour obtenir quelque chose, et je me demandai s'il était riche et d'où il venait.

— Ce doit être agréable, marmonnai-je.

Ma famille était assez modeste, pas au point que j'aie besoin de trouver un petit boulot pour contribuer aux dépenses, mais suffisamment pour que je le ressente.

— Les autres sujets de préoccupation ne manquent pas, crois-moi, répondit Jack avec sérieux.

— Par exemple ?

Je le scrutai, quittant des yeux le flou du paysage qui défilait à toute allure. Il esquissa un léger sourire et fit « non » de la tête. Bien. Encore un point qu'il refusait d'aborder avec moi.

— Alors, tu as un frère ? repris-je.

— Deux, pour tout dire. Et une sœur. Enfin, c'est ma belle-sœur, mais je la considère comme ma sœur.

— C'est la femme de ton frère, ou est-ce toi qui es marié ? demandai-je timidement.

— Non, je ne suis pas marié, s'esclaffa-t-il. C'est la femme de mon frère.

— Comment s'appellent-ils ?

Malgré toutes les informations que je souhaitais apprendre sur lui, j'étais obligée de m'en tenir à des questions sans risque.

— Peter et Ezra, l'aîné, qui est marié à Mae.

— Et tes parents ?

Je me tournai vers lui, la joue posée sur l'appuie-tête, quelque peu étourdie par la vitesse.

— Ils sont morts.

Si sa voix était restée impassible, son regard s'était durci, ce qui me parut très bizarre.

— Je suis désolée, dis-je de façon peu convaincante.

— Inutile, ça remonte à une quinzaine d'années.

Il secoua la tête pour tenter de me persuader que je n'avais pas gaffé, puis se tourna vers moi. Un grand sourire éclairait de nouveau son visage :

— Et toi, tu as une famille ?

— Ma mère, et un petit frère, qui se comporte plus comme un grand frère parfois.

Le merveilleux rire de Jack résonna dans tout l'habitacle et je sentis une vague de chaleur m'envahir.

— Oui, je vois tout à fait ce que tu veux dire, m'assura-t-il, le sourire aux lèvres.

— Ah bon ?

J'avais toujours considéré que Milo sortait de l'ordinaire, mais c'était réconfortant de savoir qu'il n'était pas un cas isolé.

— Oui, mais Peter, c'est quelque chose ! Sans plaisanter. Tu n'en verras pas deux comme lui.

— Il faudrait d'abord que je le rencontre, soulignai-je.

— Un jour, peut-être, dit-il d'une voix étrangement lointaine, presque inquiète.

— Tu n'es pas marié, mais tu as peut-être une petite amie ? m'enquis-je.

— Euh, non.

Avant que je puisse l'interroger davantage, il inversa les rôles :

— Et toi ? Tu as un petit copain ?

— Pas vraiment ! lâchai-je.

Ma vie amoureuse se limitait à quelques séances de pelotage pendant des fêtes arrosées.

— Pourquoi ? insista Jack.

— Tu as vu mon amie Jane, déclarai-je d'un ton morne. Elle a le don de capter toute l'attention dès qu'elle arrive quelque part.

— Oh, pas du tout !

— Pourquoi es-tu seul ? Manifestement, tu plais aux filles, affirmai-je en recentrant la conversation sur lui.

— C'est en partie à cause de ça, justement. Elles m'aiment toutes sans même me connaître. C'est donc compliqué d'entretenir une véritable relation avec quelqu'un.

— Et… quelles sont les autres raisons ? Tu ne vas pas me le dire, poursuivis-je, quand il garda le silence.

— Je crois qu'ils passent le *Rocky Horror Picture Show* à la séance de minuit à Lakeville, annonça-t-il soudain. Tu es partante ?

— Bien sûr ! (Je regardai par la vitre et observai la Lamborghini se faufiler dans la circulation.) Pourquoi tu n'as pas pris ta voiture ce soir ?

— Ce n'est pas tout à fait la mienne non plus. Elle appartient à ma sœur Mae.

Il n'avait pas répondu à ma question, mais je commençais à avoir l'habitude.

Je remarquai qu'il avait employé le mot « sœur » et non « belle-sœur » pour désigner Mae, et me demandai si c'était simplement par inadvertance. Son obstination à rester si mystérieux me poussait à interpréter le moindre détail.

— Tu en as une à toi ?

— Oui, j'ai une Jeep. Mais ces derniers temps, je n'avais pas très envie de la conduire. Et celle-ci est bien plus rapide, ajouta-t-il en me décochant un sourire malicieux.

— La situation me paraît très injuste, articulai-je d'un ton las après une minute de silence, qui m'avait laissé le temps de ressasser tout ce qu'il refusait de me dévoiler. Tu ne veux rien me dire sur toi.

— Hé, je serai ravi de te raconter presque tout sur moi.

Même si son ton restait léger, il avait l'air un peu blessé. Pour la première fois, je me rendis compte que ces cachotteries l'ennuyaient autant que moi.

— Ma couleur préférée est chartreuse, poursuivit-il. J'adore les Ramones et The Cure. Les murs de ma chambre sont bleu foncé. À quatorze ans, j'ai échangé mon premier baiser avec une fille sur la chanson *Rock Lobster* des B-52's, parce qu'elle était fan de ce groupe. J'aurais dû y voir un signe que ça ne marcherait jamais entre nous, mais j'étais terriblement jeune et naïf.

— Chartreuse ? répétai-je sans relever le reste de sa confession. Je ne sais même pas à quoi ça ressemble.

— C'est entre le vert et le jaune, expliqua-t-il. C'est la couleur la plus visible par l'œil humain, du fait de sa position sur le spectre lumineux.

— Tu sautes du coq à l'âne.

Il s'engagea sur le parking du multiplex, et je m'aperçus alors qu'il était parvenu à ne rien me révéler d'essentiel. Quand il se gara, je le regardai avec le plus grand sérieux et lui demandai :

— Bon, pourquoi dois-tu me cacher certaines choses ?

— À ton avis ? riposta-t-il sans hostilité.

— Tu fais partie du programme de protection des témoins.

C'était une hypothèse que j'avais effectivement envisagée avant de l'éliminer rapidement, parce qu'elle n'expliquait rien. Et, comme je m'en doutais, Jack éclata de rire.

— D'accord, ce n'est pas ça.

Le sourire aux lèvres, il secoua la tête et sortit de la voiture. Je m'empressai de le suivre.

— Hé, si je devine, tu me le diras alors ?

Le film avait sûrement déjà commencé, et Jack marchait à une allure plutôt soutenue en direction du cinéma. Je courais derrière lui, aussi vite que mes petites jambes me le permettaient.

— Je ne vois pas pourquoi je ne te le dirais pas, admit-il, ne faisant qu'accroître ma confusion.

— Si c'est quelque chose que je peux trouver toute seule, pourquoi tu ne me le dis pas directement dans ce cas ?

— C'est comme ça, voilà tout.

Il m'ouvrit les grandes portes vitrées du cinéma et j'entrai en fronçant les sourcils.

Lorsque nous nous présentâmes devant la caisse pour acheter les tickets, je me mis à fouiller dans mes poches en quête d'argent, mais il refusa d'un geste de la main et paya nos deux places. Si je n'avais pas été aussi absorbée par cette nouvelle information, j'aurais sans doute protesté davantage.

— Bon, est-ce que tu es le Nain Tracassin ? lui demandai-je en m'appuyant contre le guichet tandis qu'il récupérait nos billets.

Il s'esclaffa, et la caissière piqua un fard en entendant son rire. Il ne le remarqua pas, et j'aurais bien voulu pouvoir en faire autant et me dépêcher. Je n'avais pas vraiment mis une option sur lui, pourtant c'était agaçant de voir les filles s'extasier sur lui, d'autant plus quand il était évident que je l'accompagnais.

— C'est génial !

Il me tendit mon ticket, et même si je me sentis excessivement heureuse de ce petit compliment, je ne laissai transparaître que mon énervement. Il se dirigea vers la salle, ralentissant son allure pour que je puisse le suivre.

— Le Nain Tracassin. C'est fabuleux ! Il faudra que je raconte ça à Ezra.

— Pourquoi ? Vous êtes une famille de nains ou quelque chose comme ça ?

Jack secoua la tête, toujours hilare, puis poussa la porte avant que je l'interroge davantage.

La séance venait tout juste de commencer. De nombreux spectateurs, déguisés comme les personnages du film, jetaient du pop-corn vers l'écran, si bien que, pour une fois, personne ne nous remarqua lorsque nous nous glissâmes discrètement au dernier rang.

Le *Rocky Horror Picture Show* était un excellent film que j'appréciais, mais il monopolisa aussitôt toute l'attention de Jack, qui sembla avoir complètement oublié ma présence. Soit ce garçon souffrait d'un déficit de concentration, soit il maîtrisait à la perfection l'art d'éluder.

Décidant de m'accommoder de la situation, je l'imitai et suivis le film. Jack n'était pas loin de se comporter comme un fan de la première heure. Il ne portait pas de corset noir ni un autre costume, mais il criait toutes les répliques en simultané.

Quand arriva la chanson *Time Warp*, je crus qu'il allait se lever et danser, ce qu'il aurait probablement fait s'il y avait eu assez d'espace dans l'allée.

Vers la fin du film, je m'étais confortablement renfoncée dans mon siège, et même l'enthousiasme de Jack s'était un peu calmé. Sans le faire exprès, mon bras frôla le sien, et son étrange température corporelle me frappa de nouveau. Sa peau était douce et tiède, mais donnait plus l'impression de toucher du tissu qu'une personne.

Cette sensation me parut si bizarre que j'eus envie de recommencer. Je posai mon bras nu sur l'accoudoir qui nous séparait et pressai sciemment ma peau contre la sienne. Le dos de sa main était d'une douceur incroyable.

Il ne retira pas son bras, mais je sentis son regard sur moi et me tournai vers lui. Il arborait une expression perplexe.

— Est-ce que tu essaies de me prendre la main ? s'inquiéta-t-il, comme si cette idée lui paraissait le comble du bizarre.

Ce n'était pas ce que j'avais tenté, mais constater à quel point cela lui semblait choquant ne m'enchanta guère. Quel mal y aurait-il eu à cela ?

— Et si c'était le cas ?

J'avançai le menton, prête à me défendre et à découvrir pourquoi il aurait été si affreux de me draguer.

Sans hésiter, Jack me prit au mot et glissa sa main dans la mienne. J'eus de façon définitive l'impression de tenir celle d'une poupée ou d'une créature non humaine, puis son épiderme se réchauffa de manière surnaturelle et je retirai ma main.

— D'accord, c'est bizarre, murmurai-je.

Pour toute réponse, il se contenta de hausser les épaules, choisissant visiblement de ne pas m'expliquer ce brusque changement de température.

Nous regardâmes le reste du film en silence, enfin, surtout moi, car il continua à crier et chanter les répliques. Avant la fin, je commençai à bâiller et me rendis compte que je n'allais pas devoir tarder à rentrer.

Non pas que cela me plaisait. Mis à part ce contact spécial et les informations confidentielles, j'aimais vraiment passer du temps en compagnie de Jack et n'avais pas envie que ça cesse. Jamais.

— J'espère que tu t'es bien amusée ce soir, dit-il quand il s'arrêta devant chez moi.

— Oui, acquiesçai-je. Alors... on se fera d'autres sorties ensemble ?

Lui seul pouvait rendre la frustration aussi distrayante.

— Bien sûr, répondit-il en souriant et en tendant la main vers moi. Montre-moi ton téléphone.

— Pourquoi ? demandai-je, mais je l'avais déjà extirpé de ma poche pour le lui tendre.

— Deux secondes.

Il prit l'appareil et fit défiler le menu sur l'écran, puis tapa quelque chose, mais je ne pouvais rien voir de là où je me trouvais. Au bout d'une minute, il me le rendit, une expression malicieuse sur le visage.

— Qu'est-ce que tu as trafiqué ?

J'ouvris le clapet et cherchai ce qu'il avait bien pu modifier.

— Tu verras, m'assura-t-il, le sourire aux lèvres.

— Oh, tu es méchant !

Je rangeai le mobile dans ma poche en secouant la tête, et il éclata de rire.

— Tu n'imagines même pas à quel point.

Lorsque je sortis de la voiture, il riait toujours. Sa compagnie était étrangement grisante, mais elle finissait par se révéler également un peu fatigante. Même quand il ne bougeait pas, il dégageait une telle énergie qu'il semblait en falloir beaucoup pour simplement demeurer en sa présence.

À peine entrée, je fus accueillie par un Milo penaud, et je compris qu'il y avait des problèmes dans l'air. Il était adossé contre le plan de travail de la cuisine, en pyjama, alors qu'il aurait dû être couché à cette heure-là.

J'allais lui demander ce qui se passait quand j'entendis la voix assez perçante de ma mère, avant de l'apercevoir, assise dans le fauteuil déchiré du salon.

— Je suis heureuse de voir que tu es enfin rentrée, dit-elle.

Des mèches folles de cheveux grisonnants s'échappaient de son chignon. Mon frère et moi avions hérité de ses yeux plus grands que la normale, qui nous faisaient paraître plus jeunes que nous ne l'étions en réalité. Elle s'alluma une cigarette sans me quitter de son regard glacial.

— Pourquoi tu n'es pas au boulot ? m'enquis-je.

— Le bâtiment a été évacué à cause d'une alerte à la bombe. Il est fermé pour la nuit, expliqua-t-elle, et ils redirigent tous les appels vers la police d'Edina.

— Oh.

Embarrassée, je restais à ma place, attendant que l'on me dise ce qui se passait.

— Qu'est-ce que tu faisais dehors à une heure pareille ?

Elle avait pris une intonation mélodieuse et moqueuse.

— C'est les vacances, et je n'ai pas de couvre-feu à observer, répondis-je prudemment.

En théorie, j'en avais peut-être un, mais nous n'avions même jamais abordé la question, et elle travaillait toujours de nuit. En semaine, j'essayais de rentrer avant minuit, surtout pour éviter que Milo pique une crise.

Ma mère vérifiait simplement que nous allions en cours et que nous ne redoublions pas. Tant que je respectais ces règles, elle semblait se ficher du reste.

— Alors, tu n'étais pas avec un garçon ? s'enquit-elle d'un ton mordant.

Du coin de l'œil, je vis que mon frère paraissait de plus en plus penaud.

— Eh bien, si. Est-ce que ça pose un problème ? rétorquai-je en me redressant légèrement, me remémorant que je n'avais rien à me reprocher, malgré ce que sous-entendait le regard furieux de ma mère.

— Qui est-ce ?

Elle me quitta un instant des yeux pour balayer d'une chiquenaude de la cendre tombée sur l'accoudoir.

— Il s'appelle Jack.

Mal à l'aise, je me tortillai et jetai un coup d'œil furtif à Milo. Je me sentais désolée pour lui. J'ignorais depuis quand ma mère l'avait forcé à rester là avec elle, et je me demandais quel genre d'interrogatoire elle lui avait fait subir.

Soyons clairs : ce n'était pas une mauvaise mère, mais simplement une femme seule et fatiguée, qui travaillait soixante-dix heures par semaine et voyait rarement ses enfants. Elle avait très peu le temps de tenter de nous persuader de ne pas commettre les mêmes erreurs qu'elle.

— Je vois.

Brusquement, elle éteignit sa cigarette et poussa un long soupir. Elle reprit la parole d'une voix bien trop douce, qui me donna presque la chair de poule :

— Je pense que je devrais rencontrer ce garçon.

— Comment ? Quand ? Tu bosses sans arrêt.

— Visiblement, c'est un couche-tard, comme toi, souligna-t-elle en battant des paupières de manière exagérée. Je suis certaine que tu pourras nous trouver un créneau au cours des deux prochains jours.

Des milliers d'arguments me traversèrent l'esprit, mais je ne souhaitais pas l'énerver davantage. Je me contentai donc de hocher la tête.

— D'accord. Je vais me débrouiller.

— Tu as intérêt.

Elle semblait un peu surprise que j'obtempère aussi vite, et je me demandai si je ne passais pas autant de temps à me disputer avec elle juste pour la forme. J'étais sûrement une très vilaine fille, voire une très mauvaise personne.

— Et si j'estime que tu dois cesser de le fréquenter, ce sera terminé. Tu comprends ?

— Parfaitement, acquiesçai-je de nouveau.

Bien entendu, je continuerais à le voir, quoi qu'elle dise, mais je n'allais pas le lui avouer.

—Bien.

Elle se leva et prit son sac sur la table.

—Je vais faire un tour au casino. On se croisera demain.

Manifestement, elle était satisfaite de notre conversation, et elle ne m'avait pas vraiment crié après. Parmi toutes nos discussions, celle-ci s'était en fait bien déroulée.

Lorsque ma mère me frôla en sortant, je sentis sa forte odeur de tabac et de cognac bon marché. Elle s'arrêta devant la porte et se retourna légèrement vers moi, puis me lança :

—Je suis contente que tu sois bien rentrée.

—Merci, articulai-je, ne sachant pas quoi dire d'autre.

Elle hocha la tête et quitta l'appartement.

Milo s'empressa alors de s'excuser, mais je lui assurai que ce n'était pas nécessaire. Il veillait toujours au mieux de mes intérêts, et j'en étais consciente. De plus, j'étais trop épuisée pour me préoccuper d'autre chose.

Décidée à me débarrasser de cette corvée, j'envoyai un message à Jack pour savoir s'il pouvait rencontrer ma mère. Lorsqu'il me répondit quelques secondes plus tard, je compris ce qu'il avait fait avec mon téléphone. Il avait acheté le titre *Time Warp* et l'avait associé à son numéro, si bien que chaque fois qu'il me contacterait, j'entendrais cette chanson.

Heureusement, il accepta de venir dîner le lendemain à 20 heures précises, et j'essayai d'occulter le fait que cette perspective me terrifiait.

Dès mon réveil, j'informai Milo de la venue de Jack, mais ma mère dormait encore. Pour une raison mystérieuse, mon frère était doué pour toutes les tâches domestiques : il était donc le cuisinier de la famille. Je le laissai préparer le repas, mais m'activai pour tenter de l'aider et de ranger l'appartement.

Ce dernier était en réalité agréable malgré sa surface minuscule. À mes yeux, il était important que notre lieu de vie impressionne Jack, même si je n'aurais su expliquer pourquoi.

J'ignorais pourquoi je ressentais tous ces sentiments envers lui, mais je chassai ce sujet de mon esprit. J'avais d'autres chats à fouetter ce soir-là.

Puis l'impensable se produisit : Jack arriva plus tôt que prévu.

Chapitre 5

— Jack, haletai-je en lui ouvrant la porte.

Il avait trouvé mon appartement sans que je lui donne le numéro, mais je ne pouvais pas mentionner cela devant Milo.

— Salut, me dit-il avec un grand sourire.

Il portait un tee-shirt sobre et un baggy, mais c'était la première fois que je le voyais en pantalon. Je le soupçonnais d'avoir fait un effort d'élégance, ce qui me fit sourire.

— Tu es en avance, lui fis-je remarquer.

Je tenais la porte ouverte, mais ne l'avais pas encore invité à entrer, de sorte qu'il resta dans le couloir en me considérant d'un regard curieux. Derrière moi, Milo qui s'affairait bruyamment dans la cuisine, n'avait plus émis un son depuis que Jack avait frappé.

— C'est un mauvais point ? demanda Jack.

— Non, pas vraiment, reconnus-je. Mais ma mère n'est pas encore réveillée.

Je finis par reculer pour lui permettre de franchir le seuil. Il adressa un sourire à mon frère, puis scruta rapidement l'appartement.

— Oh, lâcha-t-il en jetant un coup d'œil à la pendule accrochée au mur et constatant qu'il était plus de 19 heures. À quelle heure se lève-t-elle ?

— Je vais la chercher tout de suite, proposa Milo en s'essuyant les paumes sur son jean et en s'écartant d'une casserole.

— Oh, pardon, intervins-je maladroitement quand je m'aperçus que je n'avais pas encore fait les présentations. Jack, voici mon frère Milo. Milo, Jack.

— Enchanté, dit Milo.

Il esquissa un petit salut de la main combiné à un mouvement de tête, puis sortit en trombe pour prévenir ma mère.

— Je crois que je l'intimide, m'annonça doucement Jack.

— Tout le monde le rend nerveux.

Quelque peu gênés, nous attendîmes debout dans la cuisine, même si je me sentais un peu mieux à présent qu'il était là. Il avait un effet apaisant sur moi, mais j'ignorais si c'était positif ou non.

Ma mère criait après Milo. Je décidai donc d'alimenter la conversation pour couvrir ses éclats de voix.

— Alors, est-ce que tu as faim ? Milo prépare un plat délicieux. C'est un vrai cordon-bleu, expliquai-je en désignant d'un geste sa création d'inspiration italienne qui mijotait sur la cuisinière.

— En fait, je viens de manger, répliqua-t-il avec un sourire contrit en posant la main sur son ventre. Excuse-moi, je me suis dit que comme nous avions rendez-vous tard, vous auriez sûrement déjà dîné. Et Mae a insisté pour me nourrir.

— Oh, ce n'est pas grave.

Mais ma nervosité s'amplifia.

Je n'avais pas très faim et me moquais complètement qu'il ait mangé ou non. Seulement, sans cette diversion, la conversation avec ma mère se révélerait beaucoup moins plaisante.

Soudain, une idée tentante me traversa l'esprit. Peut-être pouvais-je rendre cette rencontre moins formelle, et donner à Jack l'occasion de saluer ma mère avant de m'emmener ailleurs.

— Euh… tu aurais envie d'aller quelque part ? lui demandai-je.

— Je croyais que tu me présentais à ta mère.

Perplexe, il pointa du doigt la porte fermée de la chambre de cette dernière, où Milo s'efforçait de la convaincre d'enfiler un pantalon pour voir Jack.

— Après, je veux dire, précisai-je. Puisque tu ne manges pas. Ce serait idiot de rester assis là à les regarder dîner.

— Et toi, tu n'as pas faim ?

— Je survivrai !

Entre Minneapolis et Saint-Paul, il existait des millions d'endroits où manger, mais seul celui-là impliquait une conversation tendue avec ma mère.

— D'accord, lâcha-t-il dans un haussement d'épaules, avant de s'appuyer contre le plan de travail. À quoi pensais-tu ?

— À n'importe quoi, pourvu qu'on s'éloigne d'ici.

— Je suis levée ! cria ma mère, et après quelques secondes, Milo se précipita hors de sa chambre, l'air un peu fatigué.

— Elle arrive, nous assura-t-il.

Il retourna aux fourneaux et remua ce qui mijotait dans une casserole, visiblement soulagé d'échapper ainsi à notre mère.

— Tu as besoin d'un coup de main ? proposai-je.

Dans l'évier se trouvaient des légumes qu'il venait de rincer, sur la cuisinière, deux casseroles pleines mitonnaient et le four préchauffait pour autre chose.

Je me sentis coupable de lui avoir fait confectionner ce festin, que je n'allais même pas consommer. Enfin, plus tard dans la soirée, j'attaquerais les restes froids devant des dessins animés, mais ce n'était pas pareil que de les déguster à table.

— Si tu veux, tu peux découper quelques légumes en rondelles, répondit Milo en me jetant un coup d'œil derrière son épaule.

— Tu vas en faire quoi ?

Je sortis la planche à découper et un couteau et les posai sur le plan de travail près de Jack. Je m'emparai d'une tomate et d'un poivron vert avant de répéter la question à mon frère, qui était occupé à assaisonner une sauce rouge qui frémissait dans une sauteuse.

— Pour quoi dois-je couper les légumes ?

— Pour la salade.

Il goûta la sauce, puis, manifestement satisfait, éteignit le feu et sortit un moule à gâteau.

Il devait concocter des lasagnes spéciales garnies d'ingrédients maison, mais je n'en étais pas certaine, car chaque fois qu'il se lançait dans des explications, il employait toujours un jargon culinaire que je ne comprenais pas.

— Tout sent divinement bon, le complimenta Jack.

Milo nous tournait le dos, mais je vis ses joues s'empourprer un peu tandis qu'il disposait les pâtes dans le plat. Peut-être n'était-il pas insensible au charme de Jack lui non plus.

— En revanche, j'ai une mauvaise nouvelle à t'annoncer, l'informai-je à voix basse, de crainte que ma mère m'entende.

Elle n'avait pas encore émergé de sa chambre, et c'était mieux ainsi. Tandis que je coupais le poivron avec précaution, je vis les épaules de mon frère se crisper, puis il m'adressa un regard hésitant.

— En fait, on ne va pas manger ici.

Son visage s'assombrit, mais il détourna rapidement les yeux pour essayer de dissimuler sa déception.

— C'est ma faute, pour tout dire, précisa Jack dont la voix fit des miracles sur Milo, qui commença à se détendre. Je n'ai pas compris que j'étais invité à dîner, alors j'ai mangé chez moi. Et puis, j'ai prévu d'aller quelque part avec ta sœur dans peu de temps. Je suis vraiment désolé, et de toute évidence, je vais rater un repas fabuleux.

— Pas de problème, répondit Milo d'un ton qui donnait presque l'impression qu'il était sincère.

Il enfourna le moule et, comme il avait déjà dressé la table, il s'y dirigea pour retirer les deux couverts en trop.

— Milo…

Je me tournai pour m'excuser davantage.

Quand il était triste, il avait l'air d'un petit garçon. Son expression me brisa le cœur. Malheureusement, je n'avais pas cessé de couper le poivron pour le regarder, une décision bien peu judicieuse. Je m'entaillai l'index gauche et poussai un cri de douleur.

— Quoi ?

Milo arrêta sur-le-champ ce qu'il faisait et se précipita vers moi. Il avait passé suffisamment de temps en cuisine avec moi pour savoir que je finissais souvent par me couper ou me brûler.

— Où t'es-tu coupée ?

— Au doigt.

Je grimaçai et pressai les doigts autour de ma blessure pour stopper le sang. Milo, plus malin que moi, empoigna un torchon et le posa sur la plaie.

— Tu devrais peut-être le passer sous l'eau, intervint Jack, d'un ton étrangement dur.

Milo fit couler le robinet et tira ma main d'un coup sec dessous, mais je jetai un coup d'œil à Jack. Il avait reculé de quelques pas et pâli. Je supposai qu'il ne supportait pas la vue du sang.

Tandis que mon frère examinait mon index, je ne quittais pas Jack du regard. Il avait détourné le sien et fait un nouveau pas en arrière. Même si ma coupure ne saignait pas beaucoup, cela l'incommodait vraiment, alors je me dépêchai de la nettoyer.

— Ce n'est pas méchant, affirma Milo. Je vais te chercher un pansement dans l'armoire à pharmacie.

Il fila comme une flèche vers la salle de bains. Je laissai mon doigt sous l'eau, même si je pensais que le sang ne coulait plus.

De l'autre main, je me servis du torchon pour essuyer la planche à découper et poussais les morceaux de légume souillés dans l'évier avant d'enclencher le broyeur à déchets.

— Que se passe-t-il ?

Ma mère, qui avait toujours le chic pour arriver au pire moment, sortit de sa chambre pile à cet instant-là. Comme d'habitude, ses cheveux frisés étaient en bataille, mais elle avait enfilé un jean usé et un sweat trop grand.

— Je me suis juste coupé le doigt, expliquai-je en le lui brandissant sous le nez.

Milo revint en trottinant vers moi. Comme si j'étais complètement infirme, il sécha mon doigt à l'aide d'une serviette en papier avant d'appliquer le pansement.

— Milo, tu sais très bien qu'il vaut mieux qu'elle ne t'aide pas en cuisine, lui reprocha ma mère.

Elle marcha jusqu'à la table basse pour prendre un cendrier, puis s'alluma une cigarette en retournant dans la cuisine. Elle considéra Jack du regard sans lui adresser la parole, se contentant de poser le cendrier sur la table et de s'asseoir.

— Désolé, marmonna Jack quand mon doigt fut suffisamment bandé.

J'ignorais ce qui lui était arrivé, mais ses joues avaient retrouvé des couleurs.

— C'est moi qui me suis coupée. Tu n'as aucune raison de t'excuser.

Je le dévisageai, et il me décocha un sourire moins joyeux que d'ordinaire.

— De toute façon, on n'a pas vraiment besoin d'une salade, déclara Milo.

Il me bouscula, ramassa les légumes que j'avais taillés et les jeta à la poubelle. Les morceaux n'avaient pas tous été en contact avec mon sang, mais il n'y en avait pas assez pour que cela vaille la peine de les utiliser.

— Alors…, commença ma mère en soufflant un rond de fumée, tout en examinant Jack avec la plus grande attention.

Ses traits paraissaient aussi fatigués que d'habitude, mais sa voix avait quelque chose de changé.

— Vous devez être Jack.

Lorsqu'elle prononça son nom, j'identifiai cette différence. Son comportement n'était pas aussi manifeste que celui de Jane, mais cette lueur dans son regard et son timbre… étaient sans nul doute aguicheurs. J'eus envie de vomir.

— Et vous devez être la mère d'Alice.

Jack lui adressa un sourire, qui avait retrouvé tout son éclat cette fois. Il s'adossa contre le plan de travail et croisa les chevilles, faisant rebondir le talon de sa Converse bleue sur le carrelage.

— Anna.

Ma mère se passa alors la langue sur les lèvres de manière « désinvolte » en l'observant.

Je levai les yeux au ciel avant de me tourner vers Milo pour vérifier s'il avait remarqué qu'elle se ridiculisait, mais il ne me fut d'aucune aide. Il se tenait au milieu de la pièce, les bras croisés, et avait lui aussi le regard rivé sur Jack.

— Anna, répéta ce dernier.

Ma mère baissa la tête et fit tomber sa cendre dans le cendrier.

— Parlez-moi de vous.

Elle reposa sur lui un regard qui ne m'avait jamais semblé aussi jeune.

Malgré ses trente-quatre ans, ma mère faisait souvent beaucoup plus âgée. Mais tandis qu'elle scrutait Jack, sa féminité ressortait. Je mesurai à quel point elle avait dû être belle et radieuse dans sa jeunesse, avant ma naissance.

— Que désirez-vous savoir ? demanda Jack en inclinant la tête.

— Absolument tout, exigea-t-elle timidement.

— Eh bien, ça fait beaucoup. Par où voulez-vous que je commence ?

— Que faites-vous dans la vie ?

Le regard de ma mère était sensuel, et je dus me retenir de vomir ou de prendre la main de Jack.

Milo tira une chaise à côté d'elle. Visiblement, l'attitude de notre mère ne le gênait pas le moins du monde. Il était comme tombé amoureux de notre invité, dont il attendait la réponse.

— Pas grand-chose, en réalité, avoua Jack.

— Vous ne travaillez pas ? insista ma mère.

— Non.

Il haussa les épaules, et cette fois, je me sentis furieuse qu'il n'ait pas besoin de gagner de l'argent et qu'il ne s'en soucie pas. Ma mère aurait dû partager mon point de vue, mais ce ne fut pas le cas.

— Enfin, j'ai fait beaucoup de petits boulots au fil des ans, poursuivit-il. J'ai notamment été barman pendant un moment, puis guide pour la grotte touristique de Harmony, mais c'était trop loin, alors j'ai démissionné. Je ne sais pas, j'imagine que je n'ai pas encore trouvé ma voie.

— Comment subvenez-vous à vos besoins ?

Cette question, logique, me surprit un peu de la part de ma mère.

— Euh…

Jack éclata d'un petit rire ; Milo et ma mère fermèrent les yeux, comme si ce son était trop agréable pour qu'ils puissent le supporter.

— Je crois que c'est inutile. Je vis avec des membres de ma famille et… ils se chargent de moi, je suppose.

— Mais tu as vingt-quatre ans, l'interrompis-je.

Si ses frères étaient pleins aux as et voulaient s'occuper de lui, j'avais tendance à penser que c'était tant mieux pour lui. Mais si les questions pièges ne venaient pas de ma mère, eh bien je m'en chargerais.

— Je sais.

Il ne semblait pas du tout honteux comme je l'aurais probablement été, si quelqu'un avait souligné en public qu'à cet âge, j'étais sans emploi et vivais aux crochets de ma famille.

— Pour nous, c'est naturel. Je ne saurais mieux l'expliquer.

— Alors vous habitez chez vos parents ? enchaîna ma mère avant de tirer sur sa cigarette, sans pour autant le quitter des yeux.

— Non, ils sont décédés, déclara-t-il du même ton monocorde que l'autre fois. Je vis avec mes frères et, euh, ma belle-sœur.

— Ah bon ? renchérit ma mère en haussant un sourcil, sûrement excitée à l'idée qu'il existait d'autres garçons comme lui. Quel âge ont-ils ?

— Ezra a… vingt-six ans, Mae à peu près vingt-huit, et Peter dix-neuf.

— Hmm, roucoula-t-elle, et, euh… au niveau de vos études ?

J'étais très perturbée par son comportement, et me réjouissais de ne l'avoir jamais vue fréquenter un homme.

— Je suis allé à la fac, mais j'ai abandonné. (Il haussa de nouveau les épaules.) Ce n'était pas mon truc.

— C'est quoi ton truc, au juste ? ripostai-je.

D'après ce que je comprenais, le travail, l'école, les relations suivies ou tout ce qui impliquait une responsabilité quelconque ne lui convenaient pas. Qu'est-ce qui m'attirait donc en lui ?

Puis il rit, me rappelant précisément pourquoi il me plaisait.

— J'essaie de le découvrir.

— Vous êtes encore jeune, s'empressa d'ajouter ma mère pour qu'il reporte son attention sur elle. Vous avez largement le temps.

— C'est aussi mon avis, acquiesça Jack.

Lorsqu'il se retourna vers elle, elle laissa échapper une sorte de gémissement, et c'en fut trop pour moi. J'estimai qu'elle l'avait suffisamment dévisagé.

— Bon, il faut vraiment qu'on parte, annonçai-je brutalement.

— Quoi ? Vous ne restez pas manger ? s'exclama-t-elle en m'adressant un regard dur, l'air affligé.

— J'ai mal compris ce qu'Alice m'avait dit, expliqua Jack d'une voix exagérément apaisante, mais je décidai que tous les moyens étaient bons pour nous tirer de là sans dispute. J'ai déjà dîné, et puis j'ai prévu quelque chose pour nous deux. Nous devons réellement y aller.

Ma mère s'évertua à imaginer des arguments pour le garder piégé dans l'appartement avec elle, mais je n'en démordis pas. Je m'échappai dans le couloir, tandis qu'ils finissaient de se dire au revoir, mais j'entendais toujours ma mère lui susurrer toutes sortes de propos de son timbre inhabituellement suave.

Quand Jack parvint enfin à me rejoindre et à fermer la porte, je fis mine de frissonner pour tenter de chasser de mon esprit la scène à laquelle je venais d'assister.

— Quoi ? me lança Jack en riant, les yeux braqués sur moi tandis que j'appelais l'ascenseur.

— Mon Dieu, c'était carrément répugnant !

— En fait, je trouve que ça s'est très bien passé, répondit-il avec un sourire en coin. J'ai plu à ta mère, visiblement.

— Beurk, elle mourait d'envie de coucher avec toi, grommelai-je.

Les portes de la cabine s'ouvrirent en tintant et nous avançâmes à l'intérieur. M'adossant contre la paroi, je secouai la tête.

— C'était perturbant.

— Ce n'est pas ma faute si tout le monde me désire, dit-il dans un nouvel éclat de rire en appuyant sur le bouton du rez-de-chaussée. Je savais qu'il ne plaisantait qu'à moitié.

— Sauf moi, dis-je en croisant les bras.

— Oui, je suis au courant.

Il demeura silencieux et pensif pendant toute la descente, mais j'ignorais si c'était parce que mon absence de désir pour lui le décevait, ou le laissait simplement perplexe. Il tenta de changer de sujet lorsque nous atteignîmes le rez-de-chaussée.

— Alors comme ça, ton frère est gay ?

— Pas du tout, m'insurgeai-je avant de sortir de la cabine.

Cela ne m'aurait pas posé de problème, mais Milo ne l'était pas. Enfin, j'aurais été au courant s'il l'avait été !

— Oh, il ne te l'a pas encore avoué !

Jack enfonça les mains dans ses poches et m'emboîta le pas, tandis que je me précipitais dehors, dans la fraîcheur de l'air nocturne.

Là, je me rendis compte que je ne savais pas où il était garé ni même quelle voiture il avait empruntée, donc je m'arrêtai pour l'attendre.

— Rien n'indique qu'il soit gay, persistai-je.

Il tourna à gauche et continua un peu, puis j'aperçus sa Jetta.

— Oh, allez ! se moqua Jack. Tu as forcément remarqué sa façon de me lorgner.

— Tout le monde te regarde de cette façon.

Je m'efforçai en vain de me souvenir si les hommes étaient également charmés par Jack.

Tous les gens réagissaient de manière chaleureuse à son égard, mais j'étais presque certaine que les garçons ne lui avaient pas adressé ce regard particulier, que j'avais vu chez Jane ou ma mère.

— Non, tout le monde ne le fait pas.

Jack appuya sur la télécommande et le véhicule émit un « bip » signalant son déverrouillage.

— Alors, comment ça fonctionne ? demandai-je en ouvrant ma portière. Tes phéromones n'agissent que sur les personnes qui en temps normal seraient sexuellement attirées par toi ? Mais comment peuvent-elles le savoir ?

Jack resta à l'extérieur pour me laisser terminer ma question, puis, en guise de réponse officielle, se contenta de monter à bord.

— Tu ne devrais peut-être rien dire à ton frère, affirma-t-il quand j'eus à mon tour embarqué.

Il démarra, faisant vrombir le moteur l'espace d'une seconde, puis s'éloigna du trottoir.

— S'il ne t'a encore rien dévoilé, c'est qu'il n'est probablement pas prêt à accepter l'idée que tu le saches.

— Il n'est pas gay, répétai-je d'un ton ferme. Il n'a que quinze ans.

— Ouais, c'est ça, parce qu'à cet âge-là, tu ignorais que tu étais hétéro ? répliqua-t-il en levant les yeux au ciel.

— Comment tu sais que je suis hétéro ? ripostai-je.

Enfin, je l'étais, mais lui ne le savait pas.

— Ça expliquerait pourquoi je ne suis pas attirée par toi, poursuivis-je.

— Tu es attirée par moi, sinon tu ne serais pas assise dans cette voiture à côté de moi. Mais ce n'est pas la même chose que pour les autres, m'assura-t-il.

Il garda le regard rivé sur la route et alluma l'autoradio. La musique du groupe Joy Division s'échappa doucement des enceintes.

— Si tu le dis.

Je croisai de nouveau les bras, puis me radoucis un peu en songeant à Milo et à toutes ses manières un peu étranges, que j'avais toujours attribuées au fait qu'il était plus jeune et plus responsable que moi.

— Alors… tu crois vraiment que Milo est gay ?

— Ça ne fait aucun doute, répondit Jack d'un ton catégorique. Et avant que tu me poses la question, oui, c'est quelque chose que je sens. Je ne peux pas l'expliquer, mais je le sais. Comme un lion détecte le zèbre le plus faible d'un troupeau.

— Alors pour toi, être gay et être faible c'est la même chose ?

J'acceptais tout juste l'éventualité que mon frère soit gay, mais je me sentais déjà sur la défensive à ce propos. Milo était mon petit frère, et probablement la seule personne au monde qui tenait à moi.

— Non, je compare mon étonnante capacité à percevoir les choses à celle d'un lion, clarifia Jack.

Je boudais toujours plus ou moins. Je n'étais pas encore remise du fait que ma mère et mon frère, dont je venais de découvrir l'orientation sexuelle, l'avaient désiré, mais il était difficile de faire la tête à Jack.

— Hé, tu sais ce qui te remonterait le moral ?

— Je ne peux qu'imaginer, dis-je sèchement.

— Jouer à *Dance Dance Revolution* dans une salle de jeux d'arcade.

Sans m'avertir, il fit brusquement demi-tour en coupant à travers trois files de circulation.

— Ça ne paraît pas si génial que ça.

L'idée ne me plaisait pas trop, mais Jack pensait le contraire, ce qui, mystérieusement, suffit à me convaincre.

Je commençais à m'apercevoir que mes sentiments semblaient se calquer sur les siens et que cela aurait dû m'alarmer, mais comme lui ne l'était pas, je ne parvenais pas à m'inquiéter.

Comme d'habitude, je rentrai très tard à la maison. Après la fermeture de la salle de jeu, nous avions traîné dans un vidéoclub, pour finalement décréter que nous n'avions pas envie de louer un DVD, et puis nous avions roulé au hasard un moment avant que Jack me dépose devant chez moi.

Comme ma mère était partie au travail et Milo était couché, je ne pus recueillir leurs impressions sur la visite de Jack.

Quand enfin je me levai le lendemain, je m'empressai d'aller interroger Milo. Je ne m'attendais pas à ce qu'il s'épanche, mais son laconique « Il a l'air sympa » ne rendait pas justice à la soirée.

Le fait que Milo me dissimulait manifestement une information aussi cruciale que son homosexualité me mettait mal à l'aise. Une partie de moi était tentée de tout faire éclater au grand jour et d'exiger des aveux, mais la décision lui appartenait, et il devait s'assumer à son rythme.

À cause de ce malaise, je choisis de rester au lit toute la journée, à lire et écouter Death Cab for Cutie. Lorsque ma mère se réveilla, je sortis pour prendre un soda et savoir ce qu'elle avait pensé de Jack, mais je fus déçue de découvrir qu'elle partageait l'opinion de Milo.

Ce n'est pas que j'aurais souhaité l'entendre s'extasier sur lui jusqu'à me donner la nausée, mais sa réticence, comme celle de mon frère, à dire quelque chose de concret sur Jack me perturba. J'étais persuadée qu'ils étaient probablement embarrassés par la façon dont ils s'étaient comportés, mais quand même. Quand ma mère me confirma qu'elle ne s'opposait pas à ce que je fréquente Jack, je renonçai. Au moins, elle l'aimait bien, et j'étais libre de faire ce que je voulais.

Je regagnai ma chambre pour tenter de comprendre pourquoi il m'importait tant de continuer à le voir. Je n'étais pas tombée sous son charme de la même manière que la plupart des gens, mais cela ne signifiait pas pour autant que je n'étais pas envoûtée. Comme il l'avait souligné, il m'attirait, sinon je ne serais pas restée avec lui.

Je m'étendis sur mon lit et me demandai si c'était comme dans ce navet avec Sandra Bullock, *Miss Cobaye*. Les personnages du film buvaient un philtre d'amour et soudain, tout le monde les désirait. Peut-être Jack avait-il fait la même chose dans le cadre d'une expérience gouvernementale bizarre.

Mais nous vivions dans le Minnesota. Pourquoi le gouvernement réaliserait-il des expériences ici ? D'ailleurs, la CIA ou le FBI possédaient-ils même des bureaux dans notre État ?

En tout cas, ce serait une expérience vraiment stupide. Quelles seraient les applications pratiques d'une telle potion ? *Et est-ce qu'on fabrique encore ce genre de breuvages de nos jours ?*

Milo resta devant l'ordinateur toute la journée et m'adressa à peine la parole. Je ne pus déterminer s'il m'en voulait de l'avoir abandonné la veille ou s'il gérait les émotions contradictoires liées à sa sexualité.

Dans les deux cas, je décidai de ne pas l'embêter et mangeai en vitesse avant de passer le reste de la soirée dans ma chambre. Je finis par me mettre au lit, un peu surprise de n'avoir aucune nouvelle de Jack.

Puisque c'était mon dernier jour de vacances, je décidai de passer la majeure partie du temps à dormir. Je savais qu'il me serait d'autant plus dur de me coucher à une heure raisonnable ou de me lever pour l'école le lendemain matin, mais cela m'était égal.

Lorsque je m'extirpai enfin de mon lit, je me douchai, puis me préparai. J'avais toujours envie d'éviter mon frère, alors j'envoyai un texto à Jack :

Qu'as-tu prévu de beau aujourd'hui ?

J'étais assise par terre dans ma chambre et me vernissais les orteils en bleu foncé.

Je viens de me lever, me répondit-il rapidement.

Désolée. Est-ce que je t'ai réveillé ?

Il était plus de 18 heures, mais d'après le peu de temps que j'avais passé en sa compagnie, j'avais l'impression qu'il ne s'endormait jamais avant l'aube.

Plus ou moins. Mais ce n'est pas grave, il fallait que je me lève de toute manière.

Tu voulais faire un truc ce soir ?

Tout en soufflant sur mes ongles pour qu'ils sèchent, je fixai mon téléphone du regard, pleine d'espoir.

Ouais. Quand ?

Le plus tôt possible. J'ai cours demain.

C'est absurde ! :-(OK. Je prends une douche et je viens te chercher dans une heure. C'est bon ? me demanda-t-il.

Je ris. Mon retour en classe allait modifier son existence, et je me sentais donc un peu spéciale.

Cool. À +.

Une fois que mes ongles eurent fini de sécher, j'achevai de me préparer. J'enfilai des ballerines qui recouvraient totalement mon vernis, mais les températures étaient encore trop fraîches pour sortir en sandales.

Lorsque j'entrai dans le salon, Milo était scotché devant l'ordinateur. Je portais juste un jean et un tee-shirt, sur lequel j'enfilai ma veste à capuche blanche à fermeture Éclair. Même avec ça, j'allais certainement me geler, mais comme je trouvais mon blouson moche, c'était la meilleure solution.

— Tu sors ? demanda Milo sans se retourner, d'une voix trop monotone pour que je l'interprète.

— Oui, acquiesçai-je.

Ce problème de communication entre nous ne m'enchantait pas, mais j'ignorais comment y remédier.

— Avec Jack, poursuivis-je. Je rentrerai tôt. Vu qu'il y a école demain.

— Peu importe, répondit-il de manière évasive.

Il ne me sermonnait pas ni ne me désapprouvait. Je poussai un soupir.

— Bon, eh ben, à plus tard.

Je me dirigeai vers la porte, mais il garda le silence, alors j'attendis qu'il réagisse. Il marmonna un vague « salut » et, me doutant que je n'obtiendrais pas mieux, je sortis.

Jack était de nouveau venu avec la Jetta, et je me demandai sur quels critères il choisissait la voiture qu'il prenait. Il écoutait le titre *Stronger* de Kanye West et le fredonnait joyeusement. Il sembla à peine me remarquer quand je montai à bord. Nous restâmes devant l'immeuble jusqu'à la fin de la chanson, puis il éteignit la radio et me sourit.

— J'ai pensé qu'on pourrait se promener à pied ce soir, m'annonça-t-il gaiement.

— D'accord. Où ?

La nuit était fraîche, mais le froid tolérable. Jack portait un sweat à capuche et un pantalon. Il avait renoncé à son tee-shirt et son bermuda habituels, qui paraissaient particulièrement inadaptés en ce mois de mars.

— Loring Park.

Il démarra aussitôt.

Le parc ne se situait qu'à huit cents mètres de chez moi, mais comme j'habitais de l'autre côté de l'autoroute qui le traversait, il était presque impératif de s'y rendre en voiture. Il était relié au Jardin des sculptures de Minneapolis, où l'on pouvait admirer la fameuse cuillère géante avec une cerise (*Spoonbridge and Cherry*) ainsi que plein d'autres petites œuvres fantaisistes.

Nous finîmes par rejoindre le parc, sans sculptures, mais pourvu de nombreuses allées boisées.

Jack se gara, puis je sortis de la voiture et contemplai les étoiles qui scintillaient au-dessus de nos têtes. D'ordinaire, elles étaient difficiles à voir à cause des lumières de la ville, mais l'air frais printanier les faisait nettement ressortir.

Je cherchai Orion, la seule constellation que j'étais capable de reconnaître, mais Jack s'engagea dans un chemin, et je le suivis en me promettant d'explorer le ciel plus tard.

—Alors, tu as vraiment cours demain ? me demanda-t-il, d'un ton maussade, quand je l'eus rattrapé.

Il ne s'arrêta pas et glissa les mains dans ses poches, les yeux rivés sur ses Converse, tandis que de mon côté, j'avais tendance à admirer le paysage et les étoiles.

—Oui, grimaçai-je.

J'avais un devoir à rendre sur la guerre de 1812, et ne l'avais toujours pas commencé. En fait, je ne savais rien de cette période, excepté sa date. Si la communication entre Milo et moi avait été meilleure, je serais probablement retournée chez moi et l'aurais harcelé jusqu'à ce qu'il cède et rédige ma dissertation à ma place.

—Bon, à quelle heure tu dois être rentrée ?

Il donna un coup de pied rageur dans un caillou, comme un petit garçon que l'on aurait envoyé au lit pour le punir.

—Aucune idée. Avant minuit, je suppose.

En réalité, ce n'était pas beaucoup plus tôt que l'heure à laquelle je rentrais d'habitude, mais il soupira et grommela des propos inintelligibles.

—Quoi ?

—Non, rien, marmonna-t-il sans quitter le sol des yeux.

—Tu avais de grands projets pour ce soir ? demandai-je en essayant de comprendre ce qui le déprimait à ce point.

C'était moi qui devais me lever à 7 heures le lendemain, pas lui.

—Non. C'est juste que je n'aime pas que les choses soient limitées dans le temps.

Il soupira de nouveau puis observa le ciel.

— C'est un peu bizarre, fis-je remarquer.

Milo avait la phobie du sable mouillé, et Jane détestait le mot « concupiscent », qui était bien trop pervers, même pour elle, mais je trouvais assez étrange de ne pas apprécier tout ce qui possédait une fin bien précise.

— Tout a une fin.

— J'en suis conscient. Bref, on ne traîne pas non plus jusqu'à pas d'heure. C'est juste que…

Il secoua la tête, puis avisa au loin la Basilique Sainte-Marie, cette immense et magnifique cathédrale dont on ne distinguait que le toit voûté qui se détachait dans le ciel, au-dessus des arbres.

— Mae souhaitait se marier là-bas.

— Pardon ? répliquai-je, déroutée par son brusque changement de sujet.

Il désigna l'édifice d'un mouvement de tête.

— La femme de mon frère. Mais Ezra n'était pas d'accord.

— Pourquoi ?

Il s'agissait d'une œuvre architecturale grandiose. Je pouvais donc comprendre que le lieu donne envie d'y organiser son mariage. Ce n'était pas mon cas, mais le plus souvent, je n'étais même pas certaine d'avoir envie qu'on me passe la bague au doigt.

— D'abord, parce qu'ils ne sont pas catholiques.

Ce n'était pas tout, mais Jack sembla hésiter à me dévoiler les autres raisons. Il finit par poursuivre :

— Ça ne paraissait pas correct. Mae s'était déjà mariée une première fois. Alors, ils ont choisi une autre solution, et d'ailleurs la cérémonie s'est très bien passée.

— Depuis combien de temps sont-ils mariés ?

— Je ne sais pas trop, répondit-il en haussant les épaules.

Je frissonnai de froid et resserrai ma veste contre moi. Jack, que la température ne semblait pas gêner du tout, me jeta un coup d'œil. Rien ne semblait réellement le déranger, mis à part mon couvre-feu.

— Tu veux que je te prête mon sweat ?

Il fit mine de l'enlever, mais je levai la main pour l'en empêcher.

— Non, ça va.

Dans la mesure où il s'était donné la peine de s'habiller plus chaudement que d'habitude, je n'allais pas le lui prendre, simplement parce que j'avais jugé mon blouson moche.

— Tu es sûre ?

— Oui, pas de problème, insistai-je.

Je rabattis la capuche sur ma tête, puis lui souris.

— Tu vois ? C'est bon !

— Si tu le dis, déclara-t-il en rajustant son sweat. N'hésite pas si tu changes d'avis.

— Ça n'arrivera pas.

— Je sais, renchérit-il, quelque peu exaspéré. Tu ne changes jamais d'avis sur rien.

— Tu ne me connais pas depuis bien longtemps, lui reprochai-je. Comment tu peux en être aussi certain ?

— Il y a des choses dont je suis sûr, lâcha-t-il simplement.

C'était parfaitement exact. Il n'avait pas toujours réponse à tout, mais il ne se trompait jamais sur ce qu'il affirmait. J'allais lui demander d'où lui venait cette étonnante capacité qui s'exerçait dans tous les domaines, mais il leva brutalement la tête.

— Fais attention !

— À quoi ?

Je tentai de conserver une voix égale, mais dès l'instant où il devint nerveux, la terreur s'empara de moi.

Il se positionna devant moi pour me protéger, mais je me penchai sur le côté pour scruter l'obscurité et tenter d'apercevoir le danger qui nous guettait.

Chapitre 6

Je crus d'abord qu'un énorme grizzly fonçait sur nous. Mais l'animal passa sous un réverbère, et je constatai que ce n'était qu'un gros chien marron. Il existait un espace canin de l'autre côté du parc, alors la présence de ce molosse ne m'aurait pas inquiétée outre mesure si Jack n'avait pas été dans un tel état d'alerte.

— C'est juste un chien, lui dis-je, espérant qu'il se détendrait.

— Je le sais.

Il semblait réfléchir, se demandant probablement s'il ferait mieux de s'enfuir ou de ne pas bouger, mais l'animal approchait à toute vitesse, sa décision visiblement prise.

— Et zut !

Sans même ralentir, le chien nous montra les dents. De la bave dégoulinait de sa gueule, et ses yeux hagards brillaient d'une lueur intense que je ne n'avais jamais observée chez une bête.

Sans avoir été provoqué, il se jeta soudain sur Jack. Ce dernier maintenait un bras derrière lui pour me protéger tandis qu'il se servait de l'autre, devant lui, pour bloquer l'attaque.

L'animal s'y accrocha en refermant les mâchoires dans un craquement qui me glaça le sang, et je poussai un hurlement. D'un mouvement rapide, Jack attrapa le chien par la peau du cou, de son autre main.

— Retourne à la voiture ! me cria-t-il.

Il avait plaqué l'animal au sol en s'agenouillant sur son dos et placé les doigts autour de son cou. Le sang ruisselait le long de son bras blessé, tandis que le chien tentait encore de le mordre et grondait férocement.

Je restai figée, bouche bée devant cette scène.

— Alice ! Retourne à la voiture !

— Pourquoi ?

J'avais la nausée, mais je me refusais à abandonner Jack. Je savais que si je le faisais, quelque chose de terrible surviendrait, même si j'ignorais quoi au juste.

— Alice ! Vas-y ! grogna Jack.

L'adrénaline déferla en moi, et mes pieds furent ravis de s'exécuter, quand je me mis à courir vers la Jetta.

Avant même de l'atteindre, j'entendis le chien glapir, et mon estomac se tordit. Mon cœur tambourina de manière irrégulière, et je faillis vomir.

J'atteignis la voiture et résistai à l'envie de poursuivre ma course. Au lieu de cela, je m'écroulai à côté du véhicule, sur le trottoir, cherchant à reprendre mon souffle.

Lorsque je vis Jack s'avancer dans ma direction, je me levai et me précipitai vers lui, mais m'arrêtai net avant de le toucher.

D'un côté, je désirais vraiment le serrer dans mes bras, mais de l'autre, je savais ce qu'il avait fait, et cela m'effrayait au plus haut point. Des larmes irrépressibles inondèrent soudain mes joues, mais j'essayai d'en faire abstraction.

— Jack, qu'est-ce que tu as fait ? lançai-je en m'essuyant les yeux. Au chien ?

— Alice…, commença-t-il en fermant les yeux, comme si ma réaction allait lui être insupportable à voir. Je n'avais pas le choix. Tu l'as vu. Il allait tuer quelqu'un ! Et si tu avais été là-bas toute seule ou avec Milo ?

Il avait entièrement raison. Le chien était fou et probablement enragé, et même avant de m'éloigner de Jack, j'étais sûre qu'il le tuerait. Mais ça ne changeait rien.

La violence envers les bêtes me faisait toujours pleurer, d'autant plus que cette fois, j'avais joué un rôle dans la mort de cet animal. Jack l'avait tué pour me protéger.

— Je m'en fiche !

Je sanglotai de plus belle, alors que j'aurais aimé pouvoir me calmer.

Je culpabilisais d'en vouloir à Jack de m'avoir sauvé la vie, mais je ne pouvais m'en empêcher. Il eut un geste maladroit, comme s'il voulait me serrer dans ses bras, mais je savais que s'il le faisait, je le repousserais.

Il prit une profonde inspiration et détourna le regard. L'angoisse se lisait sur son visage, et il recula d'un pas.

— Alice, tout vient de se compliquer énormément.

— De quoi parles-tu ?

Je perçus un changement, et une vague de peur inédite me parcourut. Même si j'étais vraiment bouleversée à cause du chien, à aucun moment je n'avais détesté Jack ni été véritablement en colère contre lui.

— De ça ! s'exclama-t-il en secouant la tête avant de me dépasser. Tout ! C'est tellement absurde ! Je suis un sacré idiot.

— Qu'est-ce que tu veux dire ?

Je courus après lui en me demandant ce que j'avais pu faire d'aussi épouvantable. Je tendis la main pour le toucher, mais il éloigna le bras avant même que je m'en approche.

— Je te ramène chez toi.

Nous étions arrivés à la voiture, mais il resta à l'extérieur, attendant que je monte en premier. Je m'étais arrêtée devant le véhicule et je refusai de bouger.

— Non ! insistai-je. Pourquoi ?

— Pourquoi ? reprit-il avec un petit rire dénué d'humour, qui me provoqua des frissons nerveux dans tout le corps.

Puis il s'avança vers moi d'un pas chancelant, le visage dur, et s'exprima avec une voix plus âpre que je l'aurais cru possible :

— J'ai tué un chien, pour te sauver la vie, et tu me dévisages comme si j'étais un monstre !

Il se frotta la tempe, et je vis que sa main était couverte de sang. J'avais réussi à occulter que l'animal avait plongé les crocs dans sa chair.

— Pas du tout, Jack, c'est juste que je n'aime pas que les bêtes meurent, expliquai-je avec douceur.

— Cela ne plaît à personne, Alice, répliqua-t-il d'un ton glacial, avant de se mordre la lèvre et de secouer la tête. Ce fichu clébard avait sûrement la rage. Il allait mourir dans tous les cas, marmonna-t-il.

— Je le sais, acquiesçai-je, la gorge serrée. J'ignore ce que j'ai fait pour te mettre dans un tel état, mais je suis désolée. Je n'avais pas l'intention de te blesser. Et je te trouve injuste de me rayer de ta vie pour avoir pleuré à cause d'un chien.

— Ce n'est pas parce que tu as pleuré. (Il s'était un peu radouci, mais refusait toujours de me regarder.) C'est la façon dont tu m'as dévisagé.

— Je suis désolée, m'excusai-je de nouveau. J'étais sous le choc ! Le chien nous a foncé dessus, puis t'a attaqué et ensuite… je ne sais pas. Pardon. C'est seulement parce que c'était une bête. Tu te souviens quand tu as tabassé ces types dans le parking souterrain ? Je n'ai pas pleuré.

— C'est vrai, reconnut-il.

Il semblait enfin s'être calmé. J'avançai vers lui, examinant les accros dans son pull et sa main ensanglantée.

—On devrait aller aux urgences, suggérai-je.

—Pourquoi ? demanda-t-il en levant des yeux terrifiés sur moi. Est-ce qu'il t'a blessée ? J'ai cru que je l'avais bloqué…

—Non, je n'ai rien, l'interrompis-je, et il se détendit de nouveau. Je voulais dire : pour toi. Le chien t'a mordu.

—Ça ira, m'assura-t-il en agitant le bras d'un air absent.

Il se rapprocha de la voiture, comme s'il était pressé de monter à bord afin d'échapper à mon regard inquisiteur.

—Ce n'est pas grave, reprit-il.

—Si, répliquai-je en avançant encore. Ton sweat est déchiré, et je vois bien que tu saignes. Et puis, comme tu l'as dit, le chien était sûrement enragé. Il va te falloir une injection antirabique.

—J'irai demain. Ce n'est pas méchant.

Il avait tellement reculé qu'il se trouvait désormais plaqué contre la portière. Je tendis la main pour lui saisir le bras, mais il l'écarta.

—Jack ! m'écriai-je d'une voix ferme.

Il poussa un soupir agacé.

—Ce n'est pas méchant, répéta-t-il en me laissant le toucher.

Son sweat à capuche était trempé du sang qui souillait sa main : je doutais de ce qu'il soutenait. Je remontai sa manche avec précaution et eus le souffle coupé par ce que je découvris.

Je distinguai trois minuscules marques de dents sur son bras. Rien de plus. Les plaies étaient un peu rouges et enflées, mais pas plus grandes qu'un point dessiné au crayon. Et pour couronner le tout, elles ne saignaient pas.

Il avait le bras maculé de sang, dont les traînées indiquaient qu'il provenait bien des traces de morsures. Il y avait du sang, mais presque pas de blessure.

—Je t'ai dit que ce n'était rien.

Il dégagea son bras d'un coup sec et baissa sa manche.

— Comment c'est possible ? demandai-je en le considérant d'un regard perplexe.

— Je saigne facilement. Je suis hémophile.

Pour une raison que j'ignorais, il esquissa un sourire en coin en me donnant cette réponse.

— Non, ce n'est pas possible, rétorquai-je en secouant la tête. J'ai entendu les mâchoires du chien te broyer le bras. Des plaies aussi superficielles ne peuvent pas avoir atteint l'os.

— C'est arrivé si vite. Tu ne peux pas être certaine de ce que tu as entendu, tenta-t-il de se justifier.

— Je n'ai aucun doute ! m'exclamai-je avec plus de conviction que j'en ressentais en réalité. Tu devrais avoir de grosses marques de morsure, et peut-être même une fracture. D'ailleurs, comment tu as fait pour plaquer ce chien au sol ?

— Tu m'as vu faire.

Il m'adressa un regard incrédule, teinté d'une autre émotion impossible à déchiffrer.

— Ce chien était énorme et en furie !

Je me remémorai la façon dont Jack l'avait arrêté d'une seule main avant de le jeter au sol. La bête pesait bien quarante-cinq kilos, et elle s'était cramponnée à son bras en serrant les mâchoires.

— Ce n'est pas humainement possible d'avoir pu stopper un chien comme ça, sans lutter de manière acharnée, et de se retrouver avec trois traces de morsure à peine visibles ! Si tu as pu le maîtriser avec autant de facilité, alors…

— Qu'est-ce que tu insinues, au juste ?

Il me scruta en plissant les yeux, qui brillaient d'une lueur d'intérêt. Il espérait que je découvre son secret.

— Tu t'es fait mordre, mais tu es à peine blessé et… ta force semble surnaturelle et… tous les habitants de la planète veulent coucher avec toi et… tu n'as pas de température corporelle ! débitai-je.

Je me mordillai la lèvre sans pour autant le regarder. J'essayais de comprendre, mais rien ne me paraissait logique. Je sentais ses yeux rivés sur moi, mais je ne réussissais pas à assembler les pièces du puzzle.

— Donc ? m'encouragea-t-il.

— Donc… (Totalement exaspérée, j'eus un geste d'impuissance.) Je n'en sais rien ! Tu es un loup-garou !

Jack prit un air déçu et se moqua de moi.

— Ça n'existe pas, dit-il en levant les yeux au ciel avant d'ouvrir la portière.

— Qu'est-ce qu'il y a d'autre alors ? répliquai-je d'une voix geignarde.

Pour toute réponse, il claqua la portière. Je m'empressai de faire le tour de la voiture pour m'installer du côté passager.

— Que se passe-t-il, Jack ?

— J'ai beaucoup saigné, tu es troublée parce que tu as laissé tes émotions l'emporter sur la raison. L'adrénaline m'a donné la force nécessaire pour plaquer le chien au sol, et je suis juste extrêmement séduisant, expliqua-t-il d'un ton taquin, surtout quand il évoqua son charme irrésistible. Oh, au fait, j'ai une température aussi. Tous les êtres vivants ont une température.

— D'accord, c'est vrai, mais la tienne n'est pas normale pour un humain.

— Je ne savais pas que tu étais un thermomètre ambulant !

Il démarra en me jetant un coup d'œil.

— On va où ? m'enquis-je sans tenir compte de sa remarque.

— Je te dépose chez toi, déclara-t-il. Pour ce soir, je veux dire. On se verra demain. La soirée a été éprouvante pour toi, et tu as cours tôt.

— Tu dois quand même aller à l'hôpital, soulignai-je. Les crocs du chien ont traversé ta peau. Tu as besoin d'une injection antirabique.

— C'est inutile.

Il sortit du parking et alluma l'autoradio à un volume qui nous permettait de nous entendre.

— Écoute, je sais que les plaies ne sont pas profondes, mais si sa salive entre en contact avec ton sang, tu peux attraper la rage. J'ai lu le livre que Chuck Palahniuk a écrit sur le sujet, alors je suis presque une experte. Ça se transmet même par voie sexuelle.

— Eh bien, heureusement pour toi…

Il s'interrompit pour m'adresser un clin d'œil, mais je me contentai de lever les yeux au ciel.

— … je n'ai pas la rage, poursuivit-il.

— Tu n'en sais rien, affirmai-je. Ça ne te coûterait rien d'accepter cette fichue piqûre.

— Non, Alice, je n'en ai pas besoin.

Il me regarda avec le plus grand sérieux et je finis par saisir.

— Tu ne peux pas contracter la rage.

Je soupirai et appuyai ma tête contre le siège.

— Ma théorie du loup-garou tombe à l'eau.

— Je t'ai déjà dit qu'ils n'existaient pas.

— Est-ce que tu es seulement immunisé contre la rage, ou contre toutes les maladies contagieuses ? tentai-je, même si j'ignorais s'il allait me répondre. Oh mon Dieu, tu l'es contre toutes les maladies, n'est-ce pas ? Quel que soit le type ?

— La soirée a été longue pour toi, dit-il doucement. On devrait peut-être en rester là pour aujourd'hui.

— Mais…

Je voulus protester, mais aucun argument ne me vint à l'esprit. Toute cette histoire commençait à me rendre folle, mais pour une raison mystérieuse, il ne pouvait pas me dire ce qui se passait. Cela avait pour seul effet d'augmenter ma frustration et ma perplexité.

— Tu vas bien, pas vrai ?

— Comment ça ?

— Eh bien… ce soir, tu m'as défendue et tu as été blessé. Je veux juste savoir si tu vas bien.

Ce serait peut-être la seule information que j'obtiendrais, mais elle devrait suffire à me calmer.

— Oui, je vais bien, répondit-il en me souriant.

Il s'était arrêté devant mon immeuble, mais je répugnais à m'en aller.

— Bon sang, c'est réellement injuste, grognai-je en ouvrant la portière.

— Tu sais quel est ton problème ? lança Jack en me considérant d'une étrange façon. Tu t'inquiètes beaucoup trop.

— Ouais. C'est ça mon problème, ronchonnai-je en sortant.

Lorsque Jack redémarra et s'éloigna, il riait encore, et je restai sur le trottoir pendant une minute, essayant de relativiser. Bien sûr, il avait tué un chien enragé et sa blessure avait cicatrisé comme par magie, mais il m'avait sauvé la vie. Une fois de plus.

Il n'existe pas de pire son au monde qu'une sonnerie de réveil. Après que Jack m'eut déposée chez moi la veille, j'avais eu beaucoup de mal à m'endormir. Entre l'adrénaline d'avoir frôlé la mort, les réponses de plus en plus énigmatiques de Jack et son comportement toujours plus bizarre, j'avais trop de choses en tête.

Lorsque je m'aspergeai le visage d'eau tiède sous la douche, tout me parut encore plus absurde. J'habitais Minneapolis, pas Gotham City ou n'importe quelle autre ville imaginaire dans laquelle ce genre de choses arrivait.

Ici, dans le monde réel, il n'existait pas de super pouvoirs, de loups-garous ou de licornes : dans la vie, tout avait une explication, et celle de Jack était probablement plus en rapport avec la cocaïne ou la mescaline qu'avec la magie. Les accros aux amphétamines étaient connus pour être capables de déployer une force surnaturelle, et s'ajoutait à cela une sorte de dérèglement chimique qui rendait son odeur irrésistible pour les femmes. Je tenais là mon explication. Le problème était résolu. Jack n'était qu'un abruti qui ne voulait pas avouer sa toxicomanie.

Je faillis rater le bus pour le lycée parce que j'étais restée trop longtemps sous la douche. Milo s'assit à côté de moi, mais il ne semblait pas d'humeur bavarde, alors je mis mes écouteurs et décidai de passer le temps avec la musique de Rogue Wave sur mon iPod. Je posai le front contre la vitre et observai mon souffle la couvrir de buée.

Milo me snobait toujours, même si je n'avais rien fait de mal, et ce garçon que je connaissais à peine, mais que j'appréciais énormément, avait combattu un chien enragé la nuit précédente. Que s'était-il au juste produit dans mon existence pendant ces vacances de printemps ?

Les cours passèrent encore plus lentement qu'à l'accoutumée. Je dormis pendant toute la deuxième heure, mais parvins à utiliser discrètement mon iPod dans les autres matières. Je me contentai de regarder par la fenêtre la pluie froide qui s'abattait et tentai de ne pas penser à Jack. Au bout du cinquième cours, j'étais totalement épuisée à force d'essayer.

Pendant l'interclasse, devant mon casier, je laissai tomber mon livre d'histoire. Je me penchai pour le ramasser et quand je me relevai, Milo se tenait près de moi, ce qui me fit sursauter. Il admira le désordre qui encombrait mon casier, y compris les incontournables photos de magazines découpées tapissant l'intérieur de la porte.

— Mince, tu m'as fait peur, râlai-je en fourrant le manuel dans mon sac.

— Bon, tu seras à la maison ou pas, ce soir ?

La main sur la porte de mon casier, il l'ouvrait et la refermait un peu, juste assez pour la faire grincer.

— Évidemment. C'est là que j'habite.

Je continuai à farfouiller dans mon sac, mais je m'évertuai surtout à avoir l'air occupée.

— Je veux dire, est-ce que tu vas traîner avec Jack ?

Son ton était glacial. Je ne comprenais pas pourquoi il jugeait choquant que je fréquente Jack. Même s'il éprouvait une certaine jalousie, n'aurait-il pas dû tenter de la masquer un peu mieux ?

— Oui, sûrement, répondis-je en haussant les épaules.

En vérité, je n'avais pas eu de ses nouvelles, mais il avait affirmé que nous nous verrions ce jour-là, et je n'avais aucune raison d'en douter. Enfin, excepté le fait qu'il me cachait quelque chose de capital.

— Vous sortez ensemble ou quoi ? s'enquit Milo, dégoulinant de sarcasmes.

— Non. Ce n'est pas aussi simple.

Je mis mon sac sur l'épaule, et il fronça les sourcils.

J'en eus soudain assez de devoir me justifier. Nous ne sortions pas ensemble, mais cela n'aurait pas dû le préoccuper de toute façon. Ce n'était pas ma faute si le charme anormal de Jack avait rendu son orientation sexuelle encore plus déroutante. Si Milo m'avait avoué que cela lui posait un problème, je n'aurais pas invité Jack.

— Si tu le dis, marmonna-t-il.

— De quoi tu m'accuses au juste ?

Je claquai la porte de mon casier. Il laissa retomber ses bras, visiblement surpris.

— Même si je sortais avec Jack, c'est quoi le problème ? C'est mon droit. Il n'y a rien de mal à être son amie, à sortir avec lui ou faire quoi que ce soit d'autre avec lui. C'est un mec sympa, et ce serait tout à fait légitime.

— Comme tu veux, lança Milo, moins confiant et énervé.

— C'est ridicule, Milo, affirmai-je en rajustant la bretelle de mon sac et en lui adressant un regard plein de douceur. J'ai pigé, d'accord ? J'ai vu la façon dont tu matais Jack.

— Je ne comprends pas de quoi tu parles.

Il rougit, détourna les yeux et se tortilla, mal à l'aise.

Révéler son homosexualité au beau milieu des couloirs du lycée n'était probablement pas judicieux, mais je ne pouvais plus supporter son indifférence. D'habitude, j'étais sa confidente, et manifestement, il n'allait pas aborder le sujet avec moi, sauf si je faisais le premier pas.

— Ce n'est pas grave, déclarai-je en baissant la voix pour que l'on ne surprenne pas notre conversation. Si tu es gay, ça ne me dérange pas. Je comprends.

— Tu ne comprends rien du tout ! cria-t-il.

Lorsqu'il releva la tête et que je vis ses yeux remplis de larmes, je me rendis compte de ma terrible erreur. Je ne pouvais pas l'obliger à assumer quoi que ce soit, et s'il n'était pas prêt à en discuter avec moi, j'aurais dû respecter son choix.

— Milo…

Je n'achevai pas, car j'ignorais quoi dire. De toute manière, il n'attendit pas la suite. Il tourna les talons et partit, furibond, me laissant seule pour réfléchir à l'imbécile que j'étais.

Lorsque je grimpai dans le bus au retour, il veilla à s'asseoir de l'autre côté. Pendant notre portion de trajet à pied jusqu'à l'immeuble, il courut devant moi. J'essayai de me dépêcher pour le rattraper, mais quand j'arrivai à l'appartement, il avait déjà claqué la porte de sa chambre.

Il devait être vraiment bouleversé pour risquer de déclencher la colère de notre mère juste pour me montrer à quel point il était fâché. Je soupirai et m'affalai sur le canapé en me demandant comment il avait pu me supporter aussi longtemps.

Après avoir visionné deux épisodes complets de *Judge Judy* vautrée ainsi, sans aucun signe de Jack ou de Milo, je commençais à me dire que le monde entier m'avait peut-être rejetée. Jane ne m'avait adressé la parole qu'une seule fois, pendant la pause-déjeuner, uniquement pour m'énumérer ce qu'elle avait bu et avec qui elle avait couché pendant les vacances.

J'avais envie de me recroqueviller sur le sofa et de renoncer à la vie, quand la mélodie de *Time Warp* retentit. Je me jetai sur mon téléphone.

Tu as fini ta journée de cours ? lus-je, et je me demandai depuis quand Jack avait quitté le système scolaire.

Oui, il y a deux heures à peu près. Pourquoi ? tapai-je.

Bien. Prête à sortir ?

Il n'avait pas réellement répondu à la question, mais ce n'était pas nouveau.

Oui, bien sûr ! Où tu veux aller ?

Je passe te chercher dans un quart d'heure.

L'échange en resta là. Ma tenue du jour, composée d'un jean, d'un long tee-shirt et d'un joli petit gilet noir, était convenable, mais mon maquillage s'était en grande partie estompé. Je fonçai donc dans la salle de bains pour en appliquer une nouvelle couche et me brosser les cheveux.

Je me dirigeai vers la porte d'entrée, puis me ravisai. Nerveuse, j'expirai un grand coup puis frappai à la porte de mon frère.

— Milo ? appelai-je d'un ton mal assuré.

Il resta silencieux, mais je décidai de poursuivre :

— Je sais que tu es furieux contre moi, et je ne t'en veux pas. Je me suis comportée comme une idiote. Mais euh… (je soupirai, cherchant mes mots) tu peux me parler si tu en as envie. Mais je me suis dit que j'allais te prévenir que je sors avec Jack ce soir. Mais n'hésite pas à me téléphoner si tu en as envie. OK ?

Il ne réagit pas, mais je patientai une minute au cas où. Puis, comme j'avais déjà passé trop de temps à me préparer, je me précipitai pour retrouver Jack.

Lorsque je sortis de l'immeuble, avec l'impression d'être la pire sœur de l'univers, je vis Jack se garer. Je me traînai jusqu'à la Lamborghini et me laissai retomber sur le siège.

La musique des Ramones jouait à plein volume. Il baissa le son de son autoradio en m'adressant un sourire malicieux. Même si ma mauvaise humeur était évidente, il en faisait abstraction, et elle ne tarda donc pas à s'évanouir.

— Quoi ? demandai-je. Que se passe-t-il ?

Il se mordit la lèvre, comme s'il hésitait à me révéler quelque chose.

— Je crois qu'il est temps que tu rencontres ma famille.

Il paraissait très impatient à cette idée, mais aussi un peu nerveux. Comme tout ce qui l'inquiétait avait tendance à m'effrayer, ma gorge se serra.

— Non, c'est une bonne chose. Je t'assure. (Puis il hocha la tête, plus pour lui-même qu'à mon attention.) Je t'assure, c'est bien.

Chapitre 7

Il passa la première brutalement, et je n'eus même pas le temps de protester que nous roulions déjà à toute allure dans la rue avant de tourner pour rejoindre l'autoroute. Non pas que j'aurais bronché. D'ordinaire, il n'y avait rien que je détestais plus que de rencontrer les parents de mes amis, mais la famille qui avait engendré Jack m'intriguait.

— Après ce qui s'est produit hier soir, je pense que le moment est venu, expliqua Jack.

Je ne voyais pas le rapport avec le chien enragé. Sauf si ses proches étaient éleveurs canins ou un truc de ce genre.

Me remémorant les événements, je jetai un coup d'œil à son bras, qui était découvert puisque Jack portait de nouveau l'un de ses habituels tee-shirts. Celui-ci arborait l'inscription « *Frankie says relax* ».

Je me penchai pour examiner de plus près ses deux bras, croyant que je n'avais pas regardé le bon. Mais aucun n'avait d'égratignure, de marque, ni même de cicatrice.

Il surprit mon regard et me réprimanda instantanément :

— Non. N'y pense même pas !

— À quoi ? rétorquai-je en me renfonçant dans le siège sans détourner les yeux. À te demander par quelle magie tu t'es débarrassé de toute trace de morsure aussi vite ?

— Exactement. Ne pose aucune question de ce genre, ni à mon propos, ni sur les autres, m'avertit Jack.

— Ils sont comme toi, n'est-ce pas ?

Plus rien n'aurait dû me choquer à ce stade-là. Pourtant, je le dévisageai, incrédule. Chaque fois que j'imaginais que la situation ne pouvait pas être plus bizarre, elle le devenait.

— J'ai envie que tu les rencontres, mais tu ne peux pas te conduire comme ça. Il faut que tu agisses comme si de rien n'était.

Son ton était léger, mais il ne plaisantait pas.

— Je suis sérieux, Alice. C'est ma famille, on applique mes règles.

— D'accord, je comprends, acquiesçai-je en levant les yeux au ciel avant de me tourner vers le paysage qui défilait à une vitesse folle derrière la vitre. Au fait, où habites-tu ?

— À Saint-Louis Park, au bord d'un lac, répliqua-t-il. Ce n'est pas très loin.

Je connaissais mal cette banlieue, mais j'avais entendu dire qu'elle regorgeait de belles maisons luxueuses. Il me sembla logique que Jack habite là, puisque nous circulions à bord d'une Lamborghini rouge vif.

— Ne t'inquiète pas, essaya-t-il de me rassurer. Tu vas leur plaire, je pense. Enfin, Ezra n'est pas là. Donc, il n'y a que Mae et Peter. Cela facilitera sûrement les choses.

— Où est Ezra ?

Bizarrement, savoir que l'un de ses frères serait parti accentua ma nervosité. Peut-être Jack avait-il conscience qu'Ezra ne m'apprécierait pas, et par conséquent, avait profité de l'absence opportune de ce dernier pour m'inviter.

— Il est en déplacement professionnel, précisa Jack en haussant les épaules. Comme souvent.

— Eh bien, la Lamborghini ne se paie pas toute seule.

— Oui, je suppose que tu as raison.

Il me jeta un coup d'œil, puis se moqua des gestes qui trahissaient ma nervosité. J'avais commencé à me ronger les ongles, une très mauvaise habitude que je me jurais sans cesse d'abandonner.

— Franchement, tu n'as rien à craindre. Ils vont t'adorer. Enfin, comme je t'aime bien… eux aussi, forcément.

— Ouais, comme si tout était aussi simple dans la vie, soupirai-je.

— Ce sera le cas en l'occurrence, m'assura-t-il avec un sourire confiant.

Jack ralentit et quitta l'autoroute, ce qui signifiait que nous nous rapprochions, et je sentis mon cœur battre à tout rompre. Lorsque nous arrivâmes devant chez lui, j'eus envie de rentrer sous terre.

D'une taille et d'une beauté majestueuses, la maison ressemblait plus à un manoir ou un château. Un garage de cinq places se trouvait au bout d'une petite allée sinueuse. Toute la façade était en grès pâle.

La porte d'entrée donnait dans une tour arrondie et était surmontée d'une grande fenêtre rectangulaire protégée de barreaux en fer forgé. La tour s'intégrait à une maison à la forme carrée plutôt traditionnelle, si ce n'était un magnifique balcon en fer forgé qui se détachait d'une fenêtre à l'étage, sous un saule pleureur.

— Waouh, lâchai-je, le souffle coupé tandis qu'il se garait. Tu vis ici ?

— Oui, gloussa-t-il en décelant l'admiration dans ma voix. C'est juste une maison.

— Rien n'est « juste » quelque chose avec toi, marmonnai-je.

Il éclata de rire et descendit de voiture. Je l'imitai, beaucoup plus lentement. Je n'avais jamais été aussi intimidée de ma vie. Tout chez moi me paraissait soudain quelconque et ennuyeux, et j'avais vraiment honte de lui avoir laissé voir l'intérieur de mon appartement outrageusement minuscule.

— Tu te rends bien compte que ce n'est pas moi qui l'ai achetée, pas vrai ?

Jack se retourna pour me regarder, tandis que nous passions devant les quatre autres véhicules du garage, la Jetta noire de Mae, une Jeep Wrangler verte dotée d'un toit ouvrant en toile, une Lexus LS et une Audi TT Roadster gris métallisé. Il désigna d'un geste cette impressionnante collection.

— Je n'en ai acheté aucune. Pas une ne m'appartient réellement.

— Qui les a achetées alors ?

— Surtout Ezra. Et Peter. Mae et moi sommes là pour le plaisir des yeux, souligna-t-il en me décochant un sourire.

Nous avions atteint l'immense porte en bois qui, supposai-je, menait à l'intérieur de la maison. Jack l'ouvrit à la volée et cria pour signaler notre présence. Je venais de me faufiler derrière lui, quand une énorme boule de poils blancs se jeta sur lui.

Cela me rappela l'épisode de la veille et je faillis glapir de peur, mais Jack se mit à caresser la chienne en lui disant qu'elle était mignonne, et je m'aperçus qu'il s'agissait seulement d'une gigantesque montagne des Pyrénées.

— Matilda !

Une voix chaleureuse, teintée d'un léger accent britannique, s'était élevée dans la maison, puis je vis sa propriétaire se précipiter pour nous accueillir.

Sa beauté atypique la rendait presque d'autant plus éblouissante. Ses longs cheveux ondulés châtain clair étaient retenus par des barrettes qui dégageaient ses yeux couleur miel. Elle avait un teint de porcelaine et, surtout, il émanait d'elle une sympathie réconfortante qui me parvenait par vagues.

Elle s'approcha de l'animal et l'écarta de Jack d'un mouvement fluide, puis le gronda doucement :

— Oh Matilda, sois gentille, veux-tu !

— Elle ne dérange pas.

Jack s'accroupit pour continuer à lui gratter la tête. En l'observant caresser le chien, je mesurai alors à quel point cela avait dû lui être difficile de tuer celui qui nous avait attaqués la veille.

— Je suis vraiment navrée, s'excusa-t-elle, hors d'haleine, en portant la main à son cœur pour montrer sa sincérité.

Elle posa pour la première fois les yeux sur moi et sourit.

— C'est encore un bébé, expliqua-t-elle.

— Mattie est toujours bien sage, hein ma belle ?

Jack était à la limite du babillage, et Matilda lui lécha la figure pour lui témoigner sa reconnaissance. Le sourire de Mae s'élargit et se fit plus chaleureux.

— Regardez-moi ça ! s'exclama-t-elle. Tu es ravissante !

— Merci, bafouillai-je.

Je sentis mes joues s'empourprer. Elle était bien plus belle que je pourrais jamais espérer l'être un jour, et j'ignorais comment réagir face à son affection manifeste.

— Oh, désolé, déclara Jack en donnant une dernière petite tape au chien avant de se redresser. Alice, je te présente Mae. Mae, voici Alice.

— Enchantée, bredouillai-je.

En sa présence, je me sentais curieusement aimée et en sécurité, mais cette impression était si inattendue que je n'avais pas eu le temps de rassembler mes esprits pour lui répondre.

— Tout le plaisir est pour moi ! s'exclama Mae avec effusion, une main sur la poitrine. Tu n'imagines pas à quel point.

— Qu'est-ce que tu as raconté sur moi ? demandai-je à Jack en lui jetant un regard oblique.

Qu'avait-il bien pu lui dire pour déclencher un tel enthousiasme chez elle ? C'était lui qui avait des pouvoirs magiques. Je me contentais de débattre avec lui et de me retrouver dans des situations insensées.

— Pas grand-chose, m'assura Jack dans un haussement d'épaules.

Cependant, la réaction de Mae ne semblait ni le surprendre ni l'embarrasser le moins du monde.

— Je te fais la visite complète ? proposa Mae en passant son bras sous le mien. Si tu n'y vois pas d'inconvénients, ajouta-t-elle en se tournant vers Jack.

— Non, allez-y.

Il s'était déjà remis à caresser la chienne, visiblement satisfait de laisser Mae m'enlever et faire comme bon lui semblait.

— Voici l'entrée, bien sûr.

Elle désigna d'un geste le plafond voûté et le sol en marbre, et ses bagues scintillèrent sous le reflet de la lumière.

Ensuite, elle me conduisit dans une pièce voisine, qui se révéla être une sorte de salon luxueux. Les parquets étaient en chêne doré foncé et les murs peints en crème, ce qui parvenait de manière étonnante à associer une ambiance moderne et chaleureuse à celle, plus classique, d'un château. La décoration était belle et parfaite, à l'image de Mae.

— Voici le salon. Les fenêtres, les cheminées, etc.

À peine avais-je commencé à admirer le séjour qu'elle m'orientait déjà vers la cuisine. Les carreaux de granit étaient dans des tons neutres et naturels, tandis que les placards étaient assortis au plancher de bois.

Au fond de la pièce, de grandes fenêtres et portes-fenêtres vitrées dévoilaient une vue splendide sur le lac et donnaient sur une immense terrasse en pierre qui s'étendait jusqu'à la rive.

— La cuisine et sa vue.

— C'est à vous couper le souffle.

Je m'écartai d'elle juste assez pour jeter un coup d'œil à l'extérieur. Comme il faisait nuit, il était impossible d'apprécier pleinement la vue, mais grâce aux quelques puissants lampadaires qui éclairaient le jardin, je pus l'apercevoir.

— C'est ce qui a poussé Ezra à choisir cet endroit. Enfin, le terrain. Il a fait construire la maison.

Mae posa la main sur mon bras quand elle me rejoignit, et je constatai que, tout comme celle de Jack, sa peau était d'une douceur incroyable, mais dénuée de température, comme celle d'une poupée.

— Est-ce lui qui s'est occupé de sa conception et de tout le reste ?

Ma voix avait trahi ma surprise et j'en fus gênée. Bien sûr que son mari avait conçu cette demeure remarquable. Les membres de cette famille étaient sans conteste supérieurs aux autres à tous les égards, et il valait mieux que je me fasse à cette idée sans tarder.

— Enfin, je l'ai un peu aidé.

Elle m'adressa un sourire plein de modestie, et je me rendis compte que j'étais déjà en train de tomber amoureuse d'elle. Cela n'avait aucun caractère sexuel ou lesbien, mais ils étaient tous si attirants et charismatiques que je ne pouvais pas lutter.

C'est alors que je compris que j'étais un peu amoureuse de Jack. Il était tellement merveilleux, et je ne supportais pas d'être séparée de lui. J'avais commencé à tendre le cou pour le chercher des yeux quand Mae m'entraîna dans la pièce suivante.

— C'est une visite accélérée, lui fis-je remarquer tandis que nous traversions la magnifique salle à manger attenante à la cuisine.

Elle venait de s'engager dans un couloir et éclata de rire.

— Eh bien, tu auras d'autres occasions de la voir plus en détail, j'en suis certaine.

Son regard pétillant sous-entendait que je reviendrais souvent là, ce qui me convenait très bien.

— Je voulais vraiment faire ta connaissance, et c'était le prétexte rêvé.

— Ah, je vois, acquiesçai-je comme si je comprenais réellement.

— Là, ce sont les toilettes, au cas où, expliqua-t-elle en indiquant d'un geste une splendide salle de bains, avant de montrer vaguement du doigt deux pièces à l'autre bout du couloir. Là, c'est le bureau d'Ezra, et à côté, notre chambre. Rien de passionnant.

— Ça m'étonnerait, répliquai-je, mais je me laissai guider vers l'escalier et grimpai les marches.

Elle prétendait souhaiter me connaître, mais ce n'était pas en traversant la maison au pas de course que c'était possible.

— Voici la chambre de Jack.

La porte était ouverte, et je pris quelques instants pour jeter un coup d'œil à l'intérieur.

Comme me l'avait dit Jack, les murs étaient bleu foncé, et le grand lit était recouvert de couvertures en soie noire. Un écran plat géant était accroché au mur, et de nombreux jeux et équipement vidéo remplissaient la niche multimédia dans le mur. Mis à part quelques vêtements éparpillés çà et là, elle correspondait exactement à l'idée que je m'en étais faite.

— Au bout du couloir, il y a une chambre d'amis ainsi qu'une autre salle de bains, expliqua Mae. J'ignore pourquoi d'ailleurs, poursuivit-elle, un peu perplexe. Chaque chambre possède sa propre salle de bains et sa propre cheminée. Je crois qu'on a dû suggérer à Ezra que ce serait un atout pour la revente.

— Cette maison regorge de salles de bains et de cheminées, grommela une voix de velours.

En l'entendant, mon cœur cessa de battre. Le son provenait de la chambre en face de celle de Jack, et je m'avançai sans hésitation dans cette direction.

La décoration de cette chambre était bien plus en adéquation avec le reste de la maison, avec son parquet et son lit à baldaquin recouvert de lin blanc. Un grand tapis, de la même couleur, était disposé au centre de la pièce, et les portes-fenêtres qui menaient au balcon étaient ouvertes, laissant la brise fraîche agiter les épais rideaux.

Des livres s'alignaient sur les murs, et quelqu'un occupait le fauteuil blanc dans un angle. Son visage était dissimulé derrière un exemplaire ancien d'un livre allemand, mais le son de sa voix avait suffi à m'hypnotiser. Il portait un jean délavé et un pull près du corps.

Ses doigts fins et très bronzés paraissaient anormalement crispés sur l'ouvrage. Je me demandai si je l'agaçais d'une façon ou d'une autre, et décidai de reculer pour tenter de me glisser discrètement hors de la chambre, mais me cognai contre Mae.

— Alice, voici Peter. Peter, Alice, nous présenta-t-elle.

Peut-être fut-ce le fruit de mon imagination, mais son intonation sembla trahir un sentiment de satisfaction. Il marmonna quelque chose sans toutefois baisser le livre.

— Jack t'avait dit qu'elle viendrait aujourd'hui.

— Je m'en souviens.

Peter était sans conteste énervé, alors je tentai de ressortir de la pièce, mais Mae, qui soit n'avait pas conscience de l'irritation grandissante de son beau-frère, soit avait décidé de passer outre, me bloqua le passage.

— Tu pourrais au moins saluer notre invitée, le réprimanda-t-elle d'un ton pourtant enjoué. C'est une question de politesse.

— Bonsoir, soupira Peter en baissant enfin son livre.

Je ne vis d'abord que ses yeux, dont la fabuleuse nuance de vert me fascina. Ses épais cheveux châtains lui arrivaient aux épaules, et il ramena des mèches derrière ses oreilles, la mâchoire crispée.

Il inspira avec vivacité et ses lèvres s'entrouvrirent. Il ne l'avait pas fait exprès, mais cela me parut terriblement sensuel. Sa beauté était sensationnelle, si parfaite qu'elle le rendait presque douloureux à regarder.

— Ah ! s'exclama discrètement Mae derrière moi, mais j'étais trop concentrée sur Peter pour comprendre de quoi il s'agissait.

— Et si vous poursuiviez votre petite visite ? suggéra Peter d'un ton glacial, avant de détourner les yeux de moi.

Soudain, je me souvins de respirer et tentai de ne pas aspirer l'air aussi goulûment que mes poumons l'exigeaient. Mon cœur battait la chamade et je sentis mes joues s'empourprer.

— Je crois que nous avons vu l'essentiel, déclara Mae.

Elle me prit par le bras, et son contact réconfortant ainsi que la douceur de sa voix m'apaisèrent.

— Désires-tu te joindre à nous, Peter ?

— Je connais la maison.

Il reprit sa lecture, me dissimulant de nouveau ses traits exquis.

— C'est un vrai râleur, m'informa Mae avec une pointe de déception dans la voix, tandis que nous nous éloignions de la chambre de Peter. Allez, viens, j'ai d'autres choses à te montrer.

— Alors ?

Jack venait de surgir au pied de l'escalier et nous regardait avec l'air d'attendre quelque chose, mais il semblait aussi inquiet et presque protecteur. Je descendis lentement les marches avec

Mae pour le rejoindre, incapable de croiser son regard de crainte qu'il s'aperçoive que je m'étais ridiculisée devant son frère.

— Alors quoi ? répliquai-je, hébétée.

— Qu'est-ce que tu en penses ?

Il attendit que j'arrive en bas, puis je sentis qu'il m'examinait. La chienne s'approcha et me lécha la main. Je la caressai distraitement.

— La maison est magnifique.

Je tentai de plaquer un sourire sur mon visage pour prouver à quel point j'étais impressionnée. Je me sentais coupable que ce face-à-face inopiné avec son frère m'ait perturbée au point de me faire reléguer au second plan tous les sentiments agréables que le lieu et Mae m'inspiraient.

— Peter est là-haut en train de se plaindre, dit Mae à Jack de façon théâtrale.

— Ah, rétorqua-t-il d'un air entendu.

Ils échangèrent un regard que je ne pus interpréter.

— Peter est vraiment un abruti, poursuivit-il.

— Oh non, loin de là, affirma Mae.

Elle s'était mise à me caresser doucement les cheveux, ce qui atténua un peu ma tension et ma honte.

— Peter ! cria Jack dans l'escalier.

— Je lis ! grogna son frère.

— Peter ! répéta Jack, de plus en plus agacé.

— Je suis occupé à bouquiner, Jack !

La colère contenue dans cette réponse me fit grimacer.

— Jack ! dit Mae en le fusillant du regard. Laisse-le tranquille.

— Comme tu voudras, céda-t-il de mauvaise grâce avant de reporter son attention sur moi. Bon, Alice, tu as envie de t'amuser ? me dit-il avec un grand sourire.

— Bien sûr, déclarai-je d'un ton hésitant.

J'avais décelé une lueur espiègle dans son regard, et je ne savais pas si je devais m'y fier ou non.

— Jacuzzi !

— Je n'ai pas de maillot.

C'était vrai, mais j'étais certaine qu'ils auraient une solution à ce problème. J'avais l'intuition que Mae et Jack étaient capables de presque tout résoudre.

— Oh, j'en ai un qui t'ira à merveille ! s'écria Mae en me souriant, de nouveau enthousiaste.

Elle me conduisit jusqu'à sa chambre. Jack entra avec nous et s'affala sur le lit moelleux. La jeune femme ouvrit les portes de son dressing, dont la surface dépassait celle de ma chambre, puis se mit à fouiller parmi une multitude de maillots, ce qui me rendit nerveuse.

Elle en trouva un qui lui plaisait, un Bikini bleu clair avec un bas orné de volants, et insista pour que j'aille le passer dans la salle de bains attenante. Il était à ma taille et se révéla plus flatteur que je l'aurais pensé, mais également très provocant.

Lorsque je sortis, elle s'extasia sur mon allure. J'aurais pu la croire si elle ne s'était pas elle-même déjà changée à l'intérieur de son dressing et qu'en comparaison, je faisais bien pâle figure. Jack resta silencieux, mais le regard approbateur qu'il posa sur moi me fit rougir.

De son côté, il avait estimé que le boxer noir qu'il portait sous son bermuda était bien suffisant : une réaction masculine typique. Je pris le temps d'admirer la perfection de son torse nu, le plus discrètement possible.

Nous sortîmes par les portes-fenêtres et la fraîcheur de l'air me saisit aussitôt. Mae et Jack ne parurent pas la remarquer, mais cela ne m'étonna pas.

J'entrai dans le Jacuzzi. La chaleur qui m'enveloppa instantanément me rappela ce que j'avais ressenti à la vue de Peter.

Puis je me rappelai son ton glacial et tâchai de le chasser de mon esprit.

Après quelques minutes, je finis par me détendre et apprécier le moment. Matilda se prélassait, étendue sur la terrasse à côté de nous, et Jack essaya de l'éclabousser jusqu'à ce que Mae l'en empêche.

Je me contentai de m'enfoncer sous l'eau pour tenter d'oublier tout ce qui ne collait pas chez Jack, le fait que mon frère me détestait, et les yeux verts perçants de Peter.

— Il se fait tard, annonça Mae en me jetant un regard attristé. Ça m'a fait très plaisir de te rencontrer, et j'espère vraiment que tu reviendras. Mais tu devrais rentrer chez toi avant qu'il soit trop tard.

— Il n'est jamais trop tard, grommela Jack avant de plonger la tête sous l'eau comme pour occulter la vérité des propos de Mae.

— Non, elle a raison.

Je dus rassembler presque toute mon énergie pour m'extirper de l'agréable chaleur du Jacuzzi, et je sentis de nouveau l'air froid sur ma peau.

— Brrr, on gèle ! m'exclamai-je.

— J'ai apporté des serviettes, répondit Mae en désignant d'un geste une pile de serviettes blanches duveteuses sur une chaise à proximité, et je me précipitai vers elles.

J'en saisis une, levai les yeux et aperçus Peter debout dans la cuisine qui m'observait derrière les portes-fenêtres. J'avais déplié la serviette devant moi, mais je restai figée dans cette position, incapable de commencer à m'essuyer. Le froid me piquait la peau, mais j'étais captivée par Peter.

Il avait replié l'un de ses bras sur la poitrine et il se tâtait le menton de l'autre main. Il me fusillait de ses yeux verts étincelants, et mon cœur, désireux de plaire, s'arrêta complètement de battre.

Il aurait pu ne jamais repartir sans l'intervention de Mae, qui me tira de cet état second qu'il avait provoqué chez moi.

— Peter ! Tu as envie de te joindre à nous ? suggéra-t-elle.

Sans cesser de me foudroyer du regard, il secoua la tête puis tourna les talons et quitta la pièce.

— Ne fais pas attention à lui, Alice. Il n'est pas si méchant.

— Ce n'est pas grave, mentis-je.

Brusquement, je sentis de nouveau le froid et je m'enveloppai dans la serviette.

— Tu le rends nerveux, me murmura Jack, que je découvris soudain juste derrière moi.

— Pourquoi ? demandai-je, abasourdie.

Je ne comprenais pas comment je pouvais mettre une personne aussi sereine et parfaite que Peter mal à l'aise. J'étais insignifiante à tous points de vue. Bien entendu, Jack ne me répondit pas. Il haussa simplement les épaules et rentra.

— Dépêche-toi avant de geler sur place ! cria-t-il, et je courus vers lui.

Lorsque je fus changée, je rejoignis Jack qui m'attendait près de la porte d'entrée. Il faisait tournoyer ses clés de voiture en sifflotant une mélodie qui m'avait tout l'air d'être *Walking on Sunshine.*

Sur le seuil, Mae m'enlaça et me rappela que je ne devais pas tarder à revenir lui rendre visite. Elle s'excusa d'un air peiné pour l'attitude de Peter, et je me demandai ce qu'ils avaient jugé si offensant.

— Quelle voiture on prend ?

J'avais suivi Jack dans le garage, et comme il avançait jusqu'au fond, j'avais déjà ma petite idée.

— La Lamborghini, évidemment.

— Comment tu fais ton choix ?

À ce moment-là, alors qu'un million d'autres questions se bousculaient dans ma tête, c'était la seule que je n'avais pas eu peur de lui poser.

— Celle-ci, je ne l'emprunte que quand Ezra n'est pas là, expliqua-t-il, embarrassé, en s'installant sur le siège conducteur.

Quand j'embarquai à mon tour, il démarra et alluma l'autoradio.

— Il la trouve trop clinquante, poursuivit-il. Et ma Jeep est sympa, mais pas aussi rapide, du coup j'ai l'habitude de prendre la Jetta de Mae. Au quotidien, Ezra utilise la Lexus, et l'Audi appartient à Peter.

— Si tu apprécies tant ce bolide, pourquoi tu ne t'en achètes pas un ? m'enquis-je tandis qu'il sortait du garage.

— Ezra affirme que nous n'avons pas besoin de nous distinguer à ce point.

— Dans ce cas, pourquoi a-t-il cette voiture ? Sans compter que tu habites dans une maison qui ressemble à un château, et qu'il roule en Lexus. En quoi est-ce plus discret ?

Je lui décochai un regard sceptique, et il me sourit.

— Exactement !

Il quitta l'allée et s'engagea sur la route en accélérant. Je me renfonçai dans mon siège et fermai les yeux pour tenter d'assimiler tous les événements de la soirée. Quand Jack parla de nouveau, son ton était plus sérieux.

— Bon, quelle est ton impression sur ma famille ?

— Très positive. Mae est vraiment sympa, et ta maison est splendide.

Les paupières toujours closes, je me concentrai sur la reprise d'une chanson de Joy Division qui passait à la radio. On aurait dit Gary Jules, mais je savais que c'était quelqu'un d'autre.

— C'est qui ?

— Le groupe Honeyroot qui interprète *Love Will Tear Us Apart*, répondit Jack avant de revenir immédiatement au sujet qui l'intéressait. Tu t'es bien amusée, alors ?

— Oui.

Enfin, la plupart du temps. Sauf les instants où Peter avait aspiré tout l'air de mes poumons et où j'avais voulu mourir.

— Tu es particulièrement silencieuse. J'aurais cru que tu me bombarderais de questions.

— Oh, j'en ai, le rassurai-je. Mae vient d'Angleterre ?

Jack éclata de rire, et je me tournai vers lui.

— Quoi ? Je suis à côté de la plaque ?

— Non. C'est juste que… c'est ta question ? (Il secoua la tête en souriant.) Tu ne pouvais pas en choisir une plus normale. Je ne m'y attendais pas.

— Tu t'attendais à quoi ?

Je haussai un sourcil interrogateur, curieuse de savoir quelle partie de la soirée j'avais estimée la plus étrange selon lui.

— Oui, elle est britannique, éluda-t-il.

— Ils sont comme toi, n'est-ce pas ? demandai-je en l'observant attentivement.

— Personne n'est comme moi, répliqua-t-il avec désinvolture. Je suis unique, bébé !

— Jack, tu vois très bien ce que je veux dire.

— En effet, soupira-t-il, une expression affligée sur le visage, m'implorant presque. Ils t'ont plu et tu as passé un bon moment. On peut s'en tenir à ça ?

— Pourquoi tu souhaitais que je les rencontre ?

Cette étape l'exposait à plus d'interrogations de ma part. Je ne saisissais pas quel bénéfice il en retirait. Mae désirait sans conteste faire ma connaissance, mais il aurait pu différer cette visite.

— La situation est bien trop complexe pour que je te réponde pour l'instant, dit-il simplement.

— Quand les choses cesseront-elles d'être compliquées ?

Ma voix s'était faite un peu geignarde, mais la journée avait été longue et j'estimais avoir le droit de me plaindre un peu.

— C'est sûrement la meilleure question que tu m'aies jamais posée.

Il semblait perdu dans ses pensées et triste. Je compris que sa réponse, s'il me la donnait, ne me plairait pas. Pour une fois, je fus heureuse de son silence. Après une pause lourde de sens, il poussa un grand soupir.

— Tu m'attires.

— C'est pour ça que les choses sont compliquées ?

Je me redressai sur mon siège, impatiente d'entendre enfin une explication valable.

— Non. Enfin, plus ou moins, mais ce n'est pas ce que je voulais dire. (Il me jeta un coup d'œil, puis reporta son attention sur la route.) C'est pour ça que je souhaitais que tu rencontres ma famille.

— Donc, c'est comme si j'avais vu tes parents ? demandai-je en grimaçant. Comme si on sortait ensemble ?

— Non, ce n'est pas ça. Tu vois ce que je veux dire. Tu le ressens aussi, pas vrai ? (Il me décocha un nouveau regard furtif.) Toi aussi tu es attirée par moi. Tu m'aimes bien et tout, mais quelque chose te pousse à rester près de moi.

— Je suppose, répondis-je avec réserve.

En réalité, il avait mis le doigt dessus, mais je ne voulais pas le reconnaître.

— Eh bien, c'est ce que je ressens également.

Il était sorti de sa coquille depuis une minute, et il changea de position, mal à l'aise. Je culpabilisai de ne pas me montrer plus honnête envers lui.

— Mais… quel est le rapport avec ta famille ?

— C'est là que ça se complique, dit-il avec un petit sourire en coin.

— Et tu ne peux rien me dévoiler ? demandai-je.

Je savais que si j'avais été plus intelligente, j'aurais déjà assemblé les pièces du puzzle. Jack commençait certainement à en avoir assez de me voir échouer à suivre les bribes d'indices qu'il m'offrait.

— Tu leur plais, lâcha-t-il gentiment.

— Oui, j'ai bien vu que Peter m'adorait, ironisai-je, et il pinça les lèvres, l'air grave.

— C'est réellement très complexe, Alice. Mais… (Il soupira de nouveau.) OK, je ne peux pas me confier davantage.

— Pourquoi ?

Nous étions déjà arrivés devant chez moi, après un trajet effectué en un temps record. Il me scruta, le visage empreint de sérieux et d'affection.

— Pourquoi tu ne peux pas m'en dire plus ? insistai-je.

— Franchement ? (Il se mordit la lèvre, débattant visiblement avec sa conscience.) Je t'apprécie trop.

— C'est insensé ! Si c'est le cas, tu devrais t'ouvrir et être honnête avec moi. C'est ce que font les gens. Les relations fonctionnent comme ça, affirmai-je.

Ses yeux trahissaient son déchirement et sa peine, et je crus l'avoir convaincu, mais il regarda ses mains et secoua la tête.

— J'ai vu ton expression hier. (Sa voix se brisa douloureusement.) Je ne veux plus jamais que tu me regardes de cette manière.

— Ça ne se reproduira plus ! lui assurai-je, mais nous savions tous les deux que je ne pouvais pas en être sûre.

Dans la mesure où je n'avais pas la moindre idée de ce qu'il me cachait, il m'était impossible de lui promettre comment je réagirais si j'apprenais son secret.

— Il est tard.

— Parfait, ne change rien, dis-je en ouvrant grand la porte. J'ai passé une très bonne soirée et j'espère qu'on se reverra très bientôt.

— Fais de beaux rêves.

Il m'adressa un sourire, que je lui rendis malgré ma frustration.

— Merci, toi aussi.

Lorsque j'atteignis l'appartement, je luttais pour retenir mes larmes. Peter s'était contenté de me regarder, et pourtant je me sentais comme foudroyée. Au fond de moi, une petite voix ne cessait de murmurer que je le désirais, mais je refusais de l'écouter.

Jack et Mae m'appréciaient, probablement plus que de raison, et c'était réciproque. Cela me suffisait. Amplement ! Pourquoi en demander plus ?

— Alice ? m'appela timidement Milo, me tirant brutalement de mes pensées.

L'appartement était plongé dans le noir, et je n'avais pas remarqué qu'il m'attendait, assis sur le canapé. Je m'étais simplement adossée contre la porte d'entrée.

— Tu vas bien ? s'enquit-il.

— Oui, génial.

Je déglutis péniblement, puis le rejoignis.

Mon frère m'adressait de nouveau la parole, et c'était un gros progrès. Je chassai Jack et Peter de mon esprit et m'assis à côté de lui.

— Tu as passé une bonne soirée ? demanda-t-il.

— Oui, répondis-je en hochant la tête. Et toi ?

— Pas mal, affirma-t-il dans un haussement d'épaules.

— Désolée pour ce que je t'ai dit aujourd'hui.

J'ignorais si c'était approprié, ou s'il allait penser que j'étais navrée qu'il soit gay. Mais c'était trop tard, et je choisis de m'adapter en fonction de sa réaction.

— Ne t'excuse pas. (Il se passa une main dans les cheveux, en évitant de croiser mon regard.) Quand je t'ai demandé si tu serais là ce soir, j'étais contrarié. Mais c'était parce que tu es sortie si souvent ces derniers temps, et l'autre soir, j'ai cru que tu allais rester à la maison pour manger avec moi, mais tu es partie. C'est juste que je ne t'ai pas beaucoup vue récemment. Tu me manques un peu.

Les larmes me montèrent aux yeux.

— Oh, Milo, je regrette !

Je lui manquais simplement, et je m'étais montrée odieuse avec lui. Je m'étais très souvent absentée le soir, récemment, et je n'avais même pas songé à ce qu'en pensait Milo. Non, rectification : j'y avais réfléchi, mais je m'en étais fichue. Je devais être la pire sœur du monde. Sans plaisanter.

— Laisse-moi terminer, m'interrompit-il calmement. En revanche… tu avais raison. Je suis attiré par Jack. Et les hommes en général. Je ne savais pas comment te l'annoncer, ni même comment me l'avouer à moi-même, j'imagine. Cela explique pourquoi j'ai été distant dernièrement.

— Tu sais que je t'aime quoi qu'il arrive, hein ?

Je le pris dans mes bras. Il se tortilla un peu, mais ne résista pas.

— Je suis vraiment désolée de ne pas avoir été plus présente ! Je te promets que je passerai plus de temps avec toi !

— Tu n'es pas obligée, dit-il en se dégageant de mon étreinte sans pour autant s'éloigner de moi.

— Je le sais bien ! Mais j'en ai envie ! Tu m'as manqué toi aussi. Et je suis sincèrement désolée pour tout ça.

— Arrête de t'excuser, déclara-t-il avec gentillesse. Tu n'as pas grand-chose à te reprocher.

— Je me sens quand même mal.

— Ouais, je vois ça.

Il sourit, et j'éclatai d'un petit rire.

— On passera un moment tous les deux demain, promis.

— D'accord, répondit-il en bâillant. Il faut que j'aille me coucher. J'ai largement dépassé l'heure.

Il se leva et se dirigea vers sa chambre.

— OK, acquiesçai-je, sincèrement triste de le voir partir. Hé, Milo ? Je t'aime.

— Je sais.

Puis il disparut dans l'obscurité de sa chambre. Je regagnai la mienne et enfilai mon pyjama.

Je me blottis sous mes couvertures, et, pour la première fois depuis longtemps, m'endormis en pleurant.

Chapitre 8

Au lycée, Jane essaya de me tirer les vers du nez, puis m'affirma à plusieurs reprises que j'avais une mine affreuse. J'étais certaine que c'était lié à ma très mauvaise nuit, peuplée de rêves étranges dont je ne me souvenais que vaguement. Ils se composaient surtout d'images floues impossibles à déchiffrer. Une seule était très nette : celle du regard de Peter qui me transperçait.

Bien entendu, je ne pouvais rien raconter à Jane. Elle avait encore du mal à ne pas parler de Jack, donc je devais aussi m'abstenir.

À mon grand soulagement, Milo semblait être redevenu lui-même. De retour à la maison, il se mit à jacasser à propos d'une nouvelle recette qu'il souhaitait tester.

La veille au soir, je n'avais rien avalé, et au déjeuner, je m'étais sentie trop fatiguée et dans la lune pour manger. Mais une fois en sécurité chez moi, à écouter mon frère égrener une liste d'ingrédients savoureux, mon estomac me rappela à l'ordre.

J'accompagnai Milo à l'épicerie pour acheter les provisions nécessaires, mais, trop affamée pour patienter, j'engloutis une poire dans le magasin. Milo eut l'air gêné, même si j'insistai pour la payer, et m'exécutai.

Rapporter les courses à la maison était toujours une expédition, parce que nous devions prendre le bus, les bras chargés de paquets. J'aurais bien voulu que ma mère se décide à acheter une voiture, mais visiblement, ce n'était pas au programme.

Jack ne m'avait pas encore envoyé de message, et je m'efforçais de prétendre que cela ne me dérangeait pas. Tandis que je tentais d'aider Milo à préparer le repas, et pendant tout le dîner qui suivit, je dus sans cesse combattre l'envie de sortir mon portable de ma poche pour vérifier qu'il était bien allumé ou que je n'avais pas manqué un texto.

Après l'incident de ma blessure au doigt, qui d'ailleurs n'était pas si superficielle que cela, puisqu'elle nécessitait toujours un pansement, Milo m'assigna seulement les tâches faciles : laver les légumes, peser les ingrédients et beurrer du pain.

Sa cuisine était un véritable délice. Je m'installai à table avec lui avant de tout dévorer rapidement.

Notre mère se leva, et on lui proposa une assiette, mais elle se contenta de secouer la tête et de filer en vitesse. Ce jour-là, on l'avait vue en tout et pour tout dix minutes. Au total, on devait l'apercevoir en moyenne une heure par semaine.

— Tu devrais vraiment entrer dans une école hôtelière, déclarai-je à mon frère. Tu as un talent incroyable. Il faut que tu en fasses ton métier.

Nous étions toujours assis dans la cuisine. J'avais un genou relevé contre ma poitrine, et plus je mangeais, plus cette position devenait inconfortable. Je venais de me resservir, mais j'avais eu les yeux plus gros que le ventre.

— Je me suis un peu renseigné, répondit-il avec un haussement d'épaules modeste. Je n'en sais rien.

J'avais beau dire, il ne se pensait jamais doué pour rien.

— Bon, tu as encore quelques années devant toi pour y réfléchir, mais tu es trop brillant pour ne pas en faire profiter le monde entier.

J'avalai une nouvelle bouchée, mais mon estomac cria pitié. Je repoussai mon assiette, consciente que j'allais exploser si je continuais.

— Et toi ? Tu vas finir le lycée avant moi. Qu'est-ce que tu envisages de faire après ?

Il venait de retourner la situation. Je me tortillai un peu sur ma chaise. Il connaissait mes résultats scolaires, et tentait sans cesse de me parler de mon avenir, mais j'évitais le sujet le plus possible.

— Aucune idée.

Avec tout ce qui s'était passé depuis que je fréquentais Jack, je m'intéressais désormais aux phénomènes paranormaux et à la biologie.

— J'irai peut-être en fac de médecine, poursuivis-je.

C'était censé être une blague, mais Milo acquiesça, comme si cela lui paraissait logique.

— Je te verrais bien psychiatre. Enfin, je veux dire : une spécialité qui n'implique ni sang ni chirurgie.

— Non, ça ne serait pas gérable, concédai-je volontiers.

J'avais failli vomir à la vue de tout le sang sur la plaie inexistante de Jack.

— Mais je ne me vois pas en psychiatre.

— Ah bon ? lâcha-t-il en fronçant les sourcils, comme si ce choix de carrière lui semblait pourtant évident. Tu sais écouter les gens, et tu adores comprendre le fonctionnement de leur esprit. Tu les considères comme des puzzles dont tu essaies d'assembler toutes les pièces.

— Je suppose que tu as raison.

C'était effectivement ce que j'avais fait les semaines précédentes, mais avant d'entendre Milo le formuler ainsi, je ne m'en étais pas rendu compte.

— Tu as découvert que j'étais gay.

Il avait parlé d'une voix douce, les yeux baissés, et je compris qu'il n'était toujours pas à l'aise avec ce sujet.

— Quand as-tu su ? demandai-je.

Je replaçai mon assiette devant moi et remuai la nourriture avec ma fourchette. J'étais plus que rassasiée pour manger encore, mais quand je me sentais gênée, je ressentais le besoin de m'occuper les mains, et c'était mieux que de me ronger les ongles.

— Je n'en sais rien.

Il poussa un petit soupir, et j'hésitai à changer de sujet de conversation, mais il reprit :

— Je m'en doutais depuis… depuis toujours, je suppose. Enfin, dès que j'ai compris le sens du mot « gay », je me suis dit que je l'étais peut-être. Mais le déclic a été ma rencontre avec Jack, affirma-t-il en rougissant, les yeux toujours rivés sur le sol. Jamais personne ne m'avait autant attiré avant lui.

— Oui, c'est l'effet qu'il provoque sur les gens.

J'avais voulu le réconforter avec cette affirmation, mais je l'avais prononcée sur un ton exaspéré.

— Mais pas sur toi, souligna Milo qui avait relevé la tête et me regardait, à la fois troublé et incrédule. Comment c'est possible ?

— Il m'attire, c'est sûr, tentai-je d'expliquer du mieux que je pus. Mais je n'ai pas envie de coucher avec lui.

Je me souvins alors de Jack torse nu la veille, en train de se glisser dans le Jacuzzi.

— Mais… (Milo changea de position, mal à l'aise et hésitant) je ne veux pas tomber dans la vulgarité, mais moi, je ne pouvais pas penser à autre chose.

— Ce n'est pas dégoûtant, m'empressai-je de répondre. D'accord, ça l'est un peu, me rétractai-je, mais juste parce que tu es mon petit frère. Ça n'a aucun rapport avec ton homosexualité.

— Même Jane est devenue folle de lui, et en général elle ne s'intéresse à personne en dehors d'elle-même.

Il attendait une explication, mais je n'en avais aucune à lui offrir.

— Je ne comprends pas non plus, lui avouai-je enfin. Je ne le vois pas comme vous. Enfin, il est charmant, drôle et tout…

Je laissai ma phrase en suspens, m'apercevant que je ressentais en fait peut-être bien pour Jack la même chose qu'eux, quand brutalement, Peter me revint à l'esprit.

— J'ai rencontré son frère hier soir.

— Et ?

Milo se pencha vers moi, les yeux brillants.

— Et rien. Il est superbe, à un point inimaginable, mais il me déteste.

Je haussai les épaules, comme si cela ne m'importait pas tant que ça, et je me remis à jouer avec le contenu de mon assiette.

— Il te déteste ? Pourquoi ?

Il ne pouvait pas concevoir que quelqu'un me déteste. J'étais peut-être plus aimable que je le croyais.

— Franchement, je ne sais pas.

Le simple fait de songer à la manière dont Peter m'avait fusillée du regard quand j'étais sortie du Jacuzzi me faisait mal physiquement. Je préférerais me jeter sous les roues d'un bus plutôt que d'endurer un autre regard de cette sorte.

— Je crois que je ne lui ai même pas parlé.

— Dans ce cas, comment tu sais qu'il te déteste ?

— Si tu avais vu la façon dont il m'a toisée…

Ce souvenir me fit frissonner, et je décidai de clore la conversation à propos de Peter et de Jack. Je me levai et entrepris de débarrasser la table.

— Je ne te comprends pas, Alice, grommela Milo quand je pris son assiette.

— Il n'y a rien à comprendre, rétorquai-je avec désinvolture.

Lorsqu'il cuisinait, c'était à moi qu'il incombait en général de faire la vaisselle, mais ce soir-là, il m'aida. Il avait à peine commencé ses devoirs quand je me dis qu'une longue douche bien chaude s'imposait. Mais en entrant dans la salle de bains, je vis que le panier à linge débordait, ce qui signifiait que nous étions à court de serviettes propres.

Milo avait beaucoup de travail, qu'il avait véritablement l'intention de faire, alors je proposai de me rendre à la laverie automatique. J'entassai un maximum d'affaires sales dans trois sacs, puis cheminai péniblement sur près de deux pâtés de maisons. Le concierge promettait sans cesse qu'il allait installer une buanderie au sous-sol de l'immeuble, mais cela restait toujours à l'état de projet. Je remplis quatre machines, soit le maximum autorisé pour une personne, puis m'assis sur l'une des chaises en plastique pour regarder les vêtements tournoyer à travers les hublots pendant une heure. Je venais d'entamer dans *Cosmo* un test intitulé « Savez-vous satisfaire votre partenaire au lit ? », idéal pour la vierge sans petit copain que j'étais, quand mon téléphone sonna dans ma poche.

Qu'est-ce que tu fais ? avait écrit Jack.

La lessive.

Tu as envie de faire quelque chose ? répondit-il.

Je portais un pantalon de jogging, un vieux tee-shirt de Daffy Duck et une veste à capuche bleu marine ouverte. Tout mon maquillage s'était estompé, et j'avais attaché mes cheveux en queue-de-cheval. Comme par hasard, il voulait me voir au pire moment.

Je suis déjà occupée. Avec mon linge à la laverie. Pour une éternité, tapai-je.

Tu as de la chance, c'est le temps dont je dispose. Ça t'ennuie si je te rejoins ?

Non, pourquoi pas ?

Comme je l'avais expliqué à Milo avec véhémence, Jack ne m'attirait pas sur le plan sexuel, alors je me fichais qu'il me voie ainsi.

Cool. J'arrive dans une vingtaine de minutes.

Est-ce que tu connais l'adresse, d'abord ?

J'attendis sa réponse pendant dix minutes avant de comprendre qu'il devait déjà être en route.

Il se débrouillerait pour savoir où j'étais, de la même façon qu'il avait trouvé le numéro de mon appartement sans que je le lui donne. Il savait tout. C'était carrément énervant.

Au bout de quelques minutes, la porte de la laverie s'ouvrit en tintant, et je n'eus pas besoin de lever les yeux pour savoir que c'était Jack. Une jeune Indienne, installée à quelques sièges de moi, eut un hoquet d'admiration lorsqu'il entra.

— Salut, lança-t-il avant de s'affaler sur la chaise à côté de moi.

Il portait un sweat à capuche avec un motif des *Space Invaders* et un bermuda de surfeur. Ses cheveux blond-roux semblaient plus ébouriffés que d'habitude. Il me décocha un sourire joyeux.

— Comment as-tu su où j'étais ?

Ma voix avait depuis longtemps perdu toute trace d'accusation. Lorsque je lui posais des questions, j'étais seulement curieuse, légèrement amusée, et n'attendais jamais de réponse.

— Tu me l'as dit.

Il me dévisagea comme si j'étais stupide, et, sans que je sache pourquoi, j'en fus flattée.

— Pas du tout. Je t'ai dit que j'étais dans une laverie. Il y en a à tous les coins de rue dans cette ville, précisai-je.

— C'est la plus proche de chez toi, et tu ne conduis pas.

Son explication me surprit parce qu'elle était logique. Elle n'avait rien d'étrange ou de vaguement paranormal. Il se tourna pour regarder les machines et croisa les jambes, une position confortable pour patienter un bon bout de temps.

— Tu es au courant que nous avons des machines à laver et des sèche-linge chez moi ?

— Je ne vis pas chez toi, répliquai-je sans relever son emploi du pluriel.

Les connaissant, il y avait sûrement des machines dans chaque chambre, comme c'était le cas des salles de bains, des cheminées et des balcons.

— Tu aurais pu me demander pour venir faire ta lessive chez moi, affirma Jack. Mae est folle de toi.

— Je l'apprécie beaucoup moi aussi.

Je refusai de discuter davantage de sa famille. Parler de Peter à Jack était bien la dernière chose dont j'avais envie. Lui avouer que son frère m'attirait me paraissait inconvenant.

— Ça n'explique pas comment tu as su où était mon appartement, poursuivis-je.

— Je ne vois pas pourquoi. Le fait que Mae t'aime bien n'a aucun rapport avec ton adresse.

— Non, je voulais dire : est-ce que tu sais toujours où je me trouve ?

Je levai les yeux vers lui, et il secoua la tête.

— Je ne suis pas télépathe.

— Et quand tu m'as déposée chez moi le premier soir ? Je dormais dans la voiture. Comment as-tu eu mon adresse ?

— Par Jane.

Il regardait droit devant lui, et je me demandai quand il se fatiguerait de mon flot ininterrompu de questions.

J'étais consciente que des amis normaux ne passaient pas leur temps à s'interroger de cette façon, mais personne n'agissait comme Jack parmi mes copains.

— Pourquoi te l'aurait-elle dit ?

— Je le lui ai demandé, répliqua-t-il en me regardant de nouveau comme si j'étais une demeurée.

— Si je l'appelais pour le lui demander, est-ce qu'elle me le confirmerait ? le défiai-je.

Je sortis même mon portable pour montrer que j'étais prête à lui téléphoner. En réalité, je ne l'aurais pas fait, parce que j'évitais de discuter de Jack avec elle, ou même d'autres sujets, d'ailleurs.

— J'ignore ce qu'elle te dirait, mais c'est la vérité.

Il me paraissait sincère. Il me dissimulait peut-être certains éléments, mais ne me mentait pas.

— Alors, comment as-tu su le numéro de mon appartement le soir où tu es venu dîner ?

— Voir ma réponse à la question précédente.

— Elle t'a donné le numéro et tout ?

J'étais dubitative. Cela représentait beaucoup d'informations à fournir à un parfait inconnu au sujet de sa meilleure amie inconsciente, mais il faut reconnaître qu'elle était complètement sous son charme à ce moment-là.

— Bien sûr, m'assura-t-il en haussant les épaules. Tu dormais. J'ai cru que peut-être j'allais devoir te porter jusque chez toi.

— Tu aurais fait ça, tu m'aurais mise au lit et tout ?

Je le regardai, les sourcils froncés. Exprimé à voix haute, cela donnait la chair de poule, et c'était précisément pour cette raison que je l'avais fait. Je voulais ressentir à quel point cette idée était flippante, mais ce ne fut pas le cas. Bien au contraire, je jugeai cela étrangement naturel.

— Tu venais de me rencontrer, ajoutai-je.

— Est-ce que ça t'aurait ennuyée si c'était arrivé ? me demanda-t-il avec franchise.

— Quand même, c'est bizarre, dis-je, en éludant sciemment sa question. Et tu as un sacré paquet de secrets pour quelqu'un qui connaît tant de choses sur moi.

— Tu n'as pas tort, gloussa-t-il avant de se tourner vers moi. Bon, quand est-ce que tu reviens nous voir ?

— Aucune idée, répliquai-je d'un ton hésitant.

Il avait dû remarquer ma réticence, parce qu'il me donna un coup d'épaule.

— Je ne peux pas ce soir. Je suis occupée, et en plus j'ai cours demain.

— Demain alors, après le lycée.

Il ne l'avait pas formulé exactement comme un ordre, mais ce n'était pas non plus vraiment une demande.

— Ezra sera là, précisa-t-il.

Je me crispai. Après la façon dont j'avais réagi en présence de Peter, j'étais terrifiée par celle que pouvait m'inspirer son autre frère. Peut-être serait-elle pire, et même dans l'hypothèse inverse, cela ne valait pas le risque de désirer le mari de Mae. La situation s'avérerait embarrassante et aurait un goût de trahison.

— Tu lui plairas. Crois-moi, affirma-t-il avant de se pencher davantage vers moi et de baisser la voix. Ce ne sera pas comme avec Peter.

— Comment le sais-tu ? lançai-je avec froideur.

Je n'étais même pas certaine de vouloir découvrir comment il était au courant de ce qui s'était passé avec Peter, ou comment il pouvait garantir que ce serait différent cette fois-là.

— Je le sais, c'est tout. (Il me donna un nouveau coup d'épaule taquin.) Tu sais que je le sais. Pourquoi faut-il toujours que tu en fasses toute une histoire ?

— J'imagine que c'est dans ma nature.

— Qu'est-ce que c'est ?

Il avait aperçu le magazine sur mes genoux, et avant que je puisse l'empêcher, il s'en empara. De manière gênante, je l'avais laissé ouvert à la page du test que j'étais en train de remplir.

— Savez-vous satisfaire votre partenaire au lit ? Et la question quatre… tu fais vraiment ça ? s'enquit-il avec un petit rire.

Il me jeta un regard à la fois scandalisé et admiratif. J'essayai de lui reprendre le *Cosmo*, mais il bougeait trop vite pour moi.

— Je ne me doutais absolument pas que tu étais ce genre de fille, Alice ! Ça change complètement l'image que j'ai de toi !

— Je m'ennuyais !

Je finis par réussir à récupérer le magazine. Il rit à gorge déployée de mon air honteux, et je me contentai de secouer la tête.

— Ah, ah, très drôle, ironisai-je.

— Ça l'est un peu, dit-il quand il eut cessé de se moquer.

Il se pencha en arrière sur sa chaise, les bras écartés, de sorte que l'une de ses mains atterrit sur le dossier derrière moi.

— En vérité, je sais exactement quel genre de fille tu es.

— Ah bon ? répliquai-je, intriguée. C'est-à-dire ?

— Oh, tu verras.

Sa réponse énigmatique lui arracha un sourire.

— Tu balances ce genre de trucs pour me rendre dingue, pas vrai ?

Je le fusillai du regard, et il s'esclaffa, confirmant mes soupçons.

Jack attendit avec moi jusqu'à la fin des machines. Pour passer le temps, nous fîmes quelques tests du magazine, même si je refusai de répondre aux questions sexuelles. Puis nous attaquâmes les mots croisés, un exercice dans lequel il se révéla extrêmement doué. Je n'avais jamais rencontré quelqu'un d'aussi intelligent, mais il cachait plutôt bien son jeu.

Une fois la lessive terminée, il porta les trois gros sacs jusqu'à sa Jeep. Il proposa de les monter chez moi, mais j'estimai préférable que Milo ne le voie pas. L'effet que provoquait Jack avait tendance à s'estomper quand les contacts avec lui s'espaçaient.

Avant que je rentre dans mon immeuble, il me rappela qu'il viendrait me chercher le lendemain à 18 heures et, que cela me plaise ou non, je passerais la soirée avec sa famille.

Chapitre 9

Jane avait toujours été la plus obsédée de nous deux par son look, mais soudain, mon placard ne contenait pas assez de vêtements. Le problème n'était pas tant leur nombre, que le fait qu'ils étaient tous hideux. Je m'étais pourtant chargée de faire la lessive, si bien que tous mes habits étaient soigneusement pliés ou pendus sur des cintres. Néanmoins, aucun ne trouvait grâce à mes yeux. Lorsque mon portable sonna, je devais avoir déjà testé une cinquantaine de tenues.

— Je sais, je sais, dis-je en décrochant, à bout de souffle.

— J'appelais juste pour m'assurer que tu ne te dégonflais pas, annonça Jack. Je t'attends dehors.

Heureusement, il semblait plus déconcerté que fâché.

— Je descends dans une minute.

Je refermai le clapet de mon téléphone et me précipitai vers le miroir pour m'examiner. Milo, qui avait supervisé les essayages, était assis sur mon lit au milieu des tenues abandonnées.

— C'était Jack? demanda-t-il sur un ton qu'il voulait désinvolte.

— Mmh mmh, marmonnai-je d'un air absent en tentant de lisser mon ourlet du plat de la main.

Je portais une robe-tunique bleu marine qui dévoilait mes genoux. J'avais opté pour des collants opaques dessous et des petites ballerines. J'ignorais si c'était assez simple, ou trop, ou que sais-je, mais dans tous les cas, je me sentais comme une idiote et avais de nouveau envie de me changer.

— C'est affreux !

— Tu es très belle, me réprimanda mon frère.

Après avoir passé trois heures à m'écouter geindre et à me regarder me changer, il devait en avoir marre.

— Et Jack attend dehors, ajouta-t-il. Tu n'as plus vraiment le choix.

— Tu promets ? demandai-je en lui jetant un coup d'œil.

— Oui. Ils vont t'adorer. Et sinon, moi, je t'aime. Maintenant, file !

Milo se leva et commença à me chasser de ma chambre.

— OK, OK, grommelai-je, mais il continua à me pousser jusqu'à la porte d'entrée.

Je courus jusqu'à la voiture de Jack, avant de changer d'avis. Il conduisait de nouveau sa Jeep, et l'idée d'un trajet moins rapide me ravit.

— Tu es superbe, affirma Jack avec un sourire quand je montai à bord.

— Si tu le dis.

Je baissai le pare-soleil afin de m'inspecter dans le miroir. Mon trait d'eye-liner était plus épais que d'habitude, mais cela rendait mon visage plus expressif et plus mature, ce qui me plaisait.

— D'accord, tu as l'air épouvantable.

Il rit puis s'engagea à toute allure sur la route.

— Est-ce que tu pourrais ralentir ?

L'angoisse me nouait l'estomac. Je savais que je pouvais feindre d'être malade à cause de la vitesse, puisque c'était presque la vérité. En réalité, je n'avais pas envie que nous arrivions là-bas en un rien de temps.

— Tu es nerveuse à ce point-là ? s'inquiéta-t-il en ralentissant un peu.

— Non, lui mentis-je.

Je relevai le pare-soleil et m'enfonçai dans le siège. Je redoutais de rencontrer Ezra et de revoir Peter, même si j'éprouvais en même temps une certaine excitation à cette dernière perspective. Je maudissais mon corps pour les émotions contradictoires qu'il exprimait.

— Ce n'est pas si terrible. Ezra va t'apprécier.

— Quand vas-tu arrêter d'essayer de me convaincre que tout le monde m'aime bien ? aboyai-je. Tu me rends paranoïaque.

— C'est complètement absurde.

Il remarqua que j'étais pétrifiée et poussa un soupir.

— Tu sais, avec Peter, ça ne voulait rien dire.

— Je n'ai pas envie de parler de lui, répliquai-je entre mes dents.

Ce n'était pas tout à fait exact. J'étais incapable de parler de son frère. Rien que de penser à lui, mon cœur s'emballait. L'oxygène semblait manquer dans l'habitacle.

Jack comprit que je préférais garder le silence, alors il alluma l'autoradio, *Bullet with Butterfly Wings* des Smashing Pumpkins retentit.

Même s'il avait ralenti, la route jusque chez lui me parut beaucoup trop courte. Quand nous nous arrêtâmes dans le garage, mon pouls battait si vite que je fus persuadée que j'allais mourir. J'envisageai de l'avouer à Jack, mais, à en juger par son expression morose, il était déjà au courant.

— Il faut que tu te calmes, Alice.

Il m'effleura la main pour me rassurer et, de façon étrange, cela fonctionna.

— S'agit-il d'un autre de tes super pouvoirs ? lui demandai-je quand je n'eus plus l'impression que mon cœur allait exploser.

— Comment ça ?

Malgré son ton sérieux, j'avais vu les coins de sa bouche se relever quand j'avais employé le terme « super pouvoirs ».

— Le fait que tu réussisses à m'apaiser ou à me faire éprouver la même chose que toi.

Contrairement à ce que j'aurais cru, il n'éluda pas ma question et ne la balaya pas. Il devint soudain sérieux et fronça les sourcils.

— Tu ressens ce que je ressens ?

Il inclina un peu la tête et me dévisagea, visiblement curieux.

Je dramatisais certainement. Il était charismatique et nerveux : ses émotions prenaient le pas sur les miennes dans n'importe quelle situation. Cela ne signifiait pas pour autant que je les ressentais réellement.

— Pas tout le temps, à mon avis. Seulement, quand tu souhaites que je me calme, ça se produit. Ou lorsque tu as eu peur du chien, je t'ai senti te crisper, et j'ai paniqué. Mais ce n'est probablement pas plus intense que ce que les gens normaux éprouvent.

— Mmh...

Il ne semblait pas convaincu, mais il retira sa main de la mienne et ouvrit sa portière.

— Tu dois être plutôt sereine et détendue à présent, alors entrons avant que ce sentiment s'évanouisse.

— Très bonne idée, en effet, renchéris-je en sortant de la Jeep.

— Tu veux dire que ça s'estompe pour de vrai ?

Il contourna rapidement la voiture pour me rejoindre. Il était étrange de se retrouver de l'autre côté de ce jeu de questions-réponses auquel nous nous livrions en permanence. Je croisai les bras et haussai les épaules.

— Non, sans plaisanter. Je ne vois pas comment ça marche, m'assura-t-il.

— Moi non plus. Je supposais que tu comprendrais de quoi je parlais.

Nous avançâmes jusqu'à la porte d'entrée, mais il s'arrêta, les yeux perdus dans le vague.

— À moins que…

— Que quoi ? l'encourageai-je.

— Rien.

Il secoua la tête, comme pour chasser une pensée.

— Jack ! protestai-je.

— Je te l'expliquerai plus tard, me promit-il avec un sourire en coin.

C'était la première fois qu'il me disait ça. J'en fus stupéfaite.

— Vraiment ? lançai-je d'une voix pleine d'espoir.

— Non. Allez !

Sans me laisser le temps de discuter, il ouvrit la porte et pénétra dans la maison.

— On est là !

— Peter, retiens Matilda ! entendis-je Mae crier depuis une autre pièce.

J'eus un mouvement de recul en apprenant que Peter n'était pas loin. Puis Mae arriva en trombe dans l'entrée, les bras ouverts, prête à m'enlacer.

— Alice ! Je suis ravie que tu sois là ! s'exclama-t-elle en m'étreignant avec force.

— Moi aussi, répondis-je, découvrant avec surprise que j'étais sincère.

— Hello, je suis là aussi, souligna Jack quand elle me relâcha.

Il plaisantait, mais elle se tourna vers lui et l'embrassa. Il la remercia.

— Tu sais que nous sommes toujours contents de t'avoir, affirma Mae, le sourire aux lèvres.

— Je sais que c'est le cas pour toi, rectifia Jack.

Une nouvelle angoisse s'empara de moi. Peut-être que Peter et Ezra n'aimaient pas Jack, ce qui impliquait que je n'avais pas la moindre chance.

Matilda fit soudain irruption dans la pièce, mais Jack l'intercepta au passage. Elle sauta joyeusement dans ses bras, et il la rattrapa facilement, malgré les quarante-cinq kilos qu'elle pesait. Un jour, il allait falloir que je cesse d'être aussi impressionnée par Jack.

— Peter ! cria Mae en direction de l'endroit où son beau-frère était caché.

— Elle m'a échappé !

Sa voix suave se propagea dans tout mon corps. S'il possédait ne serait-ce que la moitié de la force de son frère, retenir Matilda ne devait pas lui poser de problème. Il l'avait délibérément lâchée pour nous ennuyer.

— Peter ! tonna une autre voix.

Plus grave que celles de Jack ou de Peter, elle provoqua chez moi une bouffée de chaleur. Le ton était désapprobateur. Si j'avais été celle à qui elle s'adressait, je me serais certainement évanouie.

— Désolé, grommela Peter.

— C'est Ezra, m'expliqua Mae, arborant un sourire de fierté à la simple évocation de son mari.

Jack reposa enfin Matilda, qui lui avait bavé sur tout le visage, et l'animal s'éloigna en bondissant. Mae passa son bras sous le mien, et, comme je savais qu'elle se réjouissait de me présenter à Ezra, je me laissai guider dans la pièce voisine.

— Il n'est vraiment pas effrayant, me rassura Jack en s'essuyant la figure d'un revers du bras.

Puis nous pénétrâmes dans le salon, et dès que je le vis, toutes mes craintes se dissipèrent. Je me fis d'abord la réflexion qu'il ressemblait à un ange. Il était plus grand que ses deux frères, mais ne paraissait pas les dominer pour autant.

Ainsi que je m'en étais doutée, il était magnifique. Il portait une chemise blanche dont il avait relevé les manches et déboutonné le col, laissant entrevoir un torse séduisant. Son regard couleur d'ébène était infiniment chaleureux. Sa peau était aussi bronzée que celle de Peter, mais sa chevelure était parsemée de mèches éclaircies par le soleil.

Il avait vingt-six ans, l'air superbe, mais paraissait également... vieux. C'était difficile à expliquer, mais ses yeux trahissaient une plus grande sagesse que son âge le laissait supposer.

— Et tu dois être Alice.

Quand ses paroles me parvinrent, d'agréables frissons me parcoururent.

Sa voix avait une particularité, que j'avais décelée lorsqu'il avait prononcé le prénom de son frère, mais que je n'étais pas parvenue à identifier sur le moment, jusqu'à ce qu'il parle davantage : il avait un léger accent, peut-être irlandais ou australien, si atténué que je ne pouvais pas en être sûre. Il s'approcha de moi pour me serrer la main, et une hypothèse s'imposa à moi soudainement.

Contrairement à ses frères, Ezra avait peut-être un accent parce qu'il était né et avait grandi dans un pays étranger, tandis que Jack et Peter, ses cadets, n'étaient pas de là-bas ou en étaient partis trop jeunes pour avoir conservé cet accent.

Mais leurs yeux étaient nettement différents. Ceux d'Ezra étaient d'un brun profond tirant sur le noir, ceux de Peter d'un vert vif, et ceux de Jack d'un bleu argenté. En aucun cas ils ne pouvaient être frères.

— Ezra, je présume, le saluai-je.

Il garda ma main dans les siennes, et son sourire amical me fit fondre. Du coin de l'œil, j'aperçus Peter debout dans un coin du salon. Il nous observait d'un drôle de regard, mais je tentai d'en faire abstraction.

— J'ai beaucoup entendu parler de toi.

Il me lâcha la main et recula d'un pas pour maintenir une distance polie. Mae resta plantée à côté de moi. Elle avait recommencé à me caresser les cheveux. Je me rendis alors compte qu'elle m'exhibait.

— En bien, j'espère, répondis-je doucement.

C'était d'une banalité navrante, mais j'avais été incapable de trouver une meilleure réplique.

Comme Ezra s'était mis en retrait, je disposais désormais d'un meilleur angle de vue et ne pus m'empêcher de jeter un coup d'œil furtif à Peter, dont les yeux étaient rivés sur moi. Une épaule appuyée contre le mur, il avait les bras croisés. Vêtu d'un jean ajusté et d'un tee-shirt noir, il était si beau que je dus me forcer à reporter mon attention sur Ezra, qui, en comparaison, ne me sembla soudain plus aussi sensationnel.

— N'est-elle pas ravissante ? s'extasia Mae en me passant un bras autour de l'épaule.

J'étais flattée d'être au centre de l'attention, mais c'était également très bizarre. Mae me traitait comme si j'avais découvert un remède contre le cancer ou marché sur l'eau, alors que je n'avais fait que venir chez eux.

— En effet, déclara Ezra, et je me redressai légèrement, sentant qu'il me jaugeait. Mais tu n'en doutais pas.

Je ne comprenais pas ce que cette phrase sous-entendait et mourais d'envie de le leur demander, mais j'avais conscience que pour cela, il allait me falloir attendre de partir et d'être en sécurité avec Jack dans la voiture.

— Ce n'est qu'une fille, dit Peter avec dédain, et je m'effondrai intérieurement.

Machinalement, je me voûtai, mais je m'efforçai de conserver la même expression. Ezra se tourna pour fusiller Peter du regard. Celui-ci détourna les yeux et changea de posture.

— Peter !

Cette fois-là, le ton d'Ezra ne reflétait pas de la désapprobation, mais une totale incompréhension.

— Eh bien, vous n'avez pas besoin de l'exhiber comme ça, marmonna Peter. Elle est là, j'ai compris.

Il refusait de me regarder, mais jetait de discrets coups d'œil à Ezra.

— Je la présentais simplement à Ezra, répliqua Mae d'une voix protectrice.

— Je m'excuse pour l'attitude de Peter, me dit Ezra avec un sourire d'excuse. Manifestement, il a complètement perdu la tête.

Peter leva les yeux au ciel, et je me demandai ce qui le dérangeait tant en moi. Je n'avais presque jamais ouvert la bouche en sa présence. En fait, je m'étais contentée de rester devant lui et de le dévisager bêtement. En quoi cela pouvait-il s'avérer insultant ?

— Tu sais ce qui serait amusant ? me demanda Jack.

Il se tenait un peu en retrait, à côté de moi, accroupi pour caresser Matilda, qui avait roulé sur le dos pour se faire frotter le ventre.

Mae se tourna vers lui, l'air exaspéré.

— Personne n'a envie de jouer à *Guitar Hero*.

— Mais tu peux jouer sur les Beatles ! Tu les adorais !

— Il s'est remis à ça ? s'enquit Ezra, quelque peu déçu.

— Il a acheté une nouvelle console, je crois, déclara sa femme d'un ton las. Je n'en sais rien, ça fait deux jours seulement.

— Bon, on devrait peut-être laisser les jeunes jouer, le temps que tu me racontes ce que j'ai raté pendant mon absence, suggéra Ezra.

Mae s'écarta de moi, et il glissa un bras autour de sa taille fine. Ils formaient un couple parfait, et dégageaient quelque chose qui me rendait extrêmement jalouse.

Ce n'était pas que je voulais être avec Ezra, même s'il y avait pire dans la vie, mais plutôt parce que, de toute évidence, ils étaient faits l'un pour l'autre. J'avais autant envie qu'eux de trouver ma moitié.

— Est-ce que tu connais ce jeu ? s'enquit brusquement Jack.

Je supposai qu'il s'agissait d'une question, mais il se ruait déjà vers l'écran plasma géant accroché au mur pour brancher la console.

— Appelle-moi si tu as besoin de quoi que ce soit, dit Mae en me touchant le bras. Et n'aie pas peur de lui dire quand tu en auras marre. Il peut y jouer des heures, donc c'est toi qui vas devoir l'arrêter.

Lorsqu'ils sortirent de la pièce, Mae posa la tête sur l'épaule de son époux, et je ne pus m'empêcher d'éprouver une certaine tristesse en les voyant partir. Étonnamment, Peter n'en profita pas pour les imiter et resta là où il se trouvait, à foudroyer du regard tout ce qui l'entourait.

— Alors, tu y as déjà joué ? me demanda Jack en jetant un coup d'œil par-dessus son épaule.

Matilda l'avait suivi et il était désormais accroupi devant la console pour insérer le jeu et connecter les guitares. La chienne enfouit le museau dans ses cheveux et lui bava dessus, mais Jack ne parut pas s'en soucier ni même le remarquer.

— J'ai joué une fois chez un copain, répondis-je.

Jane avait passé toute la soirée dans la chambre du type en question, tandis que j'étais restée en bas dans le salon pour jouer à *Guitar Hero* avec son petit frère de neuf ans. J'avais trouvé ça marrant.

— C'est vraiment génial, s'enthousiasma Jack.

— Je me demande pourquoi tu la forces à jouer avec toi, la pauvre, intervint Peter.

Pour une fois, il ne semblait pas furieux ou énervé, et me défendait presque.

— Tu vas la massacrer, ajouta-t-il.

— Je suis imbattable : le meilleur joueur de tous les temps.

Jack était très fier de ce talent, et il avait bien raison. Il en possédait d'autres, extraordinaires, qu'il minimisait constamment, mais il était extrêmement doué en jeux vidéo. Il avait établi son propre classement dans ses différents domaines d'aptitude.

— Je ne doute pas de tes compétences.

Je pris la guitare en plastique qu'il me tendait et passai la sangle par-dessus mon épaule.

— Quel titre tu veux ?

Il commença à faire défiler la liste des chansons si vite que je pouvais à peine les lire, mais j'en aperçus quelques-unes qui me plaisaient.

— Euh… Interpol ?

— Excellent choix ! approuva Jack.

J'étais pleinement consciente que Peter m'observait et cela me mettait mal à l'aise. Son regard me semblait moins haineux qu'auparavant, mais cela ne changeait pas l'effet qu'il produisait sur moi. Ezra était parvenu à le calmer un peu, remportant ainsi ma gratitude éternelle. Je ne pouvais pas supporter que Peter me déteste.

Après avoir gratté doucement l'instrument, la partie démarra. Le but consistait à appuyer sur les touches colorées du manche de la guitare en même temps que celles qui s'affichaient à l'écran, mais c'était beaucoup plus difficile qu'il y paraissait.

Jack m'avait sélectionné le niveau débutant, tandis qu'il jouait en mode expert, survolant le morceau. Peter n'avait pas menti. C'était perdu d'avance pour moi. Je pus tout juste aller au bout de la chanson.

— Waouh, c'était violent, commenta Peter quand son frère eut fini de jouer.

Il s'éloigna du mur et s'approcha de moi. Mon cœur se mit à cogner si fort que je m'entendais à peine penser. Il prit soin de ne pas croiser mon regard, et je m'aperçus qu'il le faisait délibérément. Puis il tendit la main vers moi et, au début, je ne compris pas pourquoi.

— Donne-moi la guitare. Jack a besoin d'une bonne correction.

— C'est plutôt le contraire, riposta Jack.

J'entrepris de repasser la sangle par-dessus ma tête, mais elle se prit dans mes cheveux. Peter tendit le bras pour m'aider et, l'espace d'une seconde, posa sa main sur la mienne.

Sa peau était très différente de celle des autres. Elle possédait la même douceur de bébé, mais elle était également brûlante. Cette sensation me rappela la fois où, dans mon enfance, j'avais touché une clôture électrifiée par inadvertance, sauf que là, c'était agréable. Une décharge électrique me parcourut. Je vis un éclair passer dans son regard lorsqu'il croisa le mien l'espace d'un instant, et je sus que lui aussi avait ressenti cette secousse.

Puis il dégagea rapidement la guitare et m'en débarrassa, sans rien dire, ni me regarder de nouveau.

— Quel morceau veux-tu ? demanda Jack à Peter d'une voix un peu étrange.

— Je te laisse le choix, répondit Peter.

Son ton ne trahissait rien, mais quand il me scruta du coin de l'œil, je fus certaine qu'il était un peu déconcerté par le moment que nous venions de vivre.

Faible et flageolante, je reculai, puis m'affalai sur le somptueux canapé moelleux. Matilda, estimant qu'il me fallait de la compagnie, grimpa à côté de moi avant de poser son énorme museau sur mes genoux.

Je lui caressais les oreilles en admirant Peter et Jack à l'œuvre. Ils jouaient à une vitesse surnaturelle, mais je me souvins alors qu'ils étaient sûrement davantage que de simples humains.

Mon corps était encore électrisé par le contact avec Peter, et j'essayai de déterminer si je devais ou non demander des précisions à Jack à ce sujet. Je me sentais toujours mal à l'aise à l'idée de lui parler de son frère, même si on ne sortait pas ensemble.

Lors de la première partie, Peter battit Jack. Ce dernier exigea donc une revanche. Ils jouèrent pendant un bon moment, et Jack n'arrêtait pas de jeter des coups d'œil par-dessus son épaule pour vérifier que je n'avais pas bougé.

Peter en faisait autant, puis s'empressait de détourner le regard. Chaque fois, mon cœur palpitait, et, je serais prête à le jurer, dès que mon rythme cardiaque s'accélérait, les deux frères se crispaient.

— Vous ne la laissez même pas jouer ? s'indigna Mae qui venait d'apparaître sur le seuil, les mains sur les hanches.

Ezra se tenait derrière elle et se moquait des garçons, comme s'il n'en avait pas attendu moins d'eux.

— Elle a essayé, se défendit Jack. C'est juste que, tu vois, elle n'est pas très douée.

— Je devais remettre Jack à sa place, expliqua Peter.

— Eh bien, ça suffit, les informa Mae.

Elle se dirigea vers le canapé, poussa Matilda pour la faire descendre et s'installa près de moi.

— Elle doit en avoir ras le bol, poursuivit-elle.

— Ça va, répondis-je en lui souriant.

En toute franchise, je n'avais pas eu l'occasion de m'ennuyer. Le moindre geste de Peter me fascinait.

— Éteignez-moi ça tout de même, ordonna Mae en désignant la console.

Jack grommela, mais s'exécuta. Peter enleva sa guitare et la posa devant le meuble multimédia avant de s'asseoir dans le fauteuil le plus éloigné de moi.

— Ce jeu est amusant, se plaignit Jack sans s'adresser à personne en particulier, puis il s'assit par terre juste en face de moi.

Matilda ramassa dans sa gueule un jouet à mâcher en grosse corde et le lui apporta. Il se mit à tirer sur la corde, et elle gronda joyeusement en remuant la queue.

— Alors, Alice, tu es encore au lycée ? me demanda Ezra.

Quand je l'avais quitté des yeux, il se tenait dans l'embrasure de la porte, mais sans que je ne remarque rien, il avait pris place dans le fauteuil le plus proche de moi.

Mae passait ses doigts dans mes longs cheveux, et ce geste m'apparut soudain très étrange. Si une autre personne avait fait cela, je l'aurais repoussée en pensant qu'elle était dérangée. Mais de sa part, cela semblait parfaitement naturel et me rassurait.

— Euh, oui, je suis en première, répondis-je.

Ezra me dévisageait comme si j'étais fascinante, alors que je ne voyais rien chez moi susceptible d'intéresser quelqu'un comme lui. Cela me rappela lorsque Peter leur avait reproché de m'exhiber, je me sentais effectivement un peu comme un objet en vitrine. Mais cela n'avait aucun sens.

— Es-tu bonne élève ? m'interrogea Ezra.

— Pas vraiment, reconnus-je.

Je savais que je pouvais lui mentir, et d'un côté je le souhaitais, pour l'impressionner, mais j'étais également consciente que je ne le ferais pas. Cela ne me paraissait pas correct.

— As-tu l'intention de poursuivre tes études ?

Ezra se cala dans son siège, mais son attitude ne trahissait aucune désapprobation. Il se contentait d'assimiler les informations à mon sujet et tentait d'en apprendre davantage sur moi. Quoi que je dise, aucune de mes réponses ne le choquerait, car elles faisaient partie de moi et, sans que je sache pourquoi, il m'appréciait.

— Peut-être. (Penaude, j'hésitai un instant avant de poursuivre.) J'ai songé à devenir médecin.

Peter gloussa puis secoua la tête.

— Mais bien sûr !

Lorsque Peter éclata de rire, je sentis mes joues s'empourprer et me justifiai à la hâte pour éviter de passer pour une sombre idiote.

— En fait, je pensais à la psychiatrie.

— Je peux le concevoir, acquiesça Ezra, les yeux rivés sur moi. Tu es perspicace.

— Comment peux-tu dire une chose pareille en gardant ton sérieux ? lui demanda Peter d'un ton incrédule.

Ezra se tourna vers lui et le fusilla du regard.

— Elle a à peine dix-sept ans, raisonna Ezra. Tu ne trouves pas qu'elle est perspicace pour son âge ? En outre, elle est sûrement très tolérante, puisqu'elle ne t'a pas encore tué, ni Jack d'ailleurs. Cela prouve sa patience et sa sagesse.

Je rougis davantage en entendant ses compliments et baissai les yeux. Personne n'avait jamais parlé de moi en des termes si élogieux.

— Ne fais pas ça, dit Peter d'une voix redevenue sévère.

Il échangea un regard avec Ezra, puis fit « non » de la tête.

— Elle est trop jeune ! Et trop…

Il renonça à terminer sa phrase, se leva brusquement et quitta la pièce d'un pas furieux.

— Peter ! l'appela Jack avant de se relever et de courir après lui.

— Jack, laisse-le, lui conseilla Ezra, mais son frère secoua la tête et ne s'arrêta pas.

— Il ne peut pas continuer à s'en tirer comme ça, affirma Jack avant de franchir le seuil.

— Ne tiens pas compte de lui, me susurra Mae à l'oreille.

Elle commença à me tresser les cheveux, chose que ma propre mère n'avait jamais faite, et tenta de m'apaiser.

— Il est comme ça, c'est tout, précisa-t-elle.

— Mais je ne comprends pas.

J'étais troublée, des larmes de douleur me piquaient les yeux, et j'aurais voulu qu'elles disparaissent. Je songeai à les essuyer, mais Ezra m'observait, et ce geste n'aurait fait que rendre mes pleurs plus évidents.

— Qu'y a-t-il, ma puce ? s'enquit doucement Mae en écartant des mèches de mon visage.

— Pourquoi est-ce qu'il me déteste à ce point ? bredouillai-je.

— Il ne te déteste pas, expliqua Ezra. Mais il aimerait bien.

Ces propos étaient censés me consoler, mais je ne voyais pas réellement en quoi cela arrangeait la situation. Vouloir me détester me paraissait pire. Il s'agissait d'un choix délibéré.

— Je dois aller aux toilettes, annonçai-je.

Je n'allais pas pouvoir retenir mes larmes encore longtemps, et si je les laissais couler, je préférais le faire dans l'intimité d'une salle de bains. Je me levai et Mae éloigna ses mains à contrecœur.

— Tu te rappelles où elles se trouvent ?

Elle s'apprêtait à se mettre debout pour me les indiquer, mais j'acquiesçai avant qu'elle le fasse.

— Je reviens tout de suite.

Je sortis de la pièce aussi vite que possible sans trahir le fait que je m'en allais pour sangloter.

Pour me rendre dans la salle de bains, il me fallait passer devant l'escalier, mais je n'allai pas plus loin. La voix douce de Peter m'arrêta net. Cachée en bas des marches, je l'entendais parler avec Jack à l'étage, dans sa chambre. Peter ne semblait plus en colère, comme il l'avait été dans le salon. En réalité, c'était la tristesse qui dominait dans sa voix.

— Je ne cherche pas à être méchant avec elle, dit-il comme s'il s'excusait.

— Mais tu l'es ! Tu aurais dû voir à quel point cela la terrifiait de venir ici, à cause de toi !

Jack, quant à lui, était sans conteste fâché.

Je grimaçai quand il dévoila mes secrets embarrassants, mais restai pour connaître la suite de leur dispute.

— Peut-être qu'elle ne devrait pas revenir, dans ce cas.

Peter avait avancé cet argument de manière posée, comme s'il pensait seulement à mon intérêt et non parce qu'il ne souhaitait plus ma présence ici.

— Tu es vraiment un abruti, dit Jack. Je l'aime bien, Ezra aussi, et Mae est pratiquement amoureuse d'elle. Elle reviendra souvent. Je me demande pourquoi tu luttes à ce point.

— Aucun d'entre vous ne comprend, d'accord ? (Sa voix se fit plus âpre.) Ezra a Mae, et toi, tu es trop jeune. Et Mae prend ça comme une récréation ! Elle a toujours voulu avoir une fille.

— Écoute, ça n'a aucune importance, répliqua Jack, exaspéré. Elle va revenir, et il te faudra trouver un moyen de gérer ça. Sans lui faire de mal.

— Tu sais bien que je ne veux pas la blesser.

Peter avait tellement baissé la voix qu'elle était presque inaudible, mais il était bien sincère. Il désirait réellement ne pas me faire de mal, ni même me détester. Dans ce cas, pourquoi le faisait-il ?

— Je suis au courant ! aboya Jack. Alors ça suffit !

— D'accord, céda Peter.

Manifestement, la conversation touchait à sa fin, et je perçus des bruits de pas se rapprocher de l'escalier. Voulant à tout prix éviter qu'ils me surprennent en train de les espionner, je courus jusqu'à la salle de bains. Au moins, mon envie de pleurer m'était un peu passée, même si la situation me paraissait de plus en plus confuse.

Lorsque je sortis, Peter et Jack étaient revenus dans le salon. Peter resta cordial, mais distant. Jack joua avec la chienne et essaya d'entraîner tout le monde dans un autre jeu vidéo. Ezra continua à me poser des questions personnelles, allant du métier qu'exerçait ma mère jusqu'à mes émissions télévisées préférées, et Mae semblait se satisfaire de passer le reste de son existence à me caresser les cheveux.

Il était plus de 23 heures quand Ezra décréta que nous devions y aller. En dépit de mes angoisses, la soirée avait défilé à une vitesse folle.

Tout le monde nous raccompagna jusqu'à la porte du garage, y compris Matilda, et une fois de plus, je me sentis gênée. Ils me plaçaient sans cesse au centre de leur attention alors qu'ils étaient bien plus beaux et fascinants que je pouvais même espérer le devenir un jour.

Mae me serra fort contre elle. Elle paraissait presque sur le point de pleurer de me voir partir.

— Tu reviendras, n'est-ce pas ?

Elle avait toujours les mains posées sur mes épaules, et les pressa un peu trop fort. Ezra lui passa un bras autour de la taille et l'éloigna doucement de moi.

— Nous apprécions beaucoup ta compagnie, renchérit-il, formulant ainsi une invitation moins désespérée que sa femme.

— Bien sûr qu'elle reviendra ! répondit Jack pour moi avec un grand sourire.

Peter, qui était resté un peu à l'écart sur le côté, fit un pas dans ma direction et plongea ses perçants yeux verts dans les miens. L'espace d'une folle seconde d'euphorie, je crus qu'il allait m'embrasser, mais il demeura figé à quelques centimètres de moi.

Puis, d'une voix basse, mais si décidée qu'elle sonna comme un ordre, il me proposa de revenir.

— D'accord, acquiesçai-je.

Il avait dû atteindre le quota d'interaction humaine qu'il s'était imposé, puisqu'il tourna les talons et quitta la pièce. Je retrouvai un peu d'aplomb et me forçai à sourire à Mae et Ezra.

— Je reviendrai, promis.

— À bientôt alors, me salua Ezra en souriant.

Mae parut sur le point d'exploser de joie, et son mari garda fermement son bras autour d'elle pour éviter tout débordement.

— Je t'avais dit que tu plairais à Ezra, déclara Jack quand nous fûmes seuls dans le garage.

Nous nous dirigions vers sa Jeep, et comme j'avais une foule de questions à lui poser, je préférais me taire jusqu'à ce que nous soyons à l'abri des oreilles indiscrètes, à l'intérieur du véhicule. Je ne voulais pas être interrompue dans mes pensées.

— Tu n'es pas d'accord ?

— Si, répondis-je avant de monter à bord de la Jeep et d'attendre qu'il en fasse autant.

À peine était-il installé que je me tournai vers lui.

— OK, qu'est-ce que ta famille cherche à obtenir de moi, bon sang ?

— Comment ça ? demanda Jack prudemment.

Il n'avait pas envie d'en dévoiler trop par mégarde.

— Vous vous prosternez devant moi, comme si j'étais la huitième merveille du monde.

Ce n'était pas une juste façon d'exprimer les choses, parce que je sentais qu'ils m'appréciaient sincèrement.

— J'ignore quoi te répondre.

Il démarra et sortit du garage en marche arrière.

— Jack ! J'ai le droit de savoir ce que vous faites avec moi au juste !

Ma voix était plus aiguë que je l'aurais souhaité, mais une partie de moi éprouvait effectivement de la peur. Ils étaient beaux et puissants, et pourtant ils me voulaient, moi. C'était flatteur, mais aussi, terrifiant.

— Non, je comprends. Je vais répondre. Accorde-moi une minute de réflexion.

La musique des Smashing Pumpkins s'élevait toujours des enceintes, et il éteignit son autoradio.

— Vous n'êtes pas vraiment frères, n'est-ce pas ? Pas par le sang, en tout cas.

C'était davantage une affirmation qu'une interrogation, mais Jack éclata de rire et secoua la tête.

— Tu essaies de me faire avaler que vous avez tous les trois les mêmes parents ? insistai-je.

— Non, tu as raison, dit-il, gloussant encore.

— Vous êtes plutôt une confrérie ou quelque chose de ce genre ?

— En quelque sorte, mais c'est plus que ça.

Comme à son habitude, il restait vague. Je soupirai.

— Jack, que se passe-t-il ? demandai-je avec sérieux. Qu'est-ce que c'est que tout ça ? Pourquoi êtes-vous si différents ? Et pourquoi pensez-vous que je suis spéciale ?

— As-tu confiance en moi ?

Il m'adressa un regard grave.

— Tu sais que oui.

Mon cœur s'emballa. Il allait enfin me révéler quelque chose.

— Bien. Alors… je te le dirai très bientôt. Mais il faut que tu patientes encore un peu.

— Pourquoi ? Que va-t-il arriver à ce moment-là ? exigeai-je de savoir. J'ai rencontré ta famille, je passe mon temps avec toi, et je suis certaine que tu n'es pas complètement humain. Qu'y a-t-il d'autre ?

— C'est compliqué, soupira Jack. Et je... je ne veux pas te faire peur.

— Qu'est-ce qui pourrait bien m'effrayer, après tout ce que j'ai vu en ta compagnie ? le pressai-je d'un air incrédule.

— Tu n'as pas encore tout découvert sur moi.

Même si sa voix était restée égale, cet aveu résonna en moi comme un avertissement de mauvais augure. Il me décocha un regard oblique pour observer ma réaction, alors j'essayai de faire bonne figure, mais il s'aperçut qu'il m'avait ébranlée.

— Cela va au-delà de la confiance que tu me portes à moi ou même à ma famille. Ça concerne ton identité.

— Qu'est-ce que ça veut dire ?

— Quand tu danses avec le diable, il ne change pas, c'est lui qui te change.

À sa façon de prononcer cette phrase, je compris qu'elle n'était pas de lui. Il s'agissait d'une citation et je décidai de tenter ma chance.

— Quoi ? Est-ce que tu récites du Dylan Thomas pour m'embrouiller ?

— Non, c'est du Joaquin Phœnix dans le film *8 mm*, et je n'essaie pas de t'embrouiller, mais de te préparer.

Ces derniers mots me donnèrent des frissons, et je me demandai vraiment ce qu'il me réservait.

— Tu n'as pas répondu à ma question, lui fis-je remarquer quand je retrouvai enfin la volonté de parler.

Nous étions déjà arrivés devant mon immeuble, et je savais qu'il ne me répondrait pas de toute manière.

— Nous ne voulons rien de toi. (Il se mordit la lèvre et me regarda.) Nous souhaitons juste que tu deviennes l'une des nôtres.

Chapitre 10

— Qu'est-ce que ça veut dire ?

J'étais consciente d'avoir l'air terrifiée malgré tous mes efforts, mais il se contenta de me sourire.

— J'ai répondu à ta question. (Il désigna mon immeuble d'un signe de tête.) Va dormir un peu. On discutera demain.

— Oui, bien sûr, je vais pouvoir m'endormir après ça, marmonnai-je en ouvrant la portière. Depuis quand tu es aussi inquiétant ? Tu as regardé trop de films d'horreur ou quoi ?

Jack rit, et je sortis de la voiture. Lorsqu'il fut reparti, je restai dehors une minute, m'imprégnant de l'air froid. Toute ma vie était en train de changer. Je le sentais. Tout allait être différent, et je n'avais pas la moindre idée de ce que j'allais devenir.

Pour la première fois, je me levai avant Milo, mais pas par choix. J'avais fait un rêve à propos des yeux d'émeraude de Peter et grincé des dents, mais quand je m'étais réveillée en sueur, j'avais été incapable d'assembler les pièces du puzzle.

Mon cœur battait très fort et la tête me tournait. J'avais mis un temps fou à m'endormir la veille, et je ne parvenais pas à chasser la sensation d'un danger imminent.

Ils voulaient que je sois l'une des leurs ? D'où venaient ces conneries dignes d'un film d'épouvante ? Souhaitaient-ils que j'épouse un membre de la famille ? Avec qui étais-je censée me marier : Jack… ou Peter ?

Ou cachaient-ils un secret encore plus atroce ? Appartenaient-ils à une secte ? Me considéraient-ils comme une vierge à sacrifier ?

Sous la douche, j'essayai d'évacuer mon appréhension. Malgré tous les événements hors du commun et parfois terrifiants dont j'avais été témoin en présence de Jack, je ne pouvais l'imaginer me faire du mal un jour. L'affection inexpliquée de Mae et d'Ezra semblait sincère, et même Peter avait dit qu'il répugnait à me blesser.

Tout cela me rappelait une histoire que j'avais lue. Une jeune fille assez peu attirante escaladait une montagne et arrivait par hasard dans un village dont tous les habitants étaient d'une beauté incroyable.

Comme ils étaient tous parfaits, sans exception, ils s'en étaient lassés. La perfection était considérée comme ordinaire chez eux, et tous les traits qui rendaient l'adolescente laide dans sa vie passée lui permettaient de se démarquer. On la trouvait belle et on la vénérait. Tout le monde tomba amoureux d'elle et coucha avec elle, mais elle finit par mourir d'épuisement et de chagrin.

Ils s'étaient tous servis d'elle à cause de son apparence, et la morale disait qu'être apprécié pour son physique était pire que de ne pas l'être du tout.

Ce n'était pas ce que je retenais de cette histoire pour le moment. Jack et sa famille n'avaient aucun défaut, tandis que j'étais commune et ennuyeuse. Peut-être passaient-ils trop de temps entre eux, et qu'ils trouvaient ma simplicité nouvelle et rafraîchissante. C'était ma seule hypothèse pour expliquer leur envie de m'avoir à leurs côtés.

Mais alors, comment devrais-je m'y prendre pour devenir l'une des leurs ? Et pourquoi en avaient-ils même envie ? Bon sang, qu'entendaient-ils par « l'une des leurs » ? Qu'étaient-ils, d'abord ?

Lorsque je sortis de la douche, j'avais utilisé toute l'eau chaude. Je bredouillai des excuses à Milo, mais il haussa les épaules et affirma que cela ne le dérangeait pas de se laver à l'eau froide.

Aller en cours ne m'avait jamais paru aussi pénible, mais au moins, on était vendredi. Le soir, je pourrais rester dehors aussi tard que j'en aurais envie, et je consacrerais chaque seconde à interroger Jack s'il le fallait. Je n'arrêterais pas tant qu'il ne m'aurait pas tout dévoilé.

De façon surprenante, la journée passa très vite, en grande partie parce que je dormis pendant les trois premières heures de cours. À la pause-déjeuner, j'envoyai un texto à Jack pour lui demander quand on se verrait.

Même si en temps normal il me répondait en quelques secondes, ce ne fut pas le cas cette fois-là, mais je m'y attendais, car il veillait presque toute la nuit. Pourtant, je ne pus m'empêcher de vérifier mon portable toutes les dix minutes et d'être déçue chaque fois que je constatais qu'il n'avait pas répondu.

En rentrant chez moi, j'allumai la télévision pour regarder de vieux épisodes du dessin animé *Speed Racer*, mais n'y prêtai pas vraiment attention. J'avais posé mon téléphone sur mes genoux, le volume de la sonnerie réglé au maximum, et j'agitais mon pied de bas en haut avec nervosité. Je croisai les bras très fort pour éviter de me ronger les ongles, mais la lutte était dure.

— Est-ce que tu vas chez Jack ce soir ? me demanda Milo.

Assis sur le canapé, il regardait l'écran d'un air distrait. Il me jeta un coup d'œil, et même si j'avais la tête ailleurs, je remarquai son expression chagrinée.

— Sûrement, répondis-je avant de vérifier mon mobile et de soupirer. Peut-être pas.

— Si tu restes, je pourrai nous préparer un bon repas, proposa-t-il avec espoir.

Si sa voix avait déjà mué, il était encore joufflu comme un petit garçon, et j'avais hâte de le voir perdre cette allure enfantine. Ainsi, je culpabiliserais moins de lui briser le cœur.

Je l'avais beaucoup délaissé au cours des semaines précédentes, et ce devait être affreux de rester seul dans notre minuscule appartement tous les soirs. Mais je devais aller au fond des choses avec Jack.

— C'est une bonne idée, mais ce sera pour une prochaine fois.

Je l'abandonnai avec autant de ménagement que possible, mais sa déception s'afficha sur son visage et il détourna le regard.

— Peut-être demain, ou après-demain ? suggérai-je.

— Tu seras sortie avec Jack toute la soirée, dit-il en s'efforçant d'employer un ton détaché, mais son amertume pointait. C'est le week-end, et tu as dix-sept ans. Je ne dois pas m'attendre à ce que ce soit différent. Et très bientôt, tu quitteras la maison et tu mèneras ta propre vie et tout. Je ferais mieux de m'y habituer dès maintenant.

— Arrête, Milo. Tu sais que tu feras toujours partie de moi.

Avant ma rencontre avec Jack, j'aurais dit cela avec une certitude absolue. Milo était mon frère et représentait beaucoup pour moi, et rien ne pouvait changer cela.

C'était du moins ce que je pensais jusqu'à ce que Jack m'annonce la veille, à moitié comme un avertissement et à moitié comme une promesse, que j'allais changer, et ma vie aussi. J'allais peut-être me rendre quelque part où Milo ne pourrait pas me suivre. Même si le laisser derrière moi allait être une véritable déchirure, l'idée d'une vie sans Jack et Peter me paraissait pire.

— Si tu le dis, répliqua mon frère.

Il ne semblait pas du tout convaincu. Peut-être que se lisait sur mon visage que j'étais déjà à moitié partie.

J'envisageai un instant d'en discuter davantage avec lui, mais à quoi bon ? Les choses évoluaient, et nous le sentions tous les deux. Je ne souhaitais pas lui mentir, alors nous restâmes assis en silence à regarder la télévision. Je crus qu'il allait se lever et quitter la pièce pour pleurer mon absence à venir, mais il demeura à côté de moi.

Lorsque la sonnerie de Jack retentit enfin, mon cœur s'arrêta l'espace d'un instant et je bondis pour attraper mon téléphone, tandis que Milo levait les yeux au ciel.

À quelle heure tu as envie de sortir ? lus-je.

Dès que possible.

Tu sais ce qui pourrait être sympa ? Que tu amènes Milo ! tapa Jack.

Des émotions contradictoires me submergèrent.

Si j'emmenais mon frère, cela dissiperait ma culpabilité, mais impliquerait également moins de temps seule avec Jack pour le bombarder de questions. Par ailleurs, je n'avais pas encore découvert ce qu'ils me voulaient, et encore moins ce qu'ils souhaitaient obtenir de mon frère. Mais il les apprécierait, en particulier Mae.

Je finis par conclure qu'il n'y avait qu'un moyen de décider.

— Milo, ça te dirait de venir chez Jack avec moi ce soir ?

Je fis un gros effort pour ne pas montrer ma réticence, et parvins même à sourire en me tournant vers lui pour tenter de rendre cette proposition un peu attrayante.

— Comment ça ?

Ses yeux s'illuminèrent et sa voix monta d'une octave, mais il voulait être certain d'avoir compris de quoi il s'agissait avant de donner son accord.

— Aller chez Jack, passer la soirée là-bas. Il a *Guitar Hero*, entre autres.

En prime, Jack disposerait d'un partenaire qui ne s'énerverait pas et qui n'était pas complètement nul aux jeux vidéo.

— Est-ce que tu as vraiment envie que je vienne ? s'enquit Milo d'un ton hésitant.

— Bien évidemment, répondis-je avec un sourire rassurant.

J'étais sincère. Toutefois, je n'étais pas sûre que ce soit la meilleure solution, mais je n'en avais pas trouvé d'autre, et il ne m'était jamais rien arrivé de mal en compagnie de Jack. Il m'avait même sauvé la vie à deux reprises. Il n'y avait pas de quoi s'inquiéter. Alors pourquoi étais-je soucieuse ?

— Bon, c'est d'accord. Ça serait super.

Milo se leva d'un bond et courut dans sa chambre pour se changer. Il allait devoir encore faire face au béguin qu'il éprouvait pour Jack, mais j'étais certaine qu'il l'oublierait sur-le-champ quand il rencontrerait Peter et Ezra.

Il vient. Quand passes-tu nous chercher ? envoyai-je à Jack.

Dans cinq minutes. Je suis déjà en route.

Pas mal pour quelqu'un qui ne se prétendait pas télépathe !

— Tu ferais bien de te dépêcher ! criai-je à mon frère avant de me précipiter dans la salle de bains pour retoucher mon maquillage.

J'allais devoir me contenter de la tenue que je portais, mais au minimum, je devais arranger mon eye-liner qui avait coulé.

— Il arrive dans cinq minutes !

— Je suis prêt ! répondit Milo une seconde plus tard.

Je jetai un coup d'œil en direction de la porte et constatai qu'il n'avait presque rien changé à sa tenue : il portait un polo vert par-dessus un tee-shirt à manches longues blanc, et son jean.

— Tu es bien sûr de vouloir m'accompagner ? lui demandai-je quand j'eus terminé de me préparer.

Nous sortîmes de l'appartement, et Milo vérifia deux fois que la porte était bien verrouillée et qu'il avait les clés dans sa poche, chose que je ne faisais jamais.

— Ouais, pourquoi tu me poses la question ? Tu n'as pas envie que je vienne ? ajouta-t-il en m'adressant un regard angoissé.

— Non, ce n'est pas ce que je voulais dire ! m'empressai-je de répliquer, le sourire aux lèvres. Ça me fait plaisir que tu m'accompagnes. (J'appelai l'ascenseur et me retournai vers lui.) Mais avant, je dois te mettre au courant de certaines choses.

— OK…

Il fronça les sourcils, mais je pensais qu'il valait mieux qu'il soit préparé. Les portes s'ouvrirent brusquement et nous montâmes dans la cabine. Par bonheur, nous étions seuls. Je me serais sentie ridicule de tenir de tels propos en présence d'inconnus.

— Pour commencer, ses frères sont vraiment canon. Comme des stars de cinéma, mais en plus beaux. Je sais que tu trouves Jack sexy, mais ce n'est rien en comparaison.

Je le dévisageai pour jauger sa réaction, mais visiblement, il semblait surtout sceptique.

— Ensuite, sa famille est très riche. Une seule de leurs voitures coûte facilement deux fois plus que ce que maman gagne en un an, et ils en ont cinq, plus une maison ultra luxueuse. C'est réellement impressionnant.

— Riche comment ? Du genre Bill Gates ?

Il commençait à avoir le trac, et donc à saisir le message.

— Je ne sais pas. Je n'ai pas demandé.

Leur fortune n'avait aucune importance à mes yeux.

— Que font-ils pour gagner autant d'argent, alors ?

Bien entendu, Milo souhaitait connaître le pourquoi du comment pour tout. J'avais toujours eu l'intention d'interroger Jack sur leurs activités, mais d'autres questions plus urgentes m'avaient toujours détournée de ce sujet.

— Je n'ai pas posé la question non plus, soupirai-je, et les portes s'ouvrirent sur le hall d'entrée.

— C'est tout que je dois savoir à leur sujet ? s'enquit Milo en sortant avec moi.

— Euh… Jack conduit très vite, mais tu ne crains absolument rien.

Je poussai les portes vitrées pour quitter l'immeuble.

— Ah bon ? grimaça-t-il. Vite à quel point ?

— Tu vas sûrement t'en rendre compte par toi-même, lui précisai-je d'un ton désinvolte, avant de rejoindre la Jeep de Jack en courant et de grimper à bord sans laisser à mon frère le temps de me questionner davantage.

Soudain, je compris pourquoi Jack avait invité Milo : il savait que je ne dirais rien devant mon frère. Il tentait d'éviter mes interrogations à propos de la veille.

Un jour, il me faudrait probablement tout révéler à Milo, mais le moment n'était pas encore venu. Peut-être quand j'aurais moi-même les réponses et serais en mesure de vraiment tout expliquer. D'ici là, je n'avais pas envie de dévoiler autant d'informations.

Jack me salua, le sourire aux lèvres, puis il se retourna vers mon frère :

— Hé, Milo. Je suis content de te revoir.

— Oui, moi aussi.

Milo dévisagea Jack quelques secondes, mais il se montra beaucoup plus doué que la plupart des gens pour ne pas laisser transparaître son attirance pour Jack. Je me demandai si cela avait un rapport avec le fait qu'il était gay. Ou peut-être possédait-il simplement une remarquable maîtrise de lui-même.

— Alors, qu'est-ce que tu as prévu ? demandai-je à Jack qui fonçait sur l'autoroute en direction de sa maison.

— Aucune idée, répondit-il en haussant les épaules. Je pensais juste qu'il était temps que nos familles se rencontrent.

— Pourquoi ?

— Pourquoi pas ? me rétorqua-t-il.

— Je n'en sais rien. On ne se connaît pas depuis si longtemps que ça, et ce n'est pas comme si on allait se marier.

C'était un événement de ce type qui poussait logiquement deux familles à se fréquenter, et non une simple amitié, qui ne remontait d'ailleurs qu'à deux semaines.

— Non, c'est sûr, ce n'est pas ça.

Jack prit une profonde inspiration puis alluma son autoradio. La musique des Violent Femmes retentit.

Aucun de nous ne parla pendant le reste du court trajet, mais quand la Jeep s'arrêta devant chez Jack, j'entendis Milo murmurer, le souffle coupé :

— On dirait un château.

Même après deux visites, la maison me stupéfiait encore. La tour la mettait en valeur, mais elle correspondait à merveille à ses occupants. Après avoir rencontré Ezra et appris qu'il en avait conçu les plans, elle me semblait d'autant plus parfaite.

— Mae n'est pas là ? m'enquis-je.

Nous étions arrivés dans le garage, et j'avais remarqué l'absence de la Jetta noire. Chaque fois que j'étais venue, le garage était plein, et cet emplacement vide sautait aux yeux.

— Non, mais je croyais qu'elle serait rentrée.

Jack parut brièvement troublé et inquiet, mais s'empressa de dissimuler ses émotions en nous adressant un grand sourire.

— Elle ne va pas tarder. Et Ezra et Peter sont encore ici.

Il descendit et nous l'imitâmes.

— Hé, attends, dis-je à voix basse en retenant Jack par le bras.

Milo était derrière nous en train d'admirer la Lamborghini. Jusque-là, les voitures ne l'avaient jamais vraiment intéressé, mais ce véhicule provoquait cet effet sur tout le monde.

— Est-ce que Peter va être sympa avec Milo ?

— Oui, tout ira bien, acquiesça Jack.

— Donc, je suis la seule à lui poser un problème ?

Mon cœur se serra. J'avais espéré que l'attitude glaciale de Peter s'expliquait par le fait que j'étais une étrangère, mais s'il n'avait aucun souci avec Milo, ce devait forcément être un grief personnel.

— Tu es bien plus compliquée, murmura Jack.

— Est-ce que « compliqué » est ton adjectif préféré ? marmonnai-je, ce qui le fit rire.

— Pourquoi on reste plantés au milieu du garage, au juste ? intervint Milo.

Les voitures ne le passionnaient pas à ce point, et le bolide n'avait donc pas retenu son attention très longtemps. Il se tenait derrière nous, l'air perplexe.

— Allons-y, annonça Jack.

Sur ce, il se dirigea rapidement vers l'entrée de la maison, Milo et moi sur ses talons, marchant moins vite.

Jack ouvrit grand la porte et Matilda vint instantanément l'accueillir en lui sautant dessus. Sans Mae pour la stopper ou modérer son enthousiasme, la chienne était libre de bondir et de baver sur Jack autant qu'elle le désirait.

— Oh, et ils ont un chien aussi, indiquai-je à Milo en désignant la gigantesque boule de poils blancs géante dans les bras de Jack.

Ce dernier se souvint de la présence de mon frère, et reposa l'animal au sol bien plus rapidement que d'habitude.

— Ouais, j'avais remarqué, dit Milo sèchement.

— C'est Mattie ! s'écria Jack en frictionnant la tête de sa chienne. Elle est gentille. C'est juste un gros bébé.

— C'est ce que je vois, articula Milo qui se tenait sur le côté et observait Jack jouer avec Matilda.

Comme par enchantement, Ezra apparut sur le seuil. Après m'être autorisé un moment pour l'admirer, je jetai un coup d'œil en arrière pour découvrir la réaction de Milo. Il avait les yeux écarquillés et la bouche entrouverte. Je me demandai si j'avais eu l'air aussi sidérée la première fois que je l'avais vu.

— Oh, c'est vous, dit Ezra, déçu.

— Merci, répliqua Jack d'un ton sarcastique.

Il cessa provisoirement de chahuter avec Matilda et se redressa.

— Non, pardon, je ne voulais pas me montrer impoli, s'excusa Ezra avec un sourire qui me coupa presque le souffle. J'ai cru que c'était Mae qui rentrait. (En prononçant son nom, il pinça les lèvres, et échangea avec Jack un regard peiné.) Mais je me suis trompé.

— J'ignore pourquoi elle met si longtemps à revenir, renchérit Jack qui commençait à s'agacer.

Ezra ne releva pas la remarque de son frère et se tourna vers Milo.

— Tu dois être le frère d'Alice.

Son sourire réapparut et il s'approcha de Milo pour lui serrer la main. J'examinai l'expression de mon frère pour voir s'il s'étonnait lui aussi du contact à la fois étrange et agréable de leur peau. S'il le remarqua, il n'en laissa rien paraître. Il se contenta de sourire bêtement à Ezra.

— Je suis ravi de te rencontrer. Je m'appelle Ezra.

— Milo.

Mon frère avait du mal à articuler et semblait comme essoufflé. Pour une fois, je n'étais pas la seule à regarder tout le monde d'un air ahuri.

Milo dévisageait Ezra d'une façon gênante et je mis fin à cette situation embarrassante en annonçant :

— Au fait, Jack, Milo adore les jeux vidéo.

— C'est vrai ? (Le visage de Jack s'éclaira, et je m'attendis presque à le voir prendre Milo sous le bras et filer dans la pièce voisine.) J'ai quasiment tout, et je ne plaisante pas. De *Pong* à *Grand Theft Auto*, j'ai de quoi te plaire !

Il se précipita vers le salon, et Milo le suivit, non sans jeter un dernier regard plein de désir à Ezra.

— Tu as vraiment *Pong* ? Pourquoi ?

— Parce c'est génial ! s'exclama Jack, un peu offusqué par cette remise en cause.

— Il a enfin quelqu'un avec qui jouer, affirma Ezra, en me décochant un sourire de gratitude qui m'obligea à détourner les yeux pour éviter de rougir. Il passe un temps fou sur ces consoles de malheur. Mae essaie toujours de le pousser à sortir et à faire autre chose, mais c'est presque impossible. Quand il t'a rencontrée, ça a été un véritable soulagement pour elle de le voir quitter la maison.

— Eh bien, je suis contente d'avoir pu aider, répondis-je timidement. Où est-elle, d'ailleurs ?

— Euh, elle est sortie. Elle ne devrait vraiment pas tarder à revenir.

Lui, d'ordinaire si ouvert, se rembrunit un peu. Il avait la même expression que Jack lorsqu'il refusait de me révéler quelque chose.

— Je voulais juste m'assurer que Milo ferait sa connaissance. (Je me frottai le bras, craignant de m'être aventurée sur un terrain glissant.) Je sais qu'il l'appréciera beaucoup.

— Tout le monde apprécie beaucoup Mae, précisa Ezra avec un sourire.

Je me sentis comme une idiote. J'avais été stupide de souligner une telle évidence.

— Oh, oui, bien sûr, tentai-je de me rattraper.

Il éclata d'un rire prodigieux, mais moins spectaculaire que celui de Jack. Je doutais que quelqu'un puisse rivaliser avec lui sur ce plan-là, pas même un être aussi parfait qu'Ezra.

— J'ai beaucoup de chance.

L'espace d'un instant, il sembla nostalgique en pensant à sa femme, et je brûlais de connaître un jour un tel sentiment. Ils partageaient un amour pur et simple. Puis son expression changea.

— Peter est en haut, si tu veux lui parler.

Je n'avais pas prévu de discuter avec lui, dans la mesure où il parvenait à la fois à me donner envie de courir vers lui et de m'enfuir en pleurant. Mais au ton qu'Ezra avait employé, je me sentis obligée de répondre à son invitation ; sans compter qu'une part de moi aimait vraiment ce que je ressentais pour Peter, en dépit de la douleur et de la confusion qui y étaient liées.

— Oh. Je vais monter le voir dans ce cas.

— Je vais attendre Mae ici.

Ezra resta près de la porte et me regarda m'éloigner avec un air de chiot égaré.

Je traversai le salon, où Jack et Milo, trop absorbés par leur jeu de guerre, ne me remarquèrent pas. Tandis que je montais les marches, je me remémorai ma première rencontre avec Peter et le regard furieux qu'il m'avait lancé par-dessus son livre. J'espérais que cela n'allait pas se reproduire, mais comme Ezra m'avait envoyée là-haut, je ne pouvais que croire que ce serait différent.

La porte de la chambre de Peter était ouverte. Je me penchai dans l'embrasure et le cherchai des yeux. Quand je le découvris, une bouffée de chaleur me fit suffoquer.

Il n'était vêtu que d'un jean et se séchait les cheveux avec une serviette blanche. Il n'était pas trop musclé, mais son torse était bien dessiné et ferme. Une fine ligne de poils noirs naissait juste sous son nombril pour se prolonger vers le bas. Je fus émoustillée comme jamais à l'idée de ce qui se trouvait sous la ceinture de ce pantalon.

Lorsqu'il s'aperçut que je le scrutais, il jeta la serviette sur son lit et me transperça de son regard vert. Je brûlais pour lui d'un désir que je n'aurais jamais cru possible.

—Je sors de la douche, m'expliqua-t-il.

Sa voix musicale parvint à me tirer un peu de la transe dans laquelle j'étais plongée, mais rien ne pouvait m'en extirper complètement. Il détourna le regard et attrapa un tee-shirt blanc sur le fauteuil et, à mon grand désarroi, l'enfila.

—Je n'avais pas l'intention de te déranger, bafouillai-je avec difficulté.

—Non, ce n'est rien.

Il s'assit de nouveau sur le lit et ébouriffa ses cheveux humides.

Je luttai pour rester sur le seuil en attendant qu'il poursuive. On aurait dit qu'une force mystérieuse dans la pièce m'entraînait vers lui. Comme si mon cœur était attaché à une corde et que quelqu'un tirait dessus d'un coup sec. Il me dévisagea avec une expression indéchiffrable, mais je lus clairement de la peine dans son regard.

—Tu peux entrer si tu en as envie, finit-il par me proposer.

J'eus plus l'impression de céder et de me laisser tirer vers lui plutôt que de le rejoindre en marchant. Je me retrouvai soudain sur le lit, assise dangereusement près de lui.

J'inspirai et humai un doux parfum de pomme, qui provenait sûrement de son savon, mais la merveilleuse odeur acidulée que je distinguai également était bel et bien la sienne.

Comme une imbécile, je lui dis qu'il sentait bon.

Pour la première fois, je lui vis un sourire sincère dont la perfection me frappa. Puis peu à peu, il se transforma en rire, ce qui me provoqua des picotements incroyables dans tout le corps. Je faillis frissonner de plaisir.

—Qu'est-ce que je sens ?

Peter se pencha plus près de moi, comme pour me confier un secret. Il était si proche que lorsqu'il expira, une mèche de ses cheveux mouillés se souleva et vint me frôler la joue. Ma peau frémit d'excitation, exigeant davantage.

— La pomme ?

Je me demandai comment j'avais trouvé la force de parler.

Je me rendais compte que notre conversation était absurde et banale, mais la quasi-totalité de mon cerveau était obnubilée par lui. Pas par de simples pensées, mais par son être tout entier. Il s'était comme insinué en moi et était devenu une partie de mon être, mais cela ne me suffisait pas. J'avais désespérément besoin de lui.

— Oui.

Il esquissa un sourire malicieux et se pencha un peu en arrière, s'éloignant de moi.

Je me surpris à corriger la distance qui nous séparait. J'aurais préféré ne pas bouger, mais mon corps insistait pour se pencher plus près de lui.

— Pourquoi me détestes-tu ? lâchai-je, incapable de croire que je venais de prononcer ces paroles.

Une voix intérieure me hurlait de me taire, m'avertissant que je ne pouvais pas lui demander cela. Mais il avait réussi à bloquer l'irrigation vers la partie de mon cerveau qui contrôlait mes inhibitions. Si je n'y prenais pas garde, je ne tarderais pas à lui dévoiler mes secrets les plus intimes.

— Je ne te déteste pas.

Manifestement gêné, il baissa les yeux.

Une douleur horrible s'empara de moi dès lors que je cessai de le regarder, mais elle s'accompagna d'un certain soulagement, car j'allais pouvoir penser un peu plus clairement.

— Alors pourquoi tu te comportes comme si c'était le cas ? insistai-je.

Bon sang, mais qu'est-ce que je faisais ? En temps normal, j'étais une vraie poule mouillée, et voilà qu'au pire moment possible, je décidai d'être courageuse et de pousser cet homme absolument éblouissant à me détester. Il avait prétendu ne pas me haïr, mais après l'avoir offensé et irrité de cette manière, j'étais sûre que ce n'était plus le cas à présent.

— Je ne sais pas.

Il releva la tête et regarda fixement devant lui, les yeux dans le vague. Ses traits délicats se crispèrent en un masque de douleur.

— Pourtant, tu as envie de me détester.

Il m'avait entendue malgré ma voix presque inaudible. J'avais cru ne plus avoir la force de parler, mais les mots ne cessaient de jaillir de ma bouche.

— Ce n'est pas tout à fait exact.

Son visage se radoucit, et il se tourna vers moi. Son regard m'embrasa, et je sentis mon cœur marteler ma poitrine. Avec douceur, il posa la main sur la mienne, et je perçus la même décharge électrique que la veille, encore plus intense. Une vague de plaisir me submergea, et je fermai les yeux.

Puis, soudain, il retira sa main et je les rouvris brusquement. Son visage n'était qu'à quelques centimètres du mien, et arborait une expression affamée. Il ne vacilla pas ni ne bougea, mais lorsqu'il parla, sa voix s'était transformée en un grondement guttural :

— Pars, avant que je te fasse du mal !

Chapitre 11

— Tu peux faire tout ce que tu veux de moi, murmurai-je.

Peter tressaillit.

— Pars ! grogna-t-il plus fort.

Sa voix me fit l'effet d'une gifle et réussit à me secouer. Je dus rassembler toutes mes forces pour détourner le regard et me lever. Il n'avait toujours pas bougé, mais je voyais les tendons de son cou et les muscles de ses bras saillir nettement sur sa peau.

Ce fut seulement dans l'escalier, lorsque je respirai de nouveau, que je compris pourquoi son corps s'était tendu à ce point. Il avait employé toute sa volonté pour ne pas bouger.

J'arrivai en bas, pantelante et hébétée. Je venais probablement d'éviter de justesse un danger. Le pire, c'était qu'une partie de moi voulait encore se précipiter à l'étage et le laisser faire de moi ce qu'il désirait, tant que cela me permettait de rester avec lui.

— Alice ? m'appela Milo. Ça va ?

Jack et lui se tenaient au milieu du salon, leurs guitares en plastique entre les mains, je les voyais à peine. Tout ce qui m'entourait me paraissait flou, et j'étais incapable de savoir si je rêvais ou non.

— Tu étais avec Peter ?

Jack avait cessé de jouer et s'était tourné vers moi. Il m'observa, et je vis ses traits se durcir.

— Viens ici.

Comme je restai pétrifiée, il me l'ordonna de nouveau d'un ton plus sévère.

Cette fois, j'obéis et m'approchai de lui d'un pas de zombie.

— Est-ce qu'il lui est arrivé quelque chose ? demanda Milo dont la voix montait dans les aigus au fur et à mesure que sa peur s'amplifiait.

Jack ne lui répondit pas. Il se contenta de m'inspecter du regard avec une expression étrange sur le visage : un mélange d'inquiétude et de jalousie. Il plaça deux doigts sous mon menton et le leva, dégageant mon cou. Il fit pivoter ma tête d'un côté, puis de l'autre en m'examinant attentivement.

Lorsqu'il eut terminé, il se radoucit et sembla satisfait.

— Viens, me répéta-t-il en me passant un bras autour des épaules pour m'attirer vers lui. Tu n'as rien.

Je l'enlaçai et le serrai fort contre moi, savourant la sécurité de ses bras. Je me mis à sangloter contre son torse, incapable de retenir davantage mes larmes, et il me déposa un baiser sur le sommet du crâne.

— Que s'est-il passé ? demanda Ezra dont la voix mélodieuse retentit soudain derrière moi.

Je ne l'avais pas vu quand j'étais entrée dans la pièce. On aurait dit qu'il s'était soudain matérialisé au son de mes pleurs.

— Aucune idée ! Elle est juste revenue de là-haut en pleurant ! geignit Milo.

Il était bouleversé, et j'aurais voulu que quelqu'un lui dise que tout irait bien. Pourquoi Mae n'était-elle pas là quand j'avais besoin d'elle ?

— Est-ce que quelque chose s'est produit ? s'enquit Ezra d'une voix tendue.

— Non, murmura Jack en me caressant les cheveux.

— En es-tu sûr ? insista son frère.

— Certain, lui assura Jack d'un ton agacé.

— Je vais aller parler à Peter.

Je n'entendis pas Ezra sortir, mais je sus qu'il était parti.

— Qu'est-ce qu'elle a ?

Milo avait l'air paniqué.

Je m'écartai un peu de Jack, mais pris soin de conserver son bras derrière moi. Sans cela, je ne me serais pas sentie autant en sécurité et solide. J'essuyai mes joues mouillées de larmes et m'efforçai de sourire à Milo.

— Je n'ai rien. Je vais bien.

— C'est faux ! insista-t-il, les yeux écarquillés par l'inquiétude.

— C'est juste... un truc de fille.

Je tentai de minimiser ma crise, mais fus incapable de dire s'il s'en rendit compte ou pas.

Le garçon très séduisant avec lequel j'étais restée seule en haut avait très bien pu dire ou faire quelque chose qui m'avait vexée et contrariée.

C'était même beaucoup plus plausible que ce qui s'était vraiment passé, à savoir que je m'étais laissé hypnotiser par Peter, au point de lui avoir presque permis de... de quoi d'ailleurs ?

Et j'étais à peu près sûre qu'il m'avait renvoyée, non pas parce qu'il me détestait, mais parce que je l'attirais.

— De quel genre ? me pressa Milo en plissant les yeux.

— Je n'ai pas envie d'en discuter, dis-je en secouant la tête avant de détourner le regard.

— Que se passe-t-il ? cria soudain Mae.

Lorsque je la vis sur le seuil, mon cœur bondit dans ma poitrine. Elle se précipita vers moi et posa fermement les mains sur mes épaules pour examiner mes yeux.

— Elle était à l'étage avec Peter, lui expliqua Jack.

L'inquiétude de Mae se transforma en choc, et elle se tourna brusquement vers Jack.

— Il ne s'est rien passé, la rassura Jack.

Elle se détendit et m'adressa un regard bienveillant. Je finis par comprendre, avant qu'elle me prenne dans ses bras.

Ils étaient tous au courant de ce qui s'était produit ou avait failli avec Peter. Ezra m'avait envoyée dans sa chambre en sachant exactement ce qui s'y passerait. Il m'avait précipitée dans la gueule du loup.

Bon sang, qu'est-ce qui se tramait ici ? Et pourquoi n'étais-je pas aussi terrifiée que j'aurais dû l'être ? En réalité, tandis que Mae me caressait les cheveux, en me murmurant des paroles réconfortantes avec son léger accent britannique, je ne me sentais aucunement menacée. Qu'est-ce qui clochait chez moi ?

— Je vais bien, vraiment, insistai-je, et elle me lâcha enfin.

— J'espère que tu es sincère.

Elle esquissa un sourire triste et écarta des mèches qui me retombaient sur le visage, puis se redressa.

— Oui.

J'acquiesçai, et Jack m'ébouriffa les cheveux avec espièglerie, comme pour réaffirmer qu'il n'y avait pas de problème.

— Et qui est ce jeune homme ? s'enquit Mae en reportant son attention sur Milo.

Le simple fait de la regarder suffit à dissiper sa nervosité, et il lui rendit son sourire chaleureux.

— Je suis Milo, le frère d'Alice, se présenta-t-il.

Il paraissait un peu gêné par la façon dont elle le dévisageait. Cette sensation m'était familière. Elle tendit le bras et lui effleura le visage d'un geste doux. Il était difficile de résister à l'envie de toucher ses joues rebondies. Puis elle lui adressa un sourire affectueux.

— Je suis Mae, la femme d'Ezra. Tu es beaucoup plus mignon que je l'aurais cru.

— Euh... merci. répondit-il d'un ton incertain.

— Tu as déjà fait le tour de la maison ?

Elle commençait déjà à lui prendre le bras. Manifestement, elle avait raté sa vocation d'agent immobilier. Milo fit « non » de la tête, et elle partit d'un petit rire avant de s'éloigner avec lui pour la visite.

Dès qu'ils furent hors de portée de voix, je pivotai vers Jack et sifflai :

— Que s'est-il passé ?

— À toi de me le dire, rétorqua-t-il posément.

J'avais peut-être surestimé ce qu'il savait.

— Tu as une idée de ce qui s'est passé, n'est-ce pas ?

Il resta muet, et je poursuivis :

— Tu t'en doutes. Tu as eu peur qu'il soit arrivé quelque chose de précis.

— Pas du tout, répondit-il calmement.

Le brouillard dans lequel Peter avait plongé mon esprit se dissipait peu à peu, et je pouvais désormais sentir à quel point Jack était perturbé.

— Jack, je t'ai accordé ma confiance, murmurai-je d'un ton farouche. Ne la trahis pas.

Une expression d'amusement et de peine mêlés se peignit brièvement sur son visage, puis il secoua la tête.

— Il ne te fera pas de mal, Alice. Aucun de nous, d'ailleurs, ajouta-t-il en se tournant vers moi.

— Dans ce cas...

Je laissai ma phrase en suspens, le temps d'essayer de comprendre ce qui se tramait.

— Mais Peter m'a ordonné de partir avant qu'il me fasse du mal.

Jack poussa un long soupir entre ses dents et il fixa du regard un point au-dessus de ma tête.

— Eh bien… j'imagine que nous n'avons pas la même conception de ce qui peut te faire du mal.

— C'est censé me rassurer ? Parce que c'est loupé, aboyai-je en croisant les bras.

— Je ne te dirai qu'une chose : tu représentes une priorité absolue pour ma famille, déclara-t-il pour clore la discussion.

Il avait toujours la guitare pendue en travers du buste, il enleva la pause, sélectionna le mode solo et commença à jouer un nouveau morceau, si bien que lorsque je l'interrogeai sur la signification de ses propos, il ne réagit pas.

Je m'affalai sur le canapé à côté de Matilda et caressai sa longue fourrure blanche. Toute cette histoire avec Peter m'avait épuisée. Rien qu'à l'idée de le recroiser, mes joues s'embrasèrent de honte. Je m'étais ridiculisée, et il allait avoir des ennuis avec Ezra.

Pourtant, j'avais encore très envie de le revoir. Tout mon être désirait se retrouver près de lui, quel qu'en soit le prix.

Comme prévu, Mae avait complètement charmé Milo. Ils semblaient faits l'un pour l'autre. Elle avait de l'amour maternel à offrir, et lui ne demandait qu'à en recevoir, comme un orphelin.

Lorsqu'ils revinrent dans le salon, Milo retourna faire une partie avec Jack. Je me pelotonnai sur le canapé, posai la tête sur les genoux de Mae et la laissai jouer avec mes cheveux.

— Je sais que tu souffres en ce moment, mais tu comprendras plus tard, me murmura-t-elle en écartant des mèches de mes yeux. Rien n'arrive par hasard.

Après plusieurs courtes nuits, le manque de sommeil et le contact apaisant de Mae eurent raison de moi. Je sombrai dans des rêves peuplés de Peter. Je n'en avais jamais fait d'aussi agréables.

À mon réveil, je me sentis bien, mais fus extrêmement désorientée. Le salon était plongé dans le noir, et j'étais seule, mis à part Matilda qui ronflait bruyamment par terre à côté de moi.

Je bougeai un peu, m'apprêtant à appeler Jack ou Milo, puis j'entendis des chuchotements à proximité. Je distinguai ensuite mon prénom et me figeai, tendant l'oreille.

— Bon, de toute évidence, nous ne pouvons plus laisser Alice seule avec lui.

C'était Jack qui essayait de me protéger de Peter.

— Oui, tu as raison, répondit Ezra. Mais il va bien falloir.

Sa voix basse évoquait une berceuse. J'imaginais combien il serait paisible de l'écouter chanter pour m'endormir.

— Mais elle n'est pas prête pour ça, argumenta Jack. Et lui non plus.

— C'est plutôt toi qui ne l'es pas, rétorqua son frère.

— Peut-être bien, avoua Jack. Mais il est trop indécis pour que ça marche. Il rend les choses plus difficiles que nécessaire pour elle. Enfin, tu l'as vue aujourd'hui.

— C'est très douloureux, de le refuser, déclara Ezra calmement. Peter fait preuve d'une volonté incroyable pour lutter, mais il finira par céder. Il est impossible de résister. Quelle que soit la souffrance qu'il pense éviter, celle-ci est bien pire.

— Comment le sais-tu ? demanda Jack d'un air soupçonneux. Tu n'es jamais allé contre.

— Si, au début, expliqua Ezra avant de se raviser. J'ai essayé de ne pas en faire cas, et c'était dur. Mais j'ai vu Peter après ce qui s'est passé avec Alice.

— Et ? s'enquit Jack devant le silence de son frère.

— Il réagit mal, affirma simplement ce dernier.

— Combien de temps cela va-t-il encore durer ?

Je ne pus m'empêcher de déceler une pointe de tristesse dans sa voix.

— Plus très longtemps, soupira Ezra. Nous devons juste les garder à l'œil tous les deux.

— Ezra ! appela Mae depuis une autre pièce. Viens voir ! Milo m'a déjà battue deux fois aux échecs ! Il faut que tu joues contre lui ! Il est stupéfiant !

— J'arrive ! s'écria Ezra. Compris ? lança-t-il à Jack à mi-voix.

— Oui, répondit Jack à contrecœur.

Je n'entendis pas le bruit des pas d'Ezra quand il s'éloigna, mais n'en fus pas surprise. La silhouette de Jack se détacha dans l'embrasure de la porte, et je m'empressai de fermer les yeux pour faire semblant de dormir.

Matilda gémit quand il passa devant elle, et il lui donna une petite tape sur la tête avant de s'installer près de moi sur le canapé. Dès que je sentis son poids, je me mis à bouger comme si cela m'avait réveillée.

— Tu as bien dormi ?

— Oui.

J'acquiesçai et me redressai pour m'asseoir sur mes talons face à lui. J'avais des larmes dans la voix, mais espérais qu'il me croirait simplement mal réveillée.

— Hé, ça va ?

Il semblait triste et inquiet. Mes yeux s'accoutumèrent à l'obscurité et je distinguai son expression soucieuse.

— Oui, je suis juste fatiguée.

— C'est ce que j'ai conclu quand tu t'es assoupie.

Il essayait avec peine de garder un ton léger.

Les paroles d'Ezra l'avaient également touché, et lorsqu'il était nerveux, mon angoisse était encore pire que la sienne. Je n'allais pas tarder à laisser mes larmes couler.

— Tu as l'air contrarié, déclarai-je.

— Non, ça va, insista-t-il en secouant la tête dans le noir.

— Jack, promets-moi que tout ira bien pour moi. Tu sais que je crois tout ce que tu me racontes, alors jure-moi qu'il n'y aura pas de souci, articulai-je d'une voix plus fébrile que je l'aurais voulu.

— Je sais que pour l'instant, tu ne comprends rien, mais tu ne dois pas t'inquiéter pour autant.

Puis il m'entoura de son bras, m'attira contre lui et posa le menton sur ma tête.

— Je suis bouleversé, car je suis trop attaché à toi. C'est moi, le problème, pas toi. Tu vas aller plus que bien, je te l'assure.

— Tu as raison. Je ne comprends pas, répondis-je.

Il me caressa les cheveux, et je plaquai ma tête contre son torse. C'est alors qu'une chose étrange m'interpella.

— Je n'entends pas ton cœur.

— Écoute mieux.

Je pressai davantage mon oreille contre sa poitrine, écoutai attentivement et finis par percevoir de très légers battements, extrêmement lents. Je ne les comptai pas, mais il n'y en avait pas plus de dix ou vingt par minute.

— Il bat si lentement ! m'exclamai-je en levant brusquement la tête vers lui. Ça va ? Tu n'es pas en train de faire une crise cardiaque, j'espère ?

— Mais non, répondit-il en gloussant, plus fidèle à lui-même. C'est mon rythme cardiaque habituel.

— Il n'est pas normal. (Je fronçai les sourcils, perplexe.) Le mien est différent.

— Je sais.

Il était un peu amusé, mais ma confusion le divertissait toujours.

— Je l'entends.

— Comment ? Tu es tout là-bas. Ton ouïe ne peut pas être aussi développée.

En réalité, il était assis à côté de moi, mais il était tout de même trop loin pour le percevoir.

— En fait, elle l'est, mais pour ça uniquement.

Il tendit la main et la posa délicatement sur ma gorge.

D'abord, je ne compris pas ce qu'il faisait, puis je sentis son pouce me caresser la veine jugulaire. Il prenait mon pouls, et je lus sur son visage une expression de pur plaisir. Un désir ardent, dont je ne parvenais pas à saisir la nature, émanait de lui.

— Jack !

La voix d'Ezra résonna soudain dans la pièce, et Jack baissa sa main sur-le-champ, comme s'il venait d'être surpris en train de me la passer sous mon tee-shirt plutôt que sur le cou.

— Il est tard. Milo est fatigué. Tu devrais peut-être les ramener chez eux. Sauf si tu ne t'en sens pas capable. Dans ce cas, je m'en chargerais volontiers.

— Non, je m'en occupe, répliqua Jack d'un ton bourru avant de se lever.

Ezra adressa un regard désapprobateur à Jack lorsque nous sortîmes du salon, mais Jack refusa de croiser les yeux de son frère. Ezra m'offrit un sourire rassurant et m'affirma qu'il espérait que je reviendrais bientôt. Mae m'étreignit sur le seuil de la porte d'entrée, et serra Milo encore plus fort.

Pendant le trajet de retour, Milo jacassa sans fin à propos de la somptueuse maison de Jack, de la formidable personnalité de Mae, et de toutes les choses amusantes qu'il avait faites quand je m'étais endormie. Je posai la tête contre la vitre froide et découvris que, pour une fois, je n'avais presque rien à dire.

J'ignorais encore qui Jack et sa famille étaient vraiment, mais je ne pouvais pas leur faire confiance. Peter avait manqué de politesse et gardé ses distances à mon égard, parce qu'il ne voulait pas me faire de mal. Il essayait de me protéger.

Malgré tout cela, j'adorais Jack et Mae, et même Ezra. Et j'éprouvais des sentiments très forts pour Peter. Et j'étais consciente que même si rester en leur compagnie entraînerait ma mort, je continuerais néanmoins à les fréquenter. Vivre sans eux serait bien pire.

Lorsque je regagnai l'appartement avec Milo, je me sentis comme étourdie, en partie parce que je devais accepter l'idée de ma mort prochaine, mais surtout, à cause du contrecoup d'avoir vu Peter. Il agissait sur moi comme une drogue, et j'étais encore en pleine descente.

Je me laissai tomber sur le canapé tandis que Milo s'activait dans la cuisine. Être allé là-bas avait provoqué sur lui l'effet inverse que cela avait eu sur moi : il était complètement excité.

— Tu n'as pas faim ? me demanda-t-il.

J'entendais des casseroles s'entrechoquer, mais je me contentai de m'enfoncer davantage dans le canapé.

— Je suis affamé. Tu sais ce qui est bizarre ? On est restés chez eux de 17 heures à plus de 2 heures, et pas une fois je ne les ai vus manger ou boire quoi que ce soit, poursuivit-il d'une traite. En fait, quand j'ai eu soif, Mae a dû farfouiller dans la cuisine pour me dénicher un verre et de l'eau. Tu sais, je crois qu'ils n'ont même pas de nourriture dans cette maison. Ils doivent commander beaucoup de plats à emporter. C'est d'ailleurs étrange, car Mae m'a tout l'air d'être une parfaite femme d'intérieur.

Milo continua son bavardage, mais je commençais à m'assoupir. Soudain, j'eus un déclic. Je venais de comprendre qui étaient Jack et Peter.

Mais avant de pouvoir trouver le mot juste et rassembler toutes les pièces du puzzle, je m'endormis, et perdis le fil de ma pensée.

Chapitre 12

Je dormis treize heures d'affilée dans le canapé, d'un sommeil sans rêves. Quoi qu'il se fût produit avec Peter, cela m'avait fait l'effet d'une overdose de somnifères.

Je m'étirai doucement pour essayer de soulager mon torticolis et mon dos endolori. Milo, assis devant l'ordinateur, esquissa un petit sourire en coin en observant mes efforts pour me réveiller.

— Bonjour, dit-il d'une voix chantante, visiblement encore surexcité par la soirée de la veille.

— Tais-toi, marmonnai-je.

Peter envahissait déjà mon esprit fatigué et embrumé. Comme lors d'un lendemain de fête, j'avais la peau qui me picotait et une migraine lancinante. Quand j'inspirais profondément, son parfum de pomme me revenait, ainsi qu'une autre odeur familière que je n'arrivais pourtant pas à identifier.

— Qu'est-ce que tu fais ? me demanda Milo, m'arrachant à ma rêverie.

Il me dévisageait comme si j'avais perdu la raison, alors je me levai et décidai de me bouger.

— Rien, répliquai-je distraitement.

Je sortis mon téléphone de ma poche en me dirigeant vers la salle de bains. Il était presque 16 heures : Jack serait peut-être debout. Je refermai la porte, mais avant même d'aller aux toilettes, il me fallait lui envoyer un texto.

J'ai besoin de te voir aujourd'hui, tapai-je.

Puis j'entamai l'atroce attente de sa réponse.

Après avoir pris ma douche, je n'avais toujours pas de message de lui. Un nœud commença à se former dans mon estomac. Peut-être avais-je fait quelque chose de mal et n'étais-je plus la bienvenue là-bas.

Ou alors, Jack s'était lassé de moi. Cela devait sûrement l'agacer de me voir ramper devant son frère, et à sa place, je me détesterais.

Lors de sa conversation avec Ezra, ils avaient dit que je ne devais pas rester seule avec Peter. Cela signifiait peut-être que je ne pouvais plus me trouver dans son entourage. J'ignorais comment, mais j'avais tout gâché.

N'y tenant plus, je décidai d'appeler Jack pour découvrir ce qui se passait. Lorsque je tombai sur sa boîte vocale, j'étais au bord des larmes.

« Jack, c'est moi, Alice. Euh... je voulais juste m'excuser pour hier soir, je sais que j'ai... réagi de manière excessive, et j'en suis sincèrement navrée. Je... je voudrais vraiment te voir aujourd'hui. Il faut qu'on discute. Bien. Rappelle-moi, si possible. À plus. »

Je me préparai machinalement et réussis à m'habiller et à me maquiller, mais aucun de mes gestes ne me semblait réel. J'avais l'impression d'être une coquille vide et je me regardais agir comme si j'étais une étrangère. L'odeur de Peter, la façon dont il m'avait regardée et celle dont mon corps était irrésistiblement attiré vers lui occupaient toutes mes pensées.

Lorsque je fus prête, je m'installai sur le canapé, les yeux dans le vide, essayant de savoir ce que je ferais si je ne devais plus jamais parler à Peter ou à Jack.

— Qu'est-ce que tu as ?

Milo était toujours devant son écran, mais il ne pouvait plus faire mine de ne pas remarquer mon expression de zombie. Je secouai la tête et déglutis avec difficulté, alors il se leva et vint s'asseoir à côté de moi.

— Qu'est-il arrivé là-bas la nuit dernière ?

— Rien, grommelai-je.

— Alice, arrête.

Il me décocha un regard sévère, m'indiquant qu'il me connaissait mieux que quiconque et qu'il était inutile de lui mentir.

— Est-ce que le frère de Jack t'a fait quelque chose ?

— Non.

Je me mordis la lèvre et me demandai si ce n'était pas le cas. Pourquoi ne pouvais-je le chasser de mon esprit ? On aurait dit qu'il s'était infiltré sous ma peau, même si ce n'était pas désagréable.

— C'est juste qu'il me plaît vraiment. Je n'ai jamais rien éprouvé de tel pour personne auparavant. C'est carrément… viscéral.

— Est-ce qu'il t'a envoyée promener ?

J'ignorais si Peter m'avait ordonné de quitter sa chambre pour me rejeter ou me protéger… ou peut-être les deux. Mon portable pesait des tonnes dans ma main ; je le regardai, puis suppliai mentalement Jack de m'appeler et de tout arranger.

— Je n'en sais rien, lui avouai-je. Jack n'a pas répondu à mon message. Je crois qu'il est fâché contre moi. Je pense que j'ai fait quelque chose de mal.

— Tu n'as rien fait du tout, m'assura-t-il d'un ton si incrédule que je levai la tête vers lui. Ils t'adorent là-bas, à la folie. Mae n'a pas arrêté de me parler de toi, et Jack te regarde comme si tu marchais sur l'eau. C'est même un peu écœurant à voir !

— C'est vrai ?

Ces paroles me réconfortèrent un peu, mais comme Jack n'avait toujours pas appelé, je ne m'emballai pas trop non plus.

— Oui, acquiesça-t-il avant d'examiner mes mains et de grimacer. Ton vernis est sacrément écaillé. Et si je t'en remettais une couche en attendant que Jack se lève ?

— Tu penses qu'il dort encore ? demandai-je d'une voix pleine d'espoir, puis je lui laissai me prendre les mains.

Ma trousse de maquillage était ouverte sur la table basse. Milo se pencha et attrapa le dissolvant, du coton et du vernis bleu foncé.

— On est partis vers deux heures et demie, et ils étaient tous bien réveillés. En plus, il mène l'existence oisive d'un riche et jeune play-boy. Pour quoi aurait-il besoin de se lever ?

Mon frère marquait effectivement un point, et je commençai enfin à me détendre.

— Dans la mesure où ce n'est pas la première fois que tu me fais une manucure, j'aurais sûrement dû deviner plus tôt que tu étais gay, le taquinai-je.

Milo me vernissait les ongles depuis qu'il savait peindre. En repensant à ma vie passée avec lui, de nombreux indices auraient dû me mettre sur la voie.

— Peut-être, admit-il.

Quand il eut terminé, il s'assit à côté de moi. Il me confia qu'il appréciait Mae et les autres, et qu'il espérait que cela ne me dérangerait pas s'il retournait chez eux. Honnêtement, cela ne m'ennuyait pas du tout. J'aimais bien profiter de sa compagnie et de celle de Jack en même temps.

Milo me fit remarquer qu'il n'avait jamais vu Peter, et nous nous accordâmes à juger cela bizarre. Il n'était pas descendu de toute la soirée, et Mae n'avait pas fait visiter l'étage à mon frère. Comme s'ils tentaient délibérément de les tenir à l'écart l'un de l'autre.

Mon cœur se mit à battre douloureusement fort lorsque je compris que Peter était peut-être réellement dangereux, et que leur maison n'était pas l'endroit le plus sûr où emmener Milo.

J'envisageais de faire une remarque dans ce sens quand mon portable sonna.

— Salut, désolé de ne pas t'avoir appelée avant, s'excusa Jack quand je décrochai.

J'étais aux anges d'entendre sa voix, mais elle était tendue. Quelque chose le contrariait.

— Je me suis endormi très tard, et je viens juste de me réveiller, poursuivit-il.

— Mince, j'espère que ce n'est pas ma faute.

Mais je savais que si. J'avais fait quelque chose de mal la veille.

— Non, pas du tout, me rassura-t-il. C'était seulement… une petite crise familiale, j'imagine.

— Qu'est-il arrivé ?

J'eus une bouffée d'angoisse, et Milo me décocha un regard perplexe et inquiet, mais je me contentai de secouer la tête pour l'apaiser.

— Euh… je te le dirai quand je passerai te chercher, d'accord ? Tu es bientôt prête ?

Il me cachait quelque chose, j'en étais certaine.

— Je le suis déjà.

J'étais contente de m'être levée et préparée avant son appel. Si j'avais entendu cela à mon réveil, je me serais précipitée chez lui avec les mêmes vêtements que la nuit précédente et les cheveux gras.

— Bien. Je ne vais pas tarder.

Il raccrocha, probablement pour m'empêcher de lui poser d'autres questions. Je refermai le clapet de mon téléphone.

— Alors ?

L'expression soucieuse de Milo reflétait la mienne, mais j'étais trop lasse pour lui répondre. Je me hâtai d'enfiler des chaussures et attrapai mon gilet bleu marine.

— Alice ?

— Je n'en sais rien, il a refusé de me le dire.

Pourquoi étais-je au bord des larmes ? En temps normal, je ne pleurais pas tant que ça. D'ordinaire, j'étais une personne réfléchie et équilibrée. Mais depuis que je connaissais Jack et Peter, j'avais toujours envie d'éclater en sanglots.

Mes émotions paraissaient décuplées. C'était comme si jusque-là, j'avais vécu avec un curseur émotionnel placé au minimum, et qu'à présent, cette famille l'avait poussé au maximum.

— Tout le monde va bien là-bas ? s'enquit Milo qui, penché par-dessus le dossier du canapé, m'observait cavaler dans tous les sens.

J'avais sûrement tout ce dont j'avais besoin, mais chaque fois que je me retrouvais sur le palier, je ne pouvais me défaire de l'impression que j'oubliais quelque chose, alors je revenais à l'intérieur en courant pour m'assurer que je l'avais bien.

— Je ne sais pas, Milo ! aboyai-je. Il ne m'a rien expliqué !

— Pardon.

Il prit un air vexé, et j'eus envie de m'excuser, mais je n'avais pas le temps. Jack n'allait pas tarder, selon ses propres mots, ce qui signifiait qu'il serait là d'ici cinq secondes à un quart d'heure.

— Tu veux que je t'accompagne ? me proposa Milo.

— Pas aujourd'hui, répondis-je en parvenant enfin à lui adresser un sourire contrit. (Il s'affala sur le canapé.) Une autre fois, promis. Mais… pas là, d'accord ?

— Oui, oui, allez, file.

— Désolée. À plus tard, répliquai-je avant de sortir.

J'aurais dû lui parler davantage, mais ce jour-là, j'étais même incapable d'attendre l'ascenseur. J'appuyai sur le bouton d'appel, et, ne voyant pas les portes s'ouvrir instantanément, je dévalai l'escalier.

Malgré ma rapidité, Jack avait réussi à me battre. Il m'attendait déjà dehors, dans sa Jeep. Je m'engouffrai aussitôt à bord et l'interrogeai du regard, mais il se contenta d'esquisser un sourire grave.

— Que s'est-il passé ? demandai-je tandis que nous nous éloignions de mon immeuble.

— Bonjour à toi aussi, répondit-il sèchement.

— Jack !

— Désolé. (Il regardait fixement la route, mais me jetait de petits coups d'œil furtifs.) Bon... hier soir, quand vous êtes rentrés... Peter est parti.

— Comment ça « parti » ?

Mon rythme cardiaque s'était déjà accéléré et je sentis un nouveau nœud se former dans mon estomac, tandis que Jack se contentait de grommeler.

— Jack, où est-il allé ? Pourquoi il est parti ? C'est à cause de moi ?

— Il faut que tu te calmes, soupira-t-il. C'est pour ça que je ne te l'ai pas annoncé par téléphone, même si finalement, il aurait peut-être mieux valu. (Il me dévisagea d'un air triste, me suppliant du regard.) Je t'en prie, calme-toi.

— J'y arriverai si tu me dis ce qui se passe ! m'écriai-je, essayant toutefois de ralentir ma respiration et les battements affolés de mon cœur.

— Nous ne savons pas où il est allé.

Il avait attendu que je me calme pour me répondre, mais restait concentré sur la route, comme s'il faisait un effort considérable pour éviter de se laisser distraire par moi. Il serrait si fort le volant que les jointures de ses doigts étaient devenues blanches.

— Ezra a une petite idée, parce que... (il hésita et se frotta la tempe) Peter est parti, car... Ne le prends pas mal. Mais je sais que tu vas réagir de cette façon. Tu interprètes toujours tout mal.

Si je te disais « hé, tu es très jolie aujourd'hui », tu répondrais : « et les autres jours, je suis moche ? »

— Jack, viens-en au fait.

J'avais envie de lui crier dessus pour qu'il crache le morceau.

— Oui.

Il se tourna brièvement vers moi, mais comme je ne comprenais pas ce qu'il voulait dire, je me contentai de le dévisager.

— Oui, Peter est parti à cause de toi, poursuivit-il. À cause de ce qui s'est produit, enfin, de ce qui a failli arriver hier. Mais pas parce que tu as fait quelque chose de mal, ni parce que quelque chose cloche chez toi. Peter suit son propre chemin, je n'en sais rien. Je pense juste qu'il se comporte comme un imbécile, mais Ezra prétend...

Il laissa sa phrase en suspens. Il se rendait certainement compte qu'il en avait presque trop dit, même s'il n'avait pas dévoilé grand-chose en réalité.

Mes yeux s'étaient remplis de larmes. Peu m'importait l'explication de Jack. J'étais responsable du départ de Peter, et que ce soit à cause de quelque chose que j'avais fait, ou pas, cette nouvelle m'accablait. Tout mon être avait besoin de lui, et je l'avais fait fuir.

— Qu'est-ce qui a failli se passer hier ? demandai-je doucement.

— Eh bien... (Il éclata d'un rire qui sonnait faux et serra le volant plus fort.) À ton avis ?

— Je n'en sais rien. Franchement, j'ai du mal à m'en souvenir. Quand je m'efforce d'y repenser, je me rappelle avoir été dans sa chambre et m'être sentie irrésistiblement attirée par lui et aussi d'avoir éprouvé ce... désir ardent.

Je tâchai de me concentrer sur ce qui m'avait fait perdre le contrôle de mes émotions, mais tout était très flou. Je me remémorai les yeux de Peter, son odeur, et mon désir si puissant qu'il en était douloureux. À ces souvenirs, mon cœur s'accéléra, me martelant la poitrine, et je respirai avec difficulté.

— Arrête Alice, gémit Jack.

Il était au supplice. Ses yeux bleus étaient devenus presque translucides et avaient la même lueur affamée, que j'avais vue dans le regard que Peter avait posé sur moi la veille.

— Arrêter quoi ? demandai-je, haletante.

Il grogna et détourna les yeux. Je m'apprêtais à l'interroger davantage quand soudain, la Jeep dérapa et glissa en travers de la route.

— Ah, zut !

Il s'accrocha au volant et essaya de rectifier la trajectoire, mais je sentis la voiture commencer à pencher sur le côté, et il me regarda d'un air paniqué.

Avant que je mesure vraiment ce qui se passait, il bondit sur moi, me prit dans ses bras et me plaqua contre lui. Je fermai les yeux et enfouis mon visage contre sa poitrine, puis je sentis son corps s'enrouler autour de moi d'une manière protectrice.

Je perçus une sensation de mouvement violent et un vent froid me fouetta les cheveux. Des bruits de métal froissé et de verre brisé m'emplirent les oreilles, laissant présager le pire, mais ils étaient couverts par le son de mon cœur qui battait à tout rompre.

Je sentis enfin les bras de Jack se détendre, et je levai la tête pour le dévisager. Il était inquiet et terrifié, pourtant, son avidité restait palpable.

— Ça va ? s'enquit-il en dégageant quelques mèches de cheveux de mon visage, à la recherche d'éventuelles plaies.

— Je crois que oui, acquiesçai-je.

Je me sentais étourdie et effrayée, mais n'avais mal nulle part.

— Bien. Dans ce cas, j'ai besoin que tu t'éloignes de moi une minute, me dit-il avec gentillesse.

Je m'empressai de lui obéir et me dégageai de son étreinte pour me mettre debout. Il se leva d'un bond et recula de quelques pas.

Pour la première fois, je regardai autour de moi. Nous étions sur le bas-côté de l'autoroute, et la chaussée était jonchée de morceaux de tôle et de vitres. Un autre véhicule s'était écrasé contre le terre-plein central, tandis que plus loin, un 4 x 4 semblait légèrement endommagé. Les phares des voitures arrêtées m'aveuglaient.

Au départ, je ne pus localiser la Jeep, puis je la vis. À peu près à dix mètres derrière nous, sa carcasse pliée était ravagée par les flammes.

Le souffle coupé, je constatai que si Jack ne m'avait pas agrippée, je serais soit restée prisonnière dans l'habitacle pour me faire écrabouiller avant de mourir calcinée, soit j'aurais été projetée à plus de 160 kilomètres à l'heure avant d'atterrir sur la route.

— Tu vas bien ? demandai-je en jetant un coup d'œil derrière moi.

Jack avait encaissé presque tout l'impact, et s'il ne l'avait pas fait, j'aurais été tuée. Mon corps était bien plus fragile que le sien, mais il était forcément blessé.

— Très bien.

Il essaya de se ressaisir, puis observa le carnage qui nous entourait.

Il avait manifestement des entailles sur les bras, et lorsqu'il se retourna, je remarquai que l'arrière de son tee-shirt était déchiqueté et maculé de sang. Lorsqu'il avait heurté la chaussée, il avait dû atterrir sur le dos puis déraper sur une longue distance.

— Tu es couvert de sang ! criai-je avant de faire un pas vers lui pour tenter d'examiner ses lésions, mais il m'en empêcha d'un geste.

Je me remémorai la morsure du chien, et la façon dont les plaies profondes avaient eu l'air de petites égratignures. Je n'étais pas réellement inquiète pour lui, mais il venait de se faire éjecter d'une voiture.

— Je vais bien.

Il tendit le bras pour me le montrer. Un épais filet de sang s'écoulait d'un endroit où aurait dû se trouver une coupure, sauf qu'il n'y en avait pas. Il n'avait pas la moindre marque.

— Et ton dos ?

Il secoua la tête.

— Ça picote. Dans une minute, ça ira.

Toute la peau et les muscles de son dos auraient dû être arrachés, mais tout serait cicatrisé en soixante secondes.

— Tu m'as sauvé la vie. Une fois de plus, précisai-je en croisant mes bras sur ma poitrine comme pour me protéger.

L'adrénaline, la confusion et l'effet engourdissant de Peter se mélangeaient dans mon organisme, s'ajoutant à l'appréhension et à la faim de Jack qui se dissipait peu à peu. J'étais au bord de la crise de nerfs.

— Eh bien, cette fois-ci, j'ai aussi failli te tuer. Alors... ça s'annule, je suppose.

Jack voulait dire qu'il avait manqué de me tuer dans l'accident, mais je percevais toujours son avidité. La conversation inquiétante qu'il avait eue avec Ezra me revint à l'esprit : ce dernier avait affirmé que « cela ne durerait plus très longtemps ».

— Pourquoi passes-tu ton temps à me sauver la vie ?

Ma voix tremblait, et des larmes brûlantes se mirent à couler sur mes joues. Jack me scruta comme s'il ne saisissait pas ce que j'entendais par là, mais je poursuivis, pleurant de plus belle :

— Je ne comprends pas ! Pourquoi me secours-tu sans cesse si tu as l'intention de me tuer ? Pourquoi ne pas te dépêcher d'en finir avec moi ? Est-ce un jeu malsain qui t'amuse ? Tu es toujours obligé de jouer avec ta proie avant de la manger ?

Mes propos le laissèrent bouche bée et ses yeux s'écarquillèrent sous l'effet du choc et de la peine.

— Est-ce que tu sais..., commença-t-il avant de s'interrompre pour tenter d'assimiler ce que je voulais dire. Nous n'allons pas te tuer.

— Alors que se passe-t-il ? (Je hurlais presque désormais.) Bon sang, qui êtes-vous et qu'attendez-vous de moi ?

— Alice, nous sommes des vampires.

Jack me regarda sans sourciller, et je faillis éclater de rire avant de m'apercevoir qu'il était tout à fait sérieux. Je sombrai dans un silence stupéfait, ce qui n'était pas plus mal, car soudain, des sirènes stridentes s'élevèrent, accompagnées des lumières clignotantes des véhicules de police et des ambulances.

Chapitre 13

Les secouristes décrétèrent que j'étais en état de choc, et je ne les aurais certainement pas contredits si j'avais été capable de parler. Ils ne purent expliquer comment nous étions encore en vie, ni d'où provenait tout le sang sur le corps de Jack. Ils voulurent nous faire monter dans une ambulance et nous envoyer à l'hôpital, mais comme Jack refusait de subir des examens médicaux, il leur tint tête jusqu'à ce qu'ils renoncent à cette idée.

Il les laissa m'examiner, mais lorsqu'ils conclurent que malgré le choc j'allais bien, Jack demanda qu'on nous raccompagne dans un véhicule de police.

Il s'assit près de moi sur la banquette arrière. Il murmura plusieurs fois mon prénom, mais je ne répondis pas. Je me contentai de regarder par la vitre en essayant de comprendre le sens de son aveu.

Certains éléments étaient cohérents, comme sa force surhumaine, sa capacité à cicatriser miraculeusement, le fait qu'il ne buvait ni ne mangeait jamais rien et que je ne le fréquentais qu'à la nuit tombée.

Mais ils étaient tous bronzés, sauf Mae, mais elle était britannique, et j'avais vraiment entendu le cœur de Jack battre le soir précédent. Par ailleurs, il n'avait pas de crocs, et ne m'avait pas mordue.

Cela expliquait dans une certaine mesure l'incident avec Peter, sauf que je ne voyais pas pourquoi ils désiraient qu'il me morde. Pourquoi était-ce si important ? Tout le monde pouvait mordre tout le monde, non ?

Mae avait dû apercevoir le véhicule de police, car elle nous attendait devant la porte lorsque les policiers nous déposèrent. Matilda bondit sur Jack, mais il n'était pas d'humeur et la repoussa.

— Jack, que s'est-il passé ?

Elle s'adressait à lui, mais ses yeux étaient rivés sur moi.

Je n'avais pas une seule égratignure, mais quand j'avais surpris mon reflet dans le rétroviseur de la voiture de patrouille, j'avais constaté que j'étais pâle comme un linge, j'avais l'air hagard et les yeux rougis par mes pleurs.

— J'ai bousillé la Jeep, répondit Jack de manière évasive.

Nous nous tenions dans le vestibule, pourtant il ôta son tee-shirt en lambeaux et commença à s'en servir pour essuyer son sang.

— Encore ? s'indigna Mae en se tournant vers lui. Jack, tu as…

— Elle sait, l'interrompit-il.

Il me dévisagea, puis se détourna. Il avait encore du sang dans le dos, mais il renonça à le faire partir et roula son tee-shirt en boule avant de se diriger vers la cuisine.

— Pardon ?

Mae pivota vers moi, l'air hésitant.

— Il m'a dit que vous étiez des vampires.

C'était la première fois que je parlais depuis qu'il me l'avait révélé, et ma voix me parut rauque et étrangère.

Mae poussa un long soupir tremblant et baissa les yeux.

— Oh.

Ce fut tout. Elle ne me soutint pas que Jack était fou, comme je l'avais espéré et à moitié anticipé.

— C'est donc vrai ? demandai-je d'un ton posé, alors que j'étais pourtant au bord de la crise de nerfs.

— Tu as l'air d'avoir la gorge sèche.

Mae se força à sourire et me passa un bras autour des épaules, mais on aurait dit qu'elle pensait que j'allais la repousser. Je ne le fis pas, toutefois consciente que j'aurais sûrement dû.

— Et si nous allions à la cuisine pour te trouver de l'eau et nous asseoir ?

— Je m'en occupe, nous informa Jack tandis qu'elle me conduisait dans la pièce.

Il m'avait déjà servi un grand verre d'eau fraîche accompagné de glaçons. Il me le tendit, mais je m'arrêtai d'abord pour ouvrir le frigo. Comme Milo l'avait deviné, il était complètement vide. Je restai devant une minute, jusqu'à ce que Jack m'incite à boire.

Je refermai le réfrigérateur et avalai plusieurs gorgées. Ma soif s'était réveillée, et je me tournai vers eux. Jack, torse nu, était appuyé contre l'îlot central, et Mae se tordait les mains, mais tous les deux m'observaient.

— Jack, j'aurais préféré que tu attendes qu'Ezra soit là, ou même Peter, affirma Mae doucement.

— Je ne pouvais plus attendre, répondit-il d'un ton morne.

— Je comprends, mais Ezra et Peter en savent tellement plus.

Ils échangèrent un regard angoissé, puis elle me sourit de nouveau et tira un tabouret.

— Tiens, ma puce, viens donc t'asseoir.

— Où est Ezra ?

Je pris place et décidai de commencer par les questions les plus simples, celles qui semblaient logiques et rationnelles.

Pas celles du genre : « Alors les amis, vous avez envie de sucer mon sang ? » Je voulais sans conteste éviter de penser à ça.

— Il est parti chercher Peter, me répondit Jack, et Mae lui jeta un coup d'œil.

Elle tripotait une mèche de ses cheveux ondulés, et je savais qu'elle brûlait d'envie de toucher les miens. Mon verre était presque vide, alors je le posai et soupirai.

— Donc… vous êtes des vampires ? lançai-je, me sentant extrêmement bête.

Cela paraissait si absurde quand je le disais. Ils formaient une famille normale et saine, et les vampires n'existaient pas.

— Oui, me confirma Mae.

Elle me décocha le sourire le plus triste et le plus terrifié que j'aie jamais vu.

Ils attendaient, sur les nerfs, et je ne saisissais pas pourquoi. C'étaient eux les puissants vampires, alors que je n'étais qu'une simple petite humaine. Si quelqu'un devait avoir peur, ce serait plutôt moi.

— Tous ? (Je reportai mon attention sur Jack, qui hocha la tête avec gravité.) Alors pourquoi tu as dit qu'il aurait mieux valu qu'Ezra ou Peter soient là ? Vous n'en savez pas autant qu'eux ?

— Ils sont plus vieux, beaucoup plus que nous, expliqua Mae dont les traits crispés se détendirent un peu.

— Quel âge as-tu ?

Je me remémorai la première fois que j'avais posé cette question à Jack dans le petit restaurant et de son rire à ce moment-là.

— Euh, j'avais vingt-quatre ans lors de ma transformation, en 1994. Je suppose donc que j'ai la quarantaine.

— On ne dirait pas, soulignai-je.

Il s'esclaffa, contribuant grandement à alléger la tension qui régnait dans la pièce.

— Les vampires ne vieillissent pas de la même façon, bien entendu.

Il désigna d'un geste son torse nu, qui correspondait à celui d'un homme de vingt-quatre ans.

— Physiquement, nous ne vieillissons presque pas, ajouta Mae. Nous mûrissons d'une manière très différente. Lorsque nous devenons vampires, nous régressons presque sur le plan émotionnel. De ce point de vue, Jack est plus proche d'un adolescent que d'un adulte d'une vingtaine d'années.

Cela s'explique en partie par sa personnalité, précisa-t-elle en lui souriant. Mais aussi par son âge. Et comme notre esprit reste vif, nous ne vieillissons jamais vraiment. Nous tirons parti de nos expériences et nous évoluons, mais pas comme les humains. Jack ne se comportera jamais réellement comme un quadragénaire, malgré les années qui passeront.

En y repensant, beaucoup de ses réactions, que j'avais jugées typiques de celles d'un ado de mon âge, me semblaient à présent cohérentes. Voilà pourquoi je n'avais jamais trouvé bizarre qu'il me fréquente. Il ne se comportait jamais comme un garçon plus âgé. Au final, nous avions le même niveau de maturité.

— Et quel âge as-tu ? demandai-je à Mae.

— J'ai été changée à vingt-huit ans, il y a... waouh, cinquante-deux ans.

Elle était manifestement elle-même un peu surprise, comme si elle n'y avait pas songé depuis un moment, puis elle me sourit.

— Par conséquent, j'ai quatre-vingts ans. Eh bien ! Bon, ce n'est rien comparé à Peter ou Ezra.

— Quel âge ont-ils ?

Je ne pus m'empêcher de me pencher vers elle pour scruter son teint de porcelaine. Il était déjà difficile de croire qu'elle avait vingt-huit ans.

— Oh mon Dieu, lâcha Mae, en se tournant vers Jack pour obtenir son aide, mais ce dernier secoua la tête.

— Je ne connais que l'âge auquel ils ont été transformés.

Jack, qui avait pris appui sur l'îlot central pour se pencher en avant, se redressa, puis s'adossa au plan de travail derrière lui, et croisa les bras.

— Peter a dix-neuf ans et Ezra vingt-six. Tu es la plus vieille.

— Merci, lui rétorqua-t-elle avec un regard amusé avant de se retourner vers moi. En fait, Peter n'a pas tout à fait deux cents ans. Peut-être cent quatre-vingt-dix, à peu de chose près. Et Ezra a… mince, c'est vraiment affreux de ne pas connaître l'âge de mon propre mari. Oh Jack ! Tu te souviens ! On a fait une grande fête pour ses trois cents ans il y a quelques années. Quand était-ce ?

— Aucune idée, dit-il avec un haussement d'épaules. Il y a cinq ans… environ ? C'est dur de conserver la notion du temps qui passe.

— Vous êtes en train de me dire qu'Ezra a dépassé les trois cents ans ? demandai-je.

Ezra, qui devait être l'un des hommes les plus séduisants du monde, et qui conduisait une Lamborghini. Il était sur terre depuis plus de trois siècles. De toute mon existence, je ne m'étais jamais sentie aussi petite, ni aussi insignifiante.

— Oui. Je suis le plus jeune. Et de loin, déclara Jack avec un grand sourire.

Cela me semblait en partie logique. Les yeux d'Ezra et de Peter paraissaient bien plus anciens, et tous gâtaient Jack de la même manière que le petit dernier de la famille.

— Mais tu les appelles tes frères, et ils ne peuvent pas l'être.

Je me souvins que j'avais évoqué le terme de « fraternité » avec Jack, et, progressivement, je compris pourquoi mes propos l'avaient fait rire. Ils étaient bel et bien liés par le sang.

— Pas au sens où les humains l'entendent, en effet, précisa Mae. Mais chez les vampires... « frère » n'est pas le mot qui convient non plus. (Elle jeta un coup d'œil à Jack.) Tu comprends ça mieux que moi.

— C'est difficile à expliquer jusqu'à ce que cela vous arrive, ou si vous ne connaissez pas la personne qui vous a transformé, intervint Jack en avançant vers l'îlot et en désignant Mae d'un signe de tête. Ezra a transformé Peter, qui à son tour m'a transformé.

Il posa les mains à plat sur le plan de travail et m'observa, évaluant ma réaction à tout ce qu'ils me révélaient.

— C'est donc Peter qui t'a transformé en vampire ?

Chaque fois que je prononçais le terme « vampire », je me sentais ridicule. J'avais l'impression d'être dans un mauvais film d'horreur ou piégée pour une émission de caméra cachée. Ce n'était pas de l'ordre du possible.

Je poursuivais cette discussion parce qu'on aurait dit un rêve, dont tous les protagonistes étaient vaporeux. Je ne croyais pas vraiment à ce que j'entendais. Après avoir temporairement renoncé à mes certitudes, il ne me restait plus qu'à me laisser embarquer dans l'histoire en faisant semblant de croire que tout se tenait.

— Oui, acquiesça Jack.

— Qu'est-ce que ça implique ? Il t'a mordu ?

Mon rythme cardiaque accéléra rien qu'en imaginant Peter mordre quelqu'un. C'était ce qu'il avait été tenté de me faire dans sa chambre, et à présent, en sachant parfaitement quelles étaient ses intentions, cela ne faisait que renforcer mon désir pour lui.

— Non, les morsures n'ont pas cet effet, m'assura Jack en secouant la tête.

Puis il haussa un sourcil et me décocha un curieux regard. C'est alors que je me rendis compte de quelque chose.

— Tu entends les battements de mon cœur, dis-je.

Dans la Jeep, juste avant l'accident, mon rythme cardiaque s'était emballé parce que je pensais à Peter, et cela avait déconcentré Jack.

— Et quand tu...

L'expression de Jack changea, et il détourna les yeux, mais je sentais déjà son désir.

— Tu songes à Peter, annonça Mae, répondant à la place de Jack. Quand tu te trouves en présence de Peter ou que tu penses à lui, tu libères une sorte de phéromone. Je ne sais pas comment l'expliquer.

— Elle nous incite à te mordre, lâcha Jack en toute franchise.

Mon cœur avait ralenti, mais Jack semblait encore tendu. Mae, quant à elle, ne semblait pas du tout affectée par ce phénomène.

— Euh... est-ce juste quand je pense à Peter ? Ou aussi quand je pense à... ce genre de choses ?

— Ezra t'expliquera tout cela, affirma soudain Mae.

Jack avait été sur le point de dire quelque chose, mais elle l'en avait empêché.

Je choisis de revenir au sujet de conversation qui nous occupait avant de les avoir distraits avec les battements de mon cœur.

— Alors, comment devient-on vampire ?

— J'ai bu le sang de Peter. Donc, il coule dans mes veines un mélange du sang d'Ezra, de Peter et du mien. (Jack indiqua ses bras d'un geste, comme s'il était capable de visualiser ses veines à travers sa peau.) Cela ne fonctionne pas comme un lien père-fils, parce que je n'ai pas simplement hérité d'une partie d'eux, mais d'eux tout entiers. Mon sang est leur sang.

— Est-ce que cela a une incidence sur ta personnalité ? demandai-je en me penchant sur l'îlot pour dévisager Jack intensément.

Je commençais à me laisser entraîner dans leurs idées fantaisistes, et m'y intéressais comme si j'y croyais réellement.

— Ezra et Peter ne définissent pas ma personne, annonça Jack avant de se tourner vers Mae, qui hocha la tête. Mais nous... tu te rappelles lorsque tu es venue la première fois pour les rencontrer et que je t'ai affirmé que je savais qu'ils allaient t'apprécier ? C'était parce que tu me plaisais.

— Donc, ils aiment tous les gens que tu aimes ?

J'étais sceptique, dans la mesure où Peter ne m'appréciait toujours pas.

— Non, non, ce n'est pas cela non plus, soupira Jack.

Il réfléchit à ce qu'il devait me confier. Je ne voyais pas ce qu'il pouvait encore bien me dissimuler après m'avoir avoué sa nature de vampire.

— Ce n'est pas seulement que je t'apprécie. Mon sang me le dicte aussi.

— OK, qu'est-ce que tu me chantes ?

Je m'éloignai un peu de lui, et la peur se lisait certainement sur mon visage.

— Jack, peut-être qu'Ezra sera plus à même de tout lui expliquer, dit Mae en lui adressant un regard furieux qui lui fit baisser les yeux.

Puis elle se tourna vers moi, un sourire chaleureux aux lèvres.

— Ezra est un peu spécialiste de tout. Jack et moi avons encore beaucoup à apprendre.

— Vous n'êtes pas réellement des vampires, n'est-ce pas ? demandai-je avec appréhension, ce qui fit rire Mae.

— Oh, ma puce ! Je suis navrée, mais si.

Elle me passa une mèche de cheveux derrière l'oreille, et comme je ne tressaillis pas et ne la repoussai pas, elle me sourit.

— Mais vous ne dormez pas dans des cercueils, vous n'avez pas de crocs, et vous n'êtes pas pâles, énumérai-je. Enfin, sauf Mae, me corrigeai-je, mais elle ne l'est pas tant que ça.

— Nous avons plus ou moins des crocs.

Jack ouvrit grand la bouche et promena la langue sur ses dents, en insistant sur les incisives pointues. Elles n'étaient pas plus grosses ni plus longues que des dents normales, mais leur tranchant semblait en effet redoutable.

— Et les cercueils ne sont qu'une légende ridicule. Les lits sont bien plus confortables, gloussa Mae.

— Mais vous êtes bronzés. Vous ne pouvez pas vous exposer au soleil ! Attendez, vous en êtes capables ?

— En pratique, oui, mais nous évitons de le faire d'ordinaire, poursuivit Jack. La lumière solaire nous fatigue, mais nous ne prenons pas feu, ni ne mourons non plus à son contact.

— Cela n'explique pas le bronzage, soulignai-je.

— Nous restons tels que nous étions au moment de la transformation. À l'époque, je faisais énormément de skate-board et passais donc beaucoup de temps dehors. Mon épiderme était gorgé de mélanine, et il en sera toujours ainsi.

Il réfléchit à ses propos un instant, puis les rectifia :

— Enfin, on change tout de même un peu. On s'améliore. Je n'étais pas aussi beau et j'avais plus le hâle d'un fermier. La transformation lisse et uniformise tout le corps, et toute ma graisse superflue a disparu. Un vampire ne peut pas être en surpoids. On n'a plus besoin de stocker, et les kilos en trop fondent donc assez rapidement après la transformation.

— Nous buvons du sang, qui contient moins de matières grasses, ajouta Mae.

— Vous buvez du sang.

Jusque-là, je m'étais efforcée de ne pas vraiment y penser.

Lorsque j'imaginais Peter en train de me mordre, je fantasmais surtout sur la sensualité de l'acte et non sur le fait qu'il avale mon sang. Il m'était presque impossible de visualiser Mae ou Jack en train de se livrer à cette activité.

— C'est une nécessité, murmura Mae avec tristesse.

— Mais il provient d'animaux, rassurez-moi ?

Elle garda les yeux baissés, alors je me tournai vers Jack, qui secoua la tête.

— On ne peut pas vivre avec du sang animal.

Comme ses pâles yeux bleus étaient rivés aux miens, je dus me concentrer pour ne pas manifester le moindre dégoût.

— Pour la même raison qu'on ne peut sauver une personne en lui transfusant le sang d'un chien ou d'un rat. Pour survivre, nous devons impérativement en ingérer une fois par semaine. Nous ne pouvons pas consommer d'autres aliments.

— Vous… vous tuez des gens ?

J'étais consciente que ma voix chevrotait. Mae releva soudain la tête et je vis que Jack et elle avaient l'air horrifiés.

— Non ! Non, bien sûr que non ! protesta-t-elle farouchement. Les humains peuvent perdre une grande quantité de sang avant de mourir.

— Nous nous contentons de boire leur sang, précisa Jack. Ce processus n'induit aucune douleur. Notre salive agit comme un anesthésiant et permet à la plaie de cicatriser très vite.

— Et Ezra est si doué que la plupart des personnes ne savent même pas qu'elles ont été mordues, expliqua Mae avec une certaine fierté. Jack et moi nous alimentons principalement grâce à la banque du sang de toute façon. Ce n'est pas aussi bon, mais c'est beaucoup moins compliqué.

— Vous obtenez du sang de la Croix-Rouge ?

Je me les représentai en train de se rendre dans l'une de leurs antennes et commander un demi-litre de sang à emporter.

— Non, pas tout à fait. (Mae me sourit et m'effleura le genou avec douceur.) Il existe une banque du sang vampire. Les donneurs croient avoir affaire à une association comme la Croix-Rouge, mais en réalité le sang nous est destiné. Au sous-sol, nous en avons un plein frigo.

— Ezra et Peter ne l'ont sans doute jamais ouvert, marmonna Jack, ce qui lui valut un regard réprobateur de Mae.

— Ils ont vécu trop longtemps avant que ces banques du sang existent, déclara-t-elle, l'air contrit. Ce sont des puristes.

— Donc ils… ils quoi ? Comment est-ce que ça marche ? Ils choisissent un individu au hasard et le mordent ?

Imaginer Peter en train de mordre quelqu'un d'autre que moi me provoqua une vague nausée.

— Non, nous avons des boîtes de nuit fréquentées par des personnes qui donnent leur sang de leur plein gré, et bien souvent, ils attirent des filles qui pensent se rendre à un rendez-vous amoureux et recevoir un baiser prolongé dans le cou, mais en fait, elles servent d'en-cas, expliqua Mae.

— Et ça ne te pose pas de problème ? ripostai-je. Qu'Ezra sorte avec d'autres filles et boive leur sang ?

— Ce n'est pas agréable, reconnut-elle, l'air affligé. Mais c'est notre nature. Et je préfère qu'il séduise une femme plutôt qu'il agresse quelqu'un et le tue. C'est le prix à payer pour la vie éternelle. Je peux rester avec lui pour toujours, mais il faut qu'il en embrasse d'autres.

Elle m'adressa un sourire triste, et je me demandai si à sa place, je serais capable d'accepter aussi bien la situation.

— J'utilise presque uniquement des poches de sang, intervint Jack joyeusement.

Je reportai mon attention sur lui.

— La nuit où tu m'as sauvée, comptais-tu me mordre ?

Soudain, je me rappelai la façon dont je m'étais brusquement assoupie sans pouvoir me souvenir du trajet de retour.

— Est-ce que tu l'as fait ? lançai-je, les yeux écarquillés.

— Non ! se défendit-il en levant les mains sous nos regards scrutateurs. Non, je le jure ! En réalité, je sortais de boîte et je venais de… me nourrir lorsque je t'ai vue, avoua-t-il, d'un air penaud.

— Tu veux dire les discothèques dans lesquelles j'essayais d'entrer ?

Jane était-elle déjà tombée dans les bras d'un vampire à son insu ? Certainement, et c'était bien fait pour elle.

— Non, c'est une boîte appartenant aux vampires. Enfin, comme j'ignore dans quel établissement vous avez tenté votre chance, c'est possible. La plupart des gens ne savent pas qu'il est fréquenté par des vampires. C'est comme ça que j'en suis devenu un.

Je fronçai les sourcils, dubitative.

— Peter t'a dragué en boîte ?

— Non, répondit-il en souriant. J'ai suivi deux nanas canon, qui se sont avérées être des vampires cinglées. Peter était là, en quête de nourriture. Mais les filles s'étaient lâchées et m'avaient laissé pour mort. Peter m'a découvert dans une ruelle derrière la boîte, et a décidé de me sauver.

— Est-ce qu'il faut mourir pour se transformer ?

— Non, au contraire, surtout pas, précisa-t-il. Une fois que tu es mort, il est trop tard. Les vampires ne sont pas des morts-vivants. Nous sommes juste des gens différents. Ezra m'a expliqué que le vampirisme était un virus, un peu comme le SIDA, sauf qu'au lieu de nous rendre malades, il nous fait aller mieux.

— C'est un virus ? demandai-je, sceptique.

— Je crois, dit Jack en haussant les épaules. C'est ce qu'Ezra m'a affirmé. Ça s'apparente à une mutation évolutionniste. Selon sa théorie, les humains n'ont pas de prédateurs. Seuls la maladie et le climat sont vraiment en mesure d'exterminer les gens en masse. Dans le passé, les fléaux contribuaient à réguler la population. Lorsque les villes débordaient, une épidémie survenait et faisait diminuer le nombre des habitants. Les vampires sont une autre forme de régulation, c'est tout.

— Oui, c'est formidable, mais… un virus ? (Je secouai la tête, incrédule.) Comment un virus peut-il avoir cet effet ?

— Là encore, Ezra en sait plus que moi, déclara Jack. Mais ça te rend plus efficace. Nous consommons exactement ce dont nous avons besoin, en permanence. Notre corps n'a rien à traiter, car nous vivons de nutriments frais et purs. Et il cesse de se dégrader. Quand nous mourons, nous sommes comme de la mousse de polystyrène. Nous restons figés pour l'éternité. Lorsque nous sommes blessés, nous guérissons à une vitesse spectaculaire, puisque nous ne sommes composés que de sang.

— Vous êtes vraiment des vampires ?

Ils me fournissaient des explications depuis un bon moment, mais je ne parvenais toujours pas à me faire à cette idée. Jack éclata de rire et se pencha vers moi sur le plan de travail.

— J'ai réagi de la même manière, au début.

— Comme nous tous, je pense, renchérit Mae.

— Mais… votre maison est normale. Enfin, elle est très belle, mais n'a rien d'étrange. Et vous êtes comme une famille. Quant à toi, dis-je en pointant Jack du doigt, tu passes tes journées à jouer aux jeux vidéo. Dans la banlieue de Minneapolis, en plein Minnesota ? Arrête, les vampires sont plus géniaux que ça.

— Merci beaucoup, s'esclaffa-t-il.

— Non, mais tu vois ce que je veux dire. Vous avez l'éternité devant vous, et vous la passez ainsi ?

— Exactement. À quoi la consacrerais-tu à notre place ? rétorqua-t-il en inclinant la tête dans ma direction.

— Je n'en sais rien, avouai-je.

Je n'y avais jamais vraiment songé auparavant. Essayer de découvrir ce que je souhaitais faire de ma misérable petite vie humaine me paraissait déjà bien suffisant.

— Mais je ferais quelque chose de plus prestigieux que ça, ajoutai-je.

— Peter et Ezra ont tout vu, au moins une centaine de fois, et Mae ne veut pas bouger d'ici, dit-il en haussant les épaules. J'ai un peu voyagé, mais je ne suis pas pressé. Je verrai tout un jour. Il y a deux ans environ, je me suis rendu avec Peter en Égypte pour visiter les pyramides. (Il leva les yeux au ciel.) Il y était déjà allé une trentaine de fois. Pour lui, ce ne sont que de gros triangles sur du sable, youpi ! Du coup, j'ai cessé de parcourir le monde, pour l'instant du moins.

— Alors tu te contentes de rester ici et de jouer aux jeux vidéo ? demandai-je d'un ton incrédule.

— Qu'est-ce que tu voudrais qu'on fasse ? ricana-t-il. Nous disposons seulement de plus de temps que toi. Et toi, que fais-tu de ta vie ?

— Je ne sais pas. (Je baissai les yeux pour réfléchir à une réponse.) C'est juste que tout ça me semble bizarre.

— C'est bien normal, ma puce, me rassura Mae en me caressant les cheveux. Ça fait beaucoup à assimiler.

— Vous n'allez pas me manger, si ?

Ma voix ne trembla pas, car je n'avais plus peur. Il s'agissait d'une simple curiosité, et Mae partit d'un petit rire.

— Non, bien sûr que non, me réconforta-t-elle avec un sourire.

— Mais Peter en avait envie hier soir, fis-je remarquer. Et Jack aussi, juste avant l'accident.

— Jack ! s'indigna Mae en le fusillant du regard.

De façon étrange, elle n'avait pas du tout eu l'air scandalisée lorsqu'il avait été question de Peter.

— C'est faux ! s'insurgea Jack, mais c'était un piètre menteur.

— Jack, tu sais que tu ne peux pas, grogna Mae.

Je me demandai où était le problème. Ils m'avaient affirmé que quand ils mordaient des gens, ces derniers ne souffraient pas et restaient en vie. Alors quelle importance si Jack me mordait ?

— Ce n'était pas ma faute ! se défendit-il. Elle s'enflammait à penser à Peter. Et tu sais quoi ? Je ne l'ai pas mordue. Tu peux donc cesser de me regarder de travers.

— En quoi le fait de penser à Peter me rend plus délectable ? m'enquis-je.

Ils baissèrent tous les deux les yeux.

— Allez ! J'ai appris que vous étiez des vampires ! Qu'est-ce que vous me cachez encore ?

— « Délectable », médita Jack. Voilà une excellente façon de décrire cela.

— D'ailleurs, pourquoi vous m'avez dit ça ? lançai-je en fronçant les sourcils. Pourquoi m'avoir avoué que vous étiez des vampires ? C'est pas censé être un grand secret ?

— Certainement pas ! siffla Jack. Je déteste quand, dans les films, les personnages sont là à prétendre qu'ils ne doivent révéler à personne qu'ils sont des vampires, sous peine d'être tous tués par le Haut Conseil des vampires prétentieux ! Il n'y a pas de Haut Conseil. Et il n'existe pas de société vampire secrète. De la même manière qu'il n'existe pas de gouvernement unique régissant tous les humains de la planète. Et tu connais la meilleure ? Les gens ne croient pas aux vampires. Tu crois que nous sommes obligés de cacher quoi que ce soit sur nous ? Est-ce que je t'ai dissimulé des choses ?

— Non, mais tu refusais d'aborder certains points, soulignai-je.

— Oui, parce que tu me plaisais. Si je t'avais dit le premier jour où nous nous sommes rencontrés que j'étais un vampire, tu m'aurais jugé fou et tu aurais fait une croix sur moi.

— Pourquoi avoir attendu si longtemps pour me le révéler ?

— Je voulais m'assurer d'avoir obtenu ta confiance pour éviter que tu penses que j'étais cinglé et que tu refuses de me parler ensuite. (Une expression chagrinée se peignit sur son visage, et il soupira.) Je comptais tout t'avouer le soir où nous sommes allés nous promener dans le parc. Puis ce satané chien nous a attaqués. Et tu t'es mise dans un tel état lorsque je l'ai tué, que je me suis dit que si tu réagissais de cette manière pour un animal, ce serait pire quand tu découvrirais que je mordais des gens !

— Oh.

Je me remémorai qu'au cours de cette soirée-là, il avait menacé de mettre un terme à notre amitié à cause de mes pleurs. Il m'avait semblé dur à ce moment-là, mais avec le recul, je comprenais que cela avait dû l'anéantir.

— Eh bien, à présent, je le sais. Et je ne te considère pas comme un monstre.

— Tant mieux, dit-il, sincèrement soulagé, avant de frotter son torse nu. Je vais aller enfiler un tee-shirt. Je reviens tout de suite.

Il sortit comme une flèche de la cuisine, et je l'entendis monter l'escalier d'un pas lourd.

— Est-ce que tu te sens bien malgré tout ça ? s'enquit Mae avec un regard sérieux.

Je hochai la tête et elle me caressa doucement la joue, puis elle prit mon menton dans le creux de ses mains et m'embrassa sur le front.

— Bien. Tu veux encore de l'eau ?

— Oui, merci, acquiesçai-je. (Elle récupéra mon verre et alla jusqu'au frigo pour le remplir.) Mais un détail me chiffonne.

C'était faux. Beaucoup de choses me dérangeaient, mais il y en avait une en particulier que je voulais régler ce soir-là.

— Qu'est-ce que c'est, ma puce ?

Elle me tendit mon verre, une lueur de curiosité dans le regard.

— Pourquoi Peter est-il parti ? demandai-je. (Son expression se troubla, et elle baissa les yeux.) Jack m'a dit que c'était à cause de moi.

— Jack ne sait pas ce qu'il raconte, répliqua-t-elle d'une voix tendue.

— Mae !

Je la dévisageai jusqu'à ce qu'elle lève la tête, puis elle poussa un soupir.

— Cette conversation devra attendre, expliqua-t-elle avec un sourire forcé. J'ai eu une très longue journée et j'aimerais prendre un bain chaud. Je suis sûre que Jack et toi pouvez trouver une activité distrayante à faire pendant ce temps-là.

Jack, rayonnant, surgit dans la pièce, vêtu d'un tee-shirt et d'un bermuda propres.

— Tu peux compter sur moi !

— Et tiens-toi bien, l'avertit Mae en passant devant lui. Je ne plaisante pas.

— Oui, oui, grommela-t-il.

Lorsqu'elle eut le dos tourné, il lui tira la langue. Puis il fila vers moi, un sourire bête aux lèvres.

— Je suis si content que tu sois au courant ! Est-ce que tu sais à quel point c'est difficile de te cacher quoi que ce soit ?

— Non, pas vraiment.

Certains points restaient obscurs, mais cela ne me gênait plus. Jack était désormais de très bonne humeur, et ça déteignait sur moi.

— Tu sais à quel point c'est difficile quand quelqu'un te dissimule des choses ?

— Oui ! s'exclama Jack sans se départir de son sourire. Ezra et Peter passent leur temps à faire des cachotteries. Ils pensent que je suis trop jeune pour tout. Si on les écoutait, je n'aurais même pas encore découvert ma nature de vampire.

— Tu as quarante ans ? grimaçai-je.

— Est-ce que ça t'angoisse ?

Il leva le menton, guettant ma réaction.

— Non. Je me rends compte que ça devrait me faire flipper, mais ce n'est pas le cas. Je me sens tout bêtement en sécurité avec toi.

Un rictus malicieux incurva ses lèvres, et je compris que, sans le vouloir, je venais de le défier de me faire peur. Il fit pivoter mon tabouret de sorte que je me retrouvai dos à l'îlot, puis il se plaça face à moi et posa un bras de chaque côté de moi, m'emprisonnant entre lui et le plan de travail. Son visage était tout près du mien et son regard pétillait.

— Et maintenant ? Tu es effrayée ?

— Non. Je devrais ? lui rétorquai-je en souriant.

— Certainement.

Il avait parlé tout bas, d'une voix rauque, et ses yeux étaient devenus presque translucides tandis qu'il sondait les miens.

Puis je vis son regard descendre sur mon cou, et mon cœur s'emballa. Je pris une profonde inspiration, et sentis son odeur fraîche évoquant un mélange de savon et de dentifrice mentholé. Son expression changea, s'assombrit, et il approcha doucement son visage du mien.

Chapitre 14

— Tu entends mon sang, chuchotai-je.

Il ne répondit pas, mais détacha lentement le regard de ma gorge pour croiser de nouveau le mien. Sa soif sembla perdre de son intensité, provoquant un étrange désir en moi.

— À quel bruit ça ressemble ? demandai-je.

— À… (Il laissa échapper un soupir qui m'eut tout l'air d'un gémissement.) à de la musique.

— Qu'éprouve-t-on ? murmurai-je. Quand on se fait mordre ? Qu'est-ce que je ressentirais ?

Ses yeux prirent une lueur mélancolique, presque identique à celle d'Ezra lorsqu'il pensait à Mae, et mon cœur palpita. Une expression de plaisir traversa son visage, et l'espace d'un instant, la force de son appétit et de son adoration me fit rougir.

— Il faut vraiment que… (il poussa un long soupir, puis esquissa un sourire empreint d'amertume) tu t'en ailles.

Il s'écarta brusquement de moi, se retourna et s'éloigna. Ce revirement brutal ainsi que ce désir persistant me surprirent.

— Quoi ? Pourquoi ? demandai-je en sautant du tabouret avant de le suivre en trottinant. Il n'est pas très tard.

— En effet, reconnut-il en marchant jusqu'au garage. (Je retins la porte avant qu'elle se referme et me précipitai derrière lui.) Mais ma volonté a ses limites.

— Tu peux me mordre si tu veux, proposai-je gentiment.

Je savais qu'il en avait très envie, et ne voyais pas ce qu'il y avait de mal à ça.

— J'aimerais bien, poursuivis-je.

Il s'arrêta devant la Jetta. Je restai à un mètre de lui pour l'observer. Il éclata d'un rire sinistre et se retourna vers moi en se grattant le crâne, un sourire incrédule aux lèvres.

— Tu veux m'achever ? (Il secoua la tête, puis pointa ses clés dans ma direction, en avançant vers la portière.) Tu es bien plus dangereuse que moi !

— En quoi ? insistai-je en le regardant par-dessus le toit de la voiture. Pourquoi tu refuses de le faire ?

Son envie me poussait à le désirer moi aussi, et je ne comprenais pas ce qui l'empêchait de me mordre.

— Je ne peux pas, c'est tout, Alice.

Son expression était grave, et il détourna les yeux avec un air un peu honteux.

— Et si tu n'arrêtes pas, reprit-il, alors je demanderai à Mae de te raccompagner chez toi. (Il secoua la tête.) Je ne vais pas être capable de dire « non ».

— D'accord, je laisse tomber.

De mauvaise grâce, j'ouvris ma portière et m'installai à bord. Au bout de quelques secondes, Jack monta à son tour dans la voiture, puis démarra. Je percevais toute l'intensité de son désir pour moi, cette terrible soif qui le tenaillait, et son embarras d'éprouver de telles émotions. Je gardai le silence, sentant des larmes de honte me piquer les yeux.

— Tu pleures ? s'enquit-il, la gorge serrée. Pourquoi ?

— Est-ce que quelque chose cloche chez moi ? demandai-je en m'essuyant les yeux.

— De quoi tu parles ?

— Il y a forcément un truc. Peter ne peut même pas rester en ma présence, et toi non plus. Est-ce que mon sang est toxique ?

— Mon dieu, Alice ! (Il se massa la tempe et émit un rire creux.) Tu n'as pas conscience de l'effet que tu produis sur moi, affirma-t-il avant de me jeter un nouveau coup d'œil et de secouer la tête. Je ne peux même pas te reconduire chez toi. Je suis incapable…

Puis il se retourna et bondit hors du véhicule.

Je me précipitai derrière lui en me demandant ce que j'avais fait pour qu'il s'enfuie ainsi. Il se tenait à côté de la Jetta, s'efforçant de se ressaisir.

— Quoi ? Qu'est-ce que j'ai fait ?

— Tu n'es pas toxique ! Au contraire !

Il expira, mais on aurait plutôt dit qu'il cherchait à reprendre son souffle.

— Je ne peux pas rester avec toi dans cette voiture. Tu as déclenché quelque chose en moi et il faut que je me reprenne, mais tu es si…

Il fit « non » de la tête, se refusant à exprimer son idée à voix haute.

— Je ne pige pas. Si tu me veux si fort, pourquoi est-ce impossible ?

Mes émotions se calquaient sur les siennes. Par conséquent, son désir était le mien. Si brut, pur et intense qu'il m'asphyxiait.

Les mains sur les hanches, Jack poussa un soupir nerveux.

— Alice… Peter me tuerait. Il me réduirait en charpie, littéralement. Non pas qu'il le voudrait, mais il le ferait.

— Quoi ? Quel est le rapport avec lui ?

Je songeai à Peter, étrangement excitée à l'idée qu'il manifesterait une certaine jalousie vis-à-vis de moi, et mon rythme cardiaque s'accéléra. Le visage de Jack se tordit affreusement, et il secoua la tête.

— Tu penses à lui. Bordel, tu penses à lui, répéta-t-il en serrant les poings.

— Je suis désolée, sanglotai-je en essayant de ralentir mon pouls.

Jack avait vraiment l'air à l'agonie à cause de moi, et sa douleur me déchirait.

— Pourquoi ne pas me mordre afin que ça cesse ?

— Alice ! gémit Jack. C'est mon frère ! Et tu es à lui ! C'est à lui que tu appartiens, pas à moi !

— Qu'est-ce que tu racontes ?

Aussi exaltantes qu'elles soient, ces paroles me firent néanmoins l'effet d'une gifle.

— Tu m'as choisie pour Peter ? demandai-je.

— Non, je n'ai pas eu voix au chapitre. Personne d'ailleurs, précisa-t-il avant de détourner le regard, mais je vis son visage se décomposer. C'est le sang. Le tien et le sien. Ils réagissent l'un à l'autre. D'où ton affolement quand tu penses à lui. Et ça me rend dingue, parce que c'est aussi mon sang.

Tout ce qui s'était produit avec Peter m'avait paru si physique parce que c'était exactement ça ! Il existait bien entre nous une réaction chimique que je ne pouvais expliquer. Mais comme je commençais à y songer, Jack fut incapable d'en supporter davantage et il passa devant moi à toute vitesse pour rejoindre la maison.

— Mae ! cria-t-il une fois à l'intérieur. Mae !

Comme une idiote, je continuais à le suivre. C'était en partie ce qu'il souhaitait, car il avait encore envie de moi.

— Quoi ?

Mae se précipita dans le vestibule, en serrant son peignoir contre elle. Puis elle remarqua l'expression affligée de Jack et blêmit.

—Jack, dis-moi que tu ne l'as pas fait.

—Éloigne-la de moi ! grogna-t-il, les larmes aux yeux.

—Monte, lui ordonna Mae en désignant l'étage d'un signe de tête. Je m'occupe d'elle.

—Je suis désolée, bafouillai-je entre deux sanglots, mais il était déjà parti.

—Il t'a mordue ? s'inquiéta Mae avant de fondre sur moi pour examiner mon cou comme Jack l'avait fait la veille.

—Non, lui assurai-je en secouant la tête avec violence.

Une porte claqua lourdement à l'étage, et Mae jeta un coup d'œil anxieux vers le plafond.

—Viens. Il faut que tu sortes d'ici, affirma-t-elle en me passant un bras autour des épaules pour me conduire jusqu'au garage.

—Tu es en peignoir.

—Il ne va pas pouvoir tenir encore longtemps, murmura-t-elle.

Le moteur de la Jetta tournait toujours. Nous grimpâmes à bord et Mae quitta le garage.

—Je suis désolée, répétai-je.

—Oh, ma puce, ce n'est vraiment pas ta faute, me rassura-t-elle avec un sourire. Jack ne devrait pas commettre de telles erreurs, mais il est encore si jeune. (Elle tendit la main pour me caresser les cheveux.) Ce n'est pas aussi catastrophique que tu le penses. Honnêtement.

—Je ressens ses émotions, dis-je calmement. Je sais combien c'était dur pour lui. J'ai perçu à quel point il me voulait, et donc… je l'ai désiré à mon tour, rendant les choses plus difficiles.

—Tu quoi ? rétorqua Mae, une expression de surprise sur le visage. Tu ressens ses émotions ?

—Oui, acquiesçai-je. Est-ce dérangeant ?

—Aucune importance, s'il en est ainsi, répondit-elle d'un ton détaché en regardant droit devant elle.

—Il m'a dit que j'étais destinée à Peter.

—Je me doutais qu'il le ferait, soupira-t-elle avant de me sourire de nouveau. Tu aurais fini par le découvrir. Simplement, nous ne souhaitions pas te déstabiliser en te livrant trop de nouveaux éléments, surtout avec la façon dont Peter se comporte.

—Si je suis censée être destinée à Peter, alors pourquoi est-ce Jack qui veut ma présence ? Et pourquoi Peter ne m'a-t-il pas mordue ? Pourquoi il s'est enfui ?

—Peter est très compliqué, mais c'est un homme bien. (Elle déglutit péniblement, et je compris qu'elle me dissimulait encore des informations.) Et Jack est très jeune. Et même si cela ne semblait pas le cas ces derniers temps, ils étaient très proches l'un de l'autre.

—Est-ce que Peter tuerait réellement Jack s'il apprenait que Jack m'avait mordue ?

—Oui. (Elle s'humidifia les lèvres, refusant de me regarder.) Et il le découvrirait. Ce n'est pas quelque chose que tu peux masquer. Il sentirait l'odeur de Jack sur toi. Donc s'il est arrivé quelque chose, poursuivit-elle en se tournant vers moi, j'ai besoin de le savoir, pour tenter de vous protéger tous les deux.

—Qu'est-ce que tu sous-entends ? Peter nous tuerait tous les deux ?

Pour la première fois depuis que je connaissais Jack, je craignais vraiment pour ma sécurité.

—Je ne comprends pas, continuai-je. Si je suis destinée à Peter... Tout ça n'a aucun sens, Mae !

—Dès que je t'aurai déposée chez toi, j'appellerai Ezra et il reviendra à la maison pour régler cette affaire. (Ses yeux se remplirent de larmes et elle serra le volant.) Je n'aurais jamais dû te laisser seule avec Jack. Il a passé tellement de temps avec toi… mais j'avais conscience qu'un changement se produisait.

— Il ne m'a pas mordue. Je le jure, tentai-je de la rassurer.

— La situation est tout de même en train de nous échapper. J'ai dit à Ezra de rester à la maison et que tout était différent cette fois.

— Cette fois ?

— Pas maintenant, Alice.

La voiture s'arrêta avec un soubresaut, et je me rendis compte que nous étions arrivées devant mon immeuble. Absorbée dans mes pensées, je ne l'avais même pas remarqué.

— Tu dois rentrer chez toi, et Ezra ou Jack te contactera demain.

— Comment as-tu su où j'habitais ? lui demandai-je en me tournant vers elle, mais elle se contenta de regarder droit devant elle.

— Il faut que je retourne à la maison pour m'occuper de Jack avant qu'il se fasse du mal.

— Il peut s'infliger des blessures ? haletai-je.

— Je dois y aller ! supplia-t-elle. On discutera demain, d'accord ?

— OK, je file !

Je bondis hors de la Jetta et l'observai s'éloigner à toute allure, priant pour que Jack ne fasse pas de bêtise.

Complètement troublée et désorientée, je m'effondrai sur le trottoir froid et éclatai en sanglots.

Après un bon bain chaud, deux comprimés d'Advil et un thé brûlant, arrosé du cognac que Milo avait pris dans le minibar de ma mère, je parvins à m'endormir. Mon frère avait vu à quel point j'étais dévastée quand j'étais rentrée, et je lui avais promis de tout lui raconter plus tard, car j'avais été incapable de trouver la force de le faire sur-le-champ.

Lorsque je me réveillai, mon oreiller était trempé des larmes que j'avais versées dans mon sommeil. Milo m'informa que j'avais gémi toute la nuit, mais heureusement, il n'avait rien pu comprendre.

Durant la majeure partie de la journée, je titubais dans la maison. Avec le recul, je m'étonne de ne pas m'être cognée partout. Milo me força à manger, mais le simple fait d'avaler me paraissait une tâche insurmontable.

Je passai un pantalon de survêtement confortable et un tee-shirt sans prendre la peine de me doucher. Cela aurait nécessité trop d'efforts, et j'ignorais même si je verrais Jack ou Peter ce jour-là. Il était fort probable que je ne les voie plus jamais ni l'un ni l'autre. Peter était parti, et Jack…

— Alice, je crois que tu devrais arrêter d'aller là-bas, me dit Milo.

Il était debout près du canapé et me dévisageait, la mine soucieuse.

Je m'étais pelotonnée sous une couverture et regardais l'écran de la télévision d'un air absent, en serrant mon téléphone dans la main.

— Tu rentres tout le temps complètement épuisée. Je ne sais pas ce qu'ils te font, mais c'est forcément néfaste.

— Tu devrais voir ce que je leur fais, marmonnai-je.

— Pardon ?

Ses yeux marron exprimaient une grande inquiétude, alors je détournai le regard.

— Rien.

— Alice, je suis sérieux.

Milo avait adopté son ton parental, qui, en temps normal, avait raison de moi, mais j'étais trop hébétée pour réagir. Je me contentai de remonter le plaid sur ma tête pour éviter de croiser son regard.

Il finit par s'éloigner, et je restai enfouie sous la couverture. La terrible vérité était que je n'avais plus réellement envie de vivre. La soirée précédente m'avait anéantie.

J'étais totalement déroutée, je souffrais et je ne cessais de penser que toute cette histoire était un cauchemar.

Puis soudain, mon portable entonna l'air de *Time Warp* et j'ouvris aussitôt les yeux.

Ezra est revenu. Il viendra te chercher dans un quart d'heure.

Pourquoi pas toi ? Comment vas-tu ? Il y a un problème ? tapai-je, sentant mon cœur s'emballer douloureusement.

Ça va. Ezra t'en dira plus. À plus tard.

J'éprouvai tout de même du soulagement.

— Tu ne vas pas chez eux !

Milo m'observa enfiler ma veste à capuche, celle que je portais le soir où le chien avait attaqué Jack.

— Si, répliquai-je d'un ton catégorique en cherchant mes chaussures.

— Habillée comme ça ? me lança Milo, incrédule.

— Oui. (Je trouvai enfin mes baskets et les mis.) Les choses ont changé. Je n'ai plus besoin de les impressionner.

— Tu veux couper les ponts avec eux ou quelque chose de ce genre ?

— Je n'en sais rien.

Je n'avais pas envisagé l'éventualité de choisir délibérément de ne plus les fréquenter, mais dès que l'idée me traversa l'esprit, je l'écartai. Il m'était impossible de mettre fin à notre relation. J'étais inéluctablement liée à Peter, et sûrement amoureuse de Jack.

— On a cours demain ! s'écria Milo quand j'ouvris la porte.

— Je m'en fiche, répondis-je avant de sortir.

Chapitre 15

Soit Ezra conduisait moins vite que Jack, soit il avait pensé qu'il était plus poli de me laisser véritablement le temps de me préparer. En tout cas, je fus dehors avant lui.

Je m'assis sur le trottoir, frissonnant dans le froid et m'évertuant à ne pas envisager le pire, quand il arriva dans sa Lexus. Je n'étais jamais montée à bord, mais je la reconnus sans peine pour l'avoir déjà aperçue dans le garage.

— J'espère que je ne t'ai pas trop fait attendre, s'excusa-t-il avec un sourire chaleureux lorsque je m'installai, puis, me voyant grelotter, il augmenta le chauffage. Préviens-moi quand tu seras suffisamment réchauffée. Nous ne ressentons pas le froid de la même façon que vous.

— D'accord.

Le siège était moelleux et me paraissait tiède, surtout après le temps que j'avais passé à me geler sur le trottoir, et je m'y enfonçai davantage pour mieux profiter de son confort.

— Comment vas-tu ? me demanda-t-il, sincère.

Je tentai de lui fournir une réponse aussi franche que possible.

— J'ai… beaucoup d'informations à assimiler. Est-ce que Jack va bien ?

— Oui, acquiesça-t-il. Il lui fallait seulement un peu de temps pour rassembler ses esprits.

— Est-ce que ça va aller quand il se retrouvera en ma présence ?

— Oui. Hier soir, vous étiez tous les deux submergés par vos émotions. C'est nouveau pour nous tous, et on va forcément commettre des erreurs.

Il s'exprimait d'un ton posé, et sa voix grave m'apporta l'apaisement dont j'avais besoin depuis que j'étais rentrée chez moi la veille.

— Mais vous devrez vous montrer plus prudents quand vous vous côtoierez, ce qui sera sans doute plus facile, à présent que vous êtes tous deux conscients des restrictions.

— Je l'espère, dis-je en rajustant mon sweat, même si je n'avais plus froid. Est-ce que Peter est revenu ?

— Pas encore. Mais ça ne saurait tarder.

— Jack m'a dit que j'étais destinée à Peter. Qu'est-ce que ça signifie ?

J'observai Ezra, m'attendant plus ou moins à ce qu'il me mène en bateau comme les autres.

— La mythologie nous dépeint comme des êtres extrêmement solitaires, mais au fond de nous, sur le plan émotionnel, nous sommes très humains. Nous désirons avoir de la compagnie, mais nous sommes obligés de bien la choisir.

Tandis qu'il parlait, il caressait du pouce un anneau en argent qu'il portait à l'annulaire de sa main gauche, tandis que sa main droite restait posée sur le volant.

— Notre sang est presque aimanté à notre… âme sœur, faute d'un meilleur terme. Lorsque nous nous trouvons, nous le ressentons en nous.

— Mae est ton âme sœur ? demandai-je doucement.

— En effet.

Son regard s'était de nouveau perdu dans le vague, et je vis les coins de sa bouche s'incurver très légèrement.

— J'ai vécu deux cent cinquante-cinq ans avant de la connaître, mais désormais, je ne pourrais imaginer passer un jour sans elle. J'ai même « fréquenté » des femmes avant elle, sans jamais parvenir à entretenir de relations durables. C'est en partie pour cette raison que j'ai transformé Peter. J'étais terriblement seul, et il a voyagé avec moi pendant un moment. Jusqu'à ce qu'il rencontre son âme sœur.

— Attends, l'interrompis-je. Je croyais que c'était moi.

— Je t'ai prévenue que la situation était nouvelle pour nous tous, dit Ezra en me jetant un coup d'œil. Peter a rencontré une vampire prénommée Élise, et ils sont restés ensemble brièvement, peut-être pendant dix ou vingt ans. Il connaît le nombre exact de jours, mais il n'en parle jamais.

— Qu'est-il arrivé ?

Je regardai par la vitre et me rendis compte que nous n'empruntions pas le trajet habituel pour aller chez eux. En réalité, si je devinais bien, il me conduisait tout à fait ailleurs.

— Où allons-nous ? demandai-je.

— J'ai pensé que ce serait bien si nous avions un peu de temps pour discuter avant de rentrer. Il vaut mieux que Jack n'entende pas certaines choses, ajouta-t-il lorsqu'il lut l'embarras sur mon visage.

— Oh, lâchai-je.

Jack avait avoué qu'Ezra et Peter lui faisaient des cachotteries, et il avait raison.

— Alors, que s'est-il passé avec Peter ?

— Élise a été tuée.

Ezra perçut mon hoquet de surprise et esquissa un sourire sans joie.

— Une bataille a éclaté entre des vampires qui se disputaient le contrôle d'une région. On est possessifs et attachés à notre territoire, mais je le répète, les humains aussi. Dans bien des domaines, nous sommes simplement comme vous, mais en version intensifiée.

—Donc, c'est un autre vampire qui a assassiné Élise ?

J'écarquillai les yeux, et il acquiesça.

—Peter a été anéanti. Il a connu une période très sombre pendant quelque temps.

Une expression soucieuse se peignit brièvement sur son visage, et je songeai qu'il valait mieux ignorer ce que Peter avait traversé ou ce qu'il avait fait.

—Il a participé à toutes les grandes guerres, depuis celle de 1914-1918 jusqu'à la dernière opération militaire au Moyen-Orient, poursuivit Ezra. Pendant longtemps, il a été poussé par une soif de sang ou un désir de mort, ou une combinaison des deux, mais il en est presque sorti aujourd'hui. Toutefois, ce n'est plus le même homme.

—Ça a dû être terrible pour lui, dis-je.

Malgré le peu de temps que j'avais passé en compagnie de Peter, j'étais certaine d'éprouver de la souffrance s'il lui arrivait malheur.

—En effet, acquiesça Ezra d'un air solennel. Mais il a tourné la page, du mieux qu'il a pu. Après la mort d'Élise, il a supposé que ce volet de son existence était clos. Comme nous tous. Et puis tu es arrivée.

—Comment avez-vous su que j'étais destinée à Peter ? demandai-je. Jack est tombé sur moi bien avant que je rencontre Peter.

—Nous l'ignorions au départ, même si Mae l'a soupçonné tout de suite. (Là-dessus, il eut un petit haussement d'épaules.) Toute cette histoire ne semblait pas logique.

—Que veux-tu dire ?

Je fronçai les sourcils, m'efforçant de comprendre.

— Pour commencer, tu es une humaine.

Il me regarda calmement, mais je secouai la tête.

— Nous ne sommes pas promis à des mortels. Peter et Élise étaient déjà tous deux vampires, tout comme Mae lorsque je l'ai rencontrée. Nous ne sommes pas complètement insensibles, mais nous ne ressentons pas la même affection pour les humains que pour les autres vampires et sommes plus enclins à choisir nos semblables. Quand Jack est revenu et nous a dit qu'il t'avait rencontrée, nous ne nous sommes pas rendu compte. Il s'est tout de suite senti lié à toi, mais n'a pas éprouvé ce... besoin physique irrépressible, tel que nous le ressentons pour notre âme sœur.

Je hochai la tête, comprenant exactement l'émotion qu'il décrivait. Je l'avais ressentie dès que mes yeux s'étaient posés sur Peter, et elle s'intensifiait au fil du temps.

— En revanche, nous avons tous compris son attachement pour toi, expliqua Ezra. Comme Peter possède mon sang, je me sentais lié à Élise, de même que Peter et Jack le sont à Mae.

— Tu te sens lié à moi ?

J'avais l'impression que c'était le cas de mon côté, mais c'était difficile de déterminer si je n'avais pas simplement succombé à son charme et à sa perfection.

— Oui. (Il m'adressa un sourire chaleureux qui me fit rougir.) Je me sens plus attaché à toi qu'à n'importe quel autre humain depuis que je suis devenu vampire.

— Jack m'a dit que ma sécurité était votre priorité absolue, bredouillai-je, hébétée.

J'étais incroyablement flattée et intimidée d'apprendre que je m'étais attiré les bonnes grâces d'Ezra.

— Il n'a pas exagéré, m'assura-t-il avec un sourire plus large. Tu es dans une position exceptionnelle.

— C'est pour cela que ça pose un problème de me mordre ? demandai-je.

— Oui et non, répondit-il en inclinant la tête. Tu te rappelles que je t'ai dit que nous étions possessifs et attachés à notre territoire ? Dès la seconde où Peter t'a aperçue, tu lui as appartenu. Il l'a senti au fond de lui, de la même manière que toi.

» Peter a été anéanti par la perte d'Élise, poursuivit Ezra. Il s'est juré de ne plus jamais connaître une telle peine. Pour être franc, j'ai bien cru qu'il n'y survivrait pas. (Il soupira avec tristesse.) Il voudrait ne pas te désirer. Mais ça ne change pas ce qu'il éprouve, car c'est impossible.

Puis il me décocha un regard grave avant de poursuivre :

— En plus, tu es si fragile. Quand nous sommes en couple, nous buvons souvent le sang de notre partenaire. Mais dans ton cas, c'est dangereux, surtout compte tenu de ce que ressent Peter. Il pourrait facilement se laisser emporter et franchir les limites. L'autre nuit, il s'est enfui, car il ne voulait pas te faire de mal. Ce n'est pas censé être aussi difficile, Alice. Normalement, c'est un processus simple et anodin. Mais là, les circonstances font que c'est beaucoup plus complexe, et de loin.

— À cause d'Élise ?

— Oui, et à cause de ta mortalité. (Les traits tirés, il soupira.) Et aussi à cause de Jack.

— Car il voulait me mordre hier soir ?

— Ce n'est pas tout, répondit-il avec un regard entendu. Alice, Jack est tombé amoureux de toi.

— Quoi ?

Je rougis de surprise. J'avais songé que peut-être je craquais pour lui, mais pas l'inverse. Pourtant, comme Ezra venait de l'expliquer, les vampires ne tombaient pas amoureux des humains.

— Je… je croyais que c'était impossible.

— Moi aussi, avoua-t-il. Il ne devrait rien ressentir pour toi. Tu es humaine, tu es destinée à Peter, et tu ne lui appartiens pas. Peut-être est-ce parce que Jack a passé beaucoup de temps en ta compagnie, avant que tu rencontres Peter et que tu fusionnes avec lui.

— Alors… qu'est-ce que ça signifie ? Ca se transfère ? Est-ce que je peux être avec Jack au lieu de Peter ?

Ezra parut très choqué par mes questions.

— C'est ce que tu souhaiterais ? répliqua-t-il en me dévisageant de manière posée. Tu préfères être avec Jack plutôt qu'avec Peter ?

— Je l'ignore, admis-je, gênée. Enfin, si Peter me rejette, ça semble idiot de s'obstiner.

— Peter te désire quand même, s'empressa de clarifier Ezra.

— Dans ce cas, pourquoi il n'est pas avec moi ? Pourquoi j'ai eu envie de Jack hier soir ?

— Je n'en ai aucune idée, lança Ezra après un certain temps. Peter va bientôt rentrer et j'espère que nous pourrons alors résoudre en partie cette question.

La voiture venait de s'engager sur une route familière, et je sus que nous approchions de leur maison.

— Et pour Jack ? demandai-je doucement.

— Peter ne doit pas apprendre ce qu'il ressent ou qu'il a bien failli te mordre hier soir, m'avertit Ezra. Et il ne faut pas que Jack te morde, car Peter le sentirait, et ce serait terrible pour vous deux.

— Est-ce qu'il m'est toujours permis de voir Jack ?

À l'idée de vivre sans lui, mon cœur se brisait, même si j'avais Peter.

— Oui, évidemment. Mais vous devrez vous maîtriser tous les deux.

— Tu es certain que je suis destinée à Peter ? demandai-je d'une voix hésitante, tandis que la voiture s'engageait dans l'allée.

— Oui, affirma-t-il d'un ton catégorique. (La porte du garage se referma derrière nous, mais nous restâmes à l'intérieur de la

Lexus.) Quelque chose a mal tourné, mais il n'y a pas d'autre explication.

— Oh.

De manière étrange, cette simple phrase me grisa autant qu'elle m'accabla.

— Es-tu amoureuse de Jack ?

Il avait presque chuchoté, comme s'il craignait qu'on l'entende.

— Je n'en sais rien, reconnus-je avec franchise.

Les larmes me montèrent aux yeux, et je me mordis la lèvre.

— Alice, écoute-moi bien. Si tu tiens à Jack, tu dois réprimer ce sentiment. (Il me scruta de son regard brun, ce qui renforça la sévérité de ses propos.) Je n'essaie pas de te faire peur, mais... les choses sont ainsi, c'est tout, et j'en suis sincèrement navré.

— D'accord.

Je me frottai les yeux de la paume de la main pour tenter de chasser mes larmes.

— Tu es prête à entrer ? me demanda Ezra.

— Oui, ça va, lui assurai-je.

Il attendit que j'aie ouvert la portière et sois sortie pour m'imiter.

— Alors, repris-je, si Mae m'apprécie autant, c'est à cause de ce truc du sang et du fait qu'elle t'appartienne ?

— Non. Elle t'aime parce que c'est sa nature, elle est comme ça, affirma-t-il en m'adressant un sourire étincelant, soulagé d'évoquer un sujet qui lui plaisait réellement.

Il me posa la main dans le bas du dos, et nous entrâmes dans la maison.

— En toute honnêteté, est-ce que nous correspondons à l'image que tu te faisais des vampires ?

— Pas vraiment, pouffai-je, et il rit de bon cœur.

— Vous êtes là ! s'écria Mae, qui accourut dans l'entrée et me serra dans ses bras.

Pour la première fois, Matilda ne se précipita pas pour nous accueillir, mais je compris que c'était parce que Jack n'était pas là.

— Je craignais un peu de t'avoir fait peur hier soir, poursuivit Mae.

— Ça n'arrivera pas, dis-je sur son épaule.

Elle s'écarta enfin, puis me prit le visage entre ses mains et me scruta comme pour s'assurer que j'étais réelle.

— Oh, tu as l'air tellement fatiguée ! Est-ce que tu as dormi ? (Devant son regard inquiet, je hochai la tête et me forçai à lui sourire.) Tu sais ce qu'il te faut, ma puce ? Un bon bain chaud. Nous avons une fabuleuse baignoire Jacuzzi dans notre chambre, je vais allumer le système de bain bouillonnant et tu reprendras du poil de la bête !

— Quelle bête au juste ? interrogea soudain Jack d'un ton pince-sans-rire.

Je détournai le regard de Mae et pivotai vers lui.

Il était adossé au chambranle de la porte et me dévisageait avec un sourire malicieux. À sa vue, mon cœur se gonfla de soulagement. La veille, j'avais vraiment craint de ne plus jamais le revoir et, incapable de me contenir, je me précipitai vers lui et lui enlaçai la taille.

— Hé, je vais bien, je vais bien, me rassura-t-il.

Il me repoussa gentiment et garda les mains posées sur mes épaules pour maintenir trente centimètres de distance entre nous.

— Tu comprends ? Je vais bien, reprit-il.

— J'étais inquiète, c'est tout.

Je cillai rapidement pour refréner mes larmes et déglutis avec difficulté.

— Oui, ça se voit, dit-il doucement.

Sa prévenance me submergea.

— Elle a seulement besoin d'un bon bain moussant ! s'exclama Mae avant de me prendre fermement par la taille pour m'éloigner de Jack, non sans mal. Nous avons de merveilleux sels de bain au lilas qui font disparaître toutes les tensions !

Elle continua à me vanter les caractéristiques fabuleuses de sa baignoire tandis qu'elle me guidait vers sa chambre, mais je jetai tout de même un coup d'œil à Jack par-dessus mon épaule.

— Tu dois impérativement te montrer plus prudent, le sermonna Ezra.

— Je n'ai rien fait ! protesta Jack.

Je me demandai péniblement comment la situation pourrait finir par se résoudre.

L'effet du Jacuzzi chaud sur moi ne se révéla pas aussi miraculeux que Mae l'avait prétendu, mais il contribua au moins à me détendre. Tout cela semblait si bizarre. Peu de temps auparavant, je ne connaissais même pas ces gens, et à présent, je ne pouvais imaginer de passer le reste de mon existence sans eux, peu importe le temps qu'il me restait à vivre.

Lorsque enfin je m'extirpai de mon bain relaxant, je m'enveloppai dans l'une de leurs immenses serviettes moelleuses. Mae avait disposé des bougies parfumées au lilas qui illuminaient la chambre.

Elle avait étendu sur le dessus-de-lit blanc un bas de pyjama bleu en satin ainsi qu'un caraco assorti à mon intention. Comme il faisait généralement froid chez eux, j'enfilai ma veste à capuche par-dessus, mais j'eus presque l'impression de commettre un sacrilège en superposant un vêtement si ordinaire sur sa tenue luxueuse. Leur vie était diamétralement opposée à la mienne, sur tous les plans.

La voix d'Ezra me parvint de l'autre bout du couloir, lorsque j'ouvris la porte de leur chambre :

— J'ai simplement dit que tu avais fait des tonneaux avec la Jeep. Ce n'est pas trop demander que tu la rembourses.

— Tu veux que je sois moins à la maison, c'est tout, grommela Jack.

— Ce ne serait pas plus mal, en effet, déclara Ezra.

J'avançai lentement jusqu'à la cuisine, et ils s'arrêtèrent tous deux de parler quand j'entrai. Mae s'activait au milieu d'un tas de vaisselle et de nourriture qui s'étalait sur tous les plans de travail. Ses joues étaient couvertes d'une poudre blanche et une sorte de sauce rouge avait éclaboussé tout son élégant tablier blanc.

Jack était assis sur un tabouret devant le plan de travail, croyant certainement aider, mais je l'imaginais plutôt du genre à jouer avec les ingrédients. En l'occurrence, à mon arrivée, il jonglait avec une tomate.

— Oh ! Tu as bien meilleure mine ! me lança Mae avec un large sourire, tandis que Jack reposait la tomate et évitait délibérément de croiser mon regard. Alors, ce bain n'était-il pas fabuleux ?

— Oui, c'était plus qu'agréable.

Je passai la main dans mes cheveux mouillés et emmêlés, et sentis à quel point Mae avait envie de les toucher. Je m'approchai du désordre qu'elle s'employait à mettre, en prenant soin de rester à distance de Jack.

— Qu'est-ce que tu fais ? demandai-je.

— J'essaie de te préparer un bon petit plat réconfortant, dit-elle avec un sourire triste. Dans le temps, j'étais un véritable cordon-bleu, je le jure ! Dans mon quartier, tout le monde adorait ma cuisine ! (Jack se moqua, et elle se pencha au-dessus du plan de travail pour lui donner une tape sur le bras.) C'est vrai ! Tu aurais adoré déguster n'importe laquelle de mes recettes !

— Si tu le dis, affirma Jack en se reculant hors de portée de Mae, au cas où elle déciderait de le taper de nouveau.

— Ça fait si longtemps que je n'ai rien préparé, se lamenta-t-elle en observant avec amertume la pagaille autour d'elle, qui comprenait notamment des concombres, des poires et des fonds de tarte. J'ai oublié le goût de tous les aliments.

À l'aide d'une cuillère, elle remua un peu une mixture rouge dans un bol, puis me dévisagea d'un air contrit.

— Je crois que tu ne pourras rien avaler de ce que j'ai préparé.

— Et ça ? proposa Jack en me tendant la tomate, mais je secouai la tête.

— C'est bon. Je n'ai même pas faim.

— Au fait ! s'écria Mae, les yeux brillants. Ton frère est un bon cuisinier, n'est-ce pas ?

— Ce n'est pas son métier, mais oui, il est très doué, répondis-je d'une voix hésitante.

J'aimais Milo, mais il se passait trop de choses étranges dans cette maison et je n'avais aucune envie qu'il nous rejoigne. Du moins, pas ce soir-là.

— Génial ! Et je suis sûre qu'il connaît tous tes plats préférés ! s'extasia-t-elle sur son idée de génie. Voilà. Tu n'as qu'à me donner son numéro et je vais lui passer un coup de fil. Oh, quelle heure est-il ? (Elle consulta la pendule du regard et constata qu'il était moins de 21 heures.) Il est encore debout, non ?

J'acquiesçai, alors elle sortit vivement son portable de sa poche et je lui dictai le numéro.

— Oh, Milo ! le salua-t-elle avec un sourire si large qu'il faisait presque mal à voir. Je suis si contente de t'entendre. Je ne t'ai pas réveillé, j'espère ? Je suis désolée, je ne veux pas te déranger.

Il dut lui offrir une réponse satisfaisante, car elle partit d'un petit rire et enchaîna en précisant qu'elle souhaitait me concocter le repas idéal pour me réconforter.

— Je n'ai pas très faim.

Je baissai la voix pour qu'elle ne m'entende pas, mais elle discutait avec Milo et s'affairait dans la cuisine, rassemblant les casseroles, poêles et autres ustensiles dont elle pensait avoir besoin.

— Pourquoi avez-vous des poêles et des casseroles ?

— Ça nous donne l'air plus normal, m'expliqua Jack en haussant les épaules. Mais bien sûr, nous n'avons pas l'utilité d'une cuisine, et dans une maison de quatre personnes, nous avons sept salles de bains.

— Ce sont des atouts pour la revente ! rétorqua Ezra.

D'après le ton qu'il avait employé, j'en déduisis que ce n'était pas la première fois que cette conversation revenait sur le tapis.

— Nous n'allons pas habiter ici très longtemps, alors mieux vaut que nous en ayons pour notre argent, ajouta-t-il.

Appuyée contre le plan de travail, je relevai brutalement la tête pour scruter Ezra.

— Comment ça, vous n'allez pas habiter ici très longtemps ?

— Je ne peux pas avoir vingt-six ans indéfiniment, les voisins finiraient par le remarquer, précisa Ezra.

Il me fallut pourtant une minute pour comprendre. En effet, ils ne vieilliraient jamais, contrairement à tous ceux qui les entouraient.

— Nous déménageons environ tous les cinq ans, mais ça fait un bout de temps que nous sommes établis dans la région de Minneapolis.

— J'ai toujours vécu dans le coin, renchérit Jack.

— Tu es né ici ?

Je lui décochai un regard curieux. Sans raison particulière, j'avais toujours cru qu'il venait de Californie, de Las Vegas ou d'une région tout aussi ensoleillée.

— À Stillwater, pour être exact, mais c'est quand même délicat d'habiter si près de ma famille.

Malgré son ton désinvolte, comme si ce n'était pas important, je venais de me rendre compte de ce que cela impliquait, et il remarqua mon changement d'expression.

— On ne peut plus voir nos proches, annonça-t-il. Nous changeons, au début en nous améliorant physiquement, puis nous restons tels que nous sommes devenus.

— Et c'est trop difficile de les regarder vieillir.

Étrangement, Ezra était parvenu à adoucir un peu cette terrible réalité, pourtant j'eus un pincement au cœur.

Je jetai un coup d'œil à Mae, qui se tenait devant la cuisinière et bavardait de façon amicale avec mon frère, et pris la pleine mesure de la souffrance morale que ces paroles supposaient.

— Ce n'est pas aussi dur que ça en a l'air, me rassura Jack d'une voix douce.

Je n'avais pas envisagé certains aspects, lorsque je m'étais mise à les fréquenter, et j'étais certaine que d'autres éléments s'ajouteraient ultérieurement. Rien ne serait facile désormais.

Comme pour renforcer cette pensée, Peter fit irruption dans la cuisine. Il portait un jean et une chemise ajustés qui soulignaient sa silhouette élancée et son corps superbe. Ses yeux émeraude se posèrent sur moi l'espace d'une seconde puis il les détourna, comme s'il ne supportait pas de me regarder.

Sa simple proximité me provoqua des frissons et je sentis le sang me marteler les tempes. Du coin de l'œil, je vis Jack tressaillir, mais pour une fois, je ne le ressentis pas. La présence de Peter occultait tout le reste, y compris les émotions que j'empruntais parfois à Jack.

— Qu'est-ce que c'est que ça ? demanda Peter en désignant d'un geste les tentatives culinaires de Mae.

Trop absorbée par ses préparations, elle n'avait pas remarqué son arrivée, mais elle lui décocha un regard surpris et inquiet lorsqu'il prit la parole.

— Je te rappelle, bredouilla-t-elle à Milo avant de raccrocher à la hâte et de ranger son téléphone dans sa poche. Peter, tu es rentré !

— En effet.

Il se mordillait l'intérieur des joues et évitait délibérément mon regard. Je me demandai comment il parvenait à refréner cette envie qui, de mon côté, était si irrépressible qu'elle m'empêchait presque de respirer.

— Dois-je comprendre qu'il s'agit d'un festin pour fêter mon retour ?

— Peter, elle est au courant, lui annonça calmement Ezra.

Il pivota brusquement la tête vers moi, provoquant une bouffée de chaleur dans tout mon corps, si soudaine que je fus prise de vertige. Derrière moi, j'entendis un tabouret tomber avec fracas, mais je ne me retournai pas pour voir Jack sortir de la pièce comme un ouragan. Peter ne sembla pas le remarquer non plus. Il s'avança lentement jusqu'à moi, les yeux rivés aux miens.

— Alors maintenant, vous la nourrissez ?

Il me regardait, mais la question s'adressait aux autres, qui ne prirent pas la peine de lui répondre. Il tendit la main, effleura une mèche de mes cheveux humides et inspira profondément.

— Et en plus, elle se lave ici. Est-ce qu'elle vit dans la maison désormais ?

— Non, hésita Ezra.

Peter ne me lâchait pas du regard. Au fond de moi, je me rendais compte que d'autres personnes se trouvaient dans la cuisine et que j'aurais dû me sentir gênée de l'intensité avec laquelle il me dévisageait, mais bizarrement, je n'éprouvais aucun embarras.

— Alors, tu sais que nous sommes des vampires ? (Malgré son sourire, sa voix était tendue.) Tu sais que nous tuons ? Tu aurais très bien pu nous servir de repas, mais grâce au hasard et à la chance, tu te tiens ici avec nous.

Il plissa les yeux. Je percevais la chaleur qui émanait de son corps et dont les autres ne paraissaient pas avoir conscience. Je sentis des picotements sur ma peau et cette impression d'attraction m'envelopper le cœur. Chaque fibre de mon corps criait son désir pour lui et, douloureusement, je commençais à croire que ce n'était pas réciproque.

— Pourquoi es-tu là ? me demanda-t-il d'une voix rauque.

— Par… par… parce que j'en ai envie, bafouillai-je.

Il monopolisait toute mon attention et mon cerveau n'avait pu élaborer une réponse plus satisfaisante. Sa délicieuse et puissante odeur me submergeait, annihilant presque tous mes autres sens.

— Tu en as envie, répéta-t-il nettement. C'est ça que tu veux ?

J'ouvris la bouche pour répondre, mais sentis soudain sa main me saisir à la gorge. Je perçus un courant d'air, puis mon dos heurta violemment quelque chose de dur.

Il m'avait soulevée par le cou et plaquée contre un mur. Ses yeux étincelaient de passions contradictoires, mais je ne sentais que ses doigts qui m'enserraient la gorge et la façon dont mon pouls s'affolait sous eux.

— C'est vraiment ce que tu veux ? demanda-t-il d'un ton hargneux.

Cette fois, je fus incapable de répondre parce que ses doigts me serraient trop fort. J'arrivais tout juste à respirer, mais ne m'en rendais pas vraiment compte. Il se pressait contre moi et je sentais ses muscles fermes contre mon corps, tandis que son parfum enivrant m'étouffait. Si cela continuait, j'allais probablement mourir, mais cela en valait la peine.

Chapitre 16

Soudain, Jack se jeta sur Peter et l'envoya voler à l'autre bout de la pièce. Mes poumons me brûlèrent lorsque j'inspirai de nouveau et je m'affalai légèrement contre le mur, le souffle coupé.

Peter percuta le frigo, mais il se remit rapidement debout et fondit sur Jack. Ce dernier s'y attendait, et bondit de nouveau sur son frère, l'éloignant de moi une fois encore.

— Jack ! gémit Mae, complètement paniquée.

Ezra s'avança pour intervenir et Peter recula un peu. Jack se tenait entre Peter et moi, et son corps me protégeait de mon âme sœur d'une façon qui m'était insupportable.

Une fureur à peine contrôlée se peignait sur le visage de Peter et déformait ses superbes traits. Les poings serrés, il me fusillait du regard.

— Il ne lui fera pas de mal ! affirma Ezra à Jack, puis tous les deux se mirent en retrait, mais aucun n'avait envie d'abandonner complètement sa position.

— Il avait la main sur sa gorge ! Elle étouffait ! cria Jack.

— Je ne la laisserai jamais mourir ! s'exclama Peter. Je sentais son pouls, et il n'a pas faibli à un seul moment. (Quelque chose lui vint à l'esprit, et il fit un pas vers Jack.) En quoi cela te préoccupe-t-il d'ailleurs ? Comment as-tu su qu'elle ne respirait plus ? Qu'est-ce que tu as fait ?

— Arrêtez ! les supplia Mae. (Elle courut s'interposer entre eux, en posant la main sur leur torse, tandis qu'Ezra restait sur le côté.) Il n'est rien arrivé, d'accord ? Rien du tout !

— Que se passe-t-il, à la fin ? demanda Peter en regardant Ezra. Pourquoi se préoccupe-t-il d'elle ?

— Nous ne savons pas exactement ce qui se passe, admit Ezra d'une voix calme en me jetant un coup d'œil. Je n'ai jamais rencontré ce cas de figure.

Peter me scruta avec curiosité, et mon cœur s'emballa. Je vis dans ses yeux qu'il l'avait perçu, puis j'entendis Jack gémir. Peter se tourna aussitôt vers lui.

— Tu réagis à elle !

Son intonation trahissait davantage de la perplexité que de la colère. Il se pencha vers Jack et le dévisagea.

— Tu ne l'as pas mordue ?

— Non ! grogna Jack, exaspéré.

— Comment est-ce possible ? demanda Peter, absolument stupéfait.

Lorsqu'il reposa les yeux sur moi, ils s'adoucirent et exprimèrent une confusion encore plus grande. Cela ne m'aida pas à ralentir mon rythme cardiaque qui s'était affolé.

— Alice ! aboya Jack.

— Je ne peux pas m'en empêcher ! me lamentai-je.

— Jack, va là-bas, lui ordonna Mae en indiquant du doigt l'extrémité de la salle à manger.

Il protesta entre ses dents, mais s'exécuta. Elle s'approcha de moi et m'attira dans ses bras.

— Il se pourrait qu'elle… se soit mystérieusement attachée à Jack, expliqua lentement Ezra. (De la douleur mêlée à de l'incompréhension se peignit sur le visage de Peter, tandis qu'il nous regardait tour à tour, Ezra et moi.) Elle répond tout de même de manière plus intense à ta présence, poursuivit Ezra, mais on dirait qu'une partie de votre lien s'est transférée.

— Comment est-ce possible ? répéta Peter.

Jack émit un grognement de dédain.

— Qu'est-ce que ça peut bien te faire ? lança-t-il. Tu ne la veux même pas !

Les paroles de Jack me firent l'effet d'un coup de poignard, et je tressaillis. Mae me serra plus fort. Le plus douloureux était de savoir qu'il avait raison, que ce que Peter éprouvait pour moi lui était seulement dicté par son corps.

Peter gronda, et Ezra s'avança d'un pas vers lui pour s'assurer qu'il ne se jette pas sur Jack.

— Ça suffit ! criai-je. Je ne vais pas vous laisser vous entretuer pour un motif aussi stupide que moi. Si l'un d'entre vous avait l'amabilité de me raccompagner chez moi, je vous ficherais volontiers la paix à tous.

— Alice, aucun de nous ne le souhaite, me dit Mae en me caressant les cheveux et en me tenant aussi près d'elle que je le lui permettais. Nous ne voulons pas que tu partes.

— Nous tentons de résoudre tout ça, renchérit Ezra.

— Je vais faire un tour en voiture, annonça soudain Jack en sortant de la cuisine à grands pas. Je prends la Lamborghini.

— Sois prudent ! lui cria Ezra.

La porte du garage claqua en guise de réponse, et il regarda fixement le battant, indécis.

— Je devrais peut-être l'accompagner, suggéra-t-il.

Il interrogea Mae du regard. Elle hocha la tête, et son mari se précipita derrière Jack.

Mae avait toujours un bras autour de moi, et je compris qu'elle était une véritable mère poule.

En tant que vampire, elle aurait l'avantage de ne jamais vraiment être confrontée au problème du nid vide, même si elle n'en aurait jamais un plein non plus. Elle jouait le rôle de maman et de nounou pour les garçons, mais en réalité, ils étaient grands et avaient très peu besoin d'elle.

Je l'intéressais car j'étais très fragile et dépendante et, cerise sur le gâteau, une fille. Pour elle, j'étais comme une poupée, ce qui expliquait tout le temps qu'elle passait à jouer avec mes cheveux.

— Je dois toujours te préparer à dîner ! s'anima-t-elle soudain avant de se précipiter sur la cuisinière.

Heureusement, elle ne l'avait pas encore allumée, sinon le repas aurait été carbonisé.

— Sincèrement, je n'ai pas très faim, répétai-je pour la énième fois.

— Ne dis pas n'importe quoi ! (Le dos tourné, elle s'occupait déjà de rassembler des ingrédients.) Je te propose d'aller te détendre à côté, et je t'appellerai quand ce sera prêt.

— Il est plus simple de l'écouter, m'indiqua Peter avant de faire un pas en direction du salon, puis de s'arrêter pour m'attendre. Viens. Il faut qu'on parle.

Je le suivis, profitant au passage de sa merveilleuse odeur. Mon corps éprouvait du soulagement à se tenir aussi près de lui. Rester loin de lui m'épuisait. Chacune de mes cellules se sentait attirée par lui, ce qui m'obligeait à employer toutes mes forces pour résister à cette attraction et maintenir une certaine distance.

— Comment va ta gorge ? s'enquit-il d'une voix triste en admirant mon cou.

— Ça va, mentis-je.

J'avais l'impression d'avoir subi un sévère traumatisme cervical, mais je ne voulais pas qu'il culpabilise de m'avoir blessée.

Je m'assis sur le canapé, par conséquent, il s'installa délibérément dans le fauteuil le plus éloigné de moi.

— Je suis désolé, s'excusa-t-il. (Il me considéra d'un regard triste, puis baissa les yeux.) Je n'aurais pas dû faire ça. Mais tu dois savoir que je suis ainsi. Je ne suis pas très gentil, ajouta-t-il d'une voix à peine audible.

— Je ne te crois pas.

— Tu devrais, répondit-il en croisant posément mon regard. Tu serais beaucoup mieux avec Jack. Je suis…

Il secoua la tête, incapable ou peu désireux de compléter sa phrase.

Il était conscient de mes sentiments et du fait que je ne les maîtrisais pas, pourtant il essayait de me persuader qu'il était mauvais. Le choix s'était déjà opéré, et peu m'importait que Peter soit néfaste pour moi.

— Mais je veux être avec toi, insistai-je.

Quelque chose dans ma voix le surprit assez pour qu'il s'adoucisse un peu. Mais il se reprit très rapidement et ses traits se durcirent de nouveau.

— Tu ignores ma nature. Je ne suis pas comme eux. Je suis dangereux.

— En quoi es-tu différent ?

Je détestais qu'il se tienne aussi loin de moi et je finis par ne plus supporter cette distance. Je me levai et m'approchai de lui, puis m'agenouillai à ses pieds.

Il m'adressa un sourire plutôt doux et sincère, puis tendit la main, me frôla la joue et me caressa les cheveux vers l'arrière. Un frisson de plaisir me parcourut, et je m'efforçai de ne pas fermer les yeux pour les garder rivés sur les siens.

— Tu devrais avoir très peur de moi, mais ce n'est pas le cas, murmura-t-il, perplexe.

Il scruta mon visage, tandis que sa main s'attardait délicieusement sur ma joue.

— Si tu n'étais pas... (il se passa la langue sur la lèvre et soupira) si je ne ressentais pas cela pour toi, je n'hésiterais pas à te tuer. Est-ce que tu comprends bien ?

J'ignore ce que je lui aurais répondu, mais je m'étais mise à trembler si fort que je ne pouvais plus parler. Il se pencha plus près de moi et déplaça ses doigts pour les enfoncer dans la masse de mes cheveux.

— Je suis un véritable vampire. J'ai tué des gens.

— Tu... c'est vrai ? chuchotai-je.

Mon cœur, qui battait désespérément de désir pour lui, se serra de peur et de dégoût.

Il poussa un soupir plus résigné que le précédent.

— Ils ne t'ont pas raconté. Ça m'étonne de la part de Jack, mais Ezra cherche toujours à me protéger. Après... la mort d'Élise, commença-t-il, une lueur de vive douleur dans le regard, je me suis livré à des actes de violences de toutes sortes. J'ai fini par maîtriser cette fureur en moi, mais cette soif demeure toujours.

— Mais c'était il y a longtemps, dis-je doucement.

— Je ne veux pas te faire de mal.

— Ça n'arrivera pas, lui promis-je.

Toute sa résistance vola en éclats, et sa vulnérabilité lui donna l'air incroyablement jeune. Il me dévisagea pendant un long moment et, subitement, m'embrassa.

Il pressa sa bouche contre la mienne avec intensité, entremêlant les doigts dans mes cheveux. J'explosai de plaisir, savourant la force avec laquelle il me tenait plaquée contre lui.

Il interrompit ce baiser aussi brusquement qu'il l'avait commencé. Il gémit, puis s'écarta. Sans me laisser le temps de réagir, il quitta la pièce.

Tout mon être eut envie de se précipiter derrière lui, mais je m'allongeai sur le parquet et restai les yeux rivés sur le plafond. Même si je ne m'étais pas encore remise de l'ivresse de son baiser, je refusais d'éprouver ces émotions pour lui. Peter allait continuer à me faire du mal et à me rejeter jusqu'à m'anéantir.

Quelque chose en moi lui était destiné, mais je commençais à me demander s'il n'y avait pas eu une erreur.

Quelques minutes plus tard, Mae vint me prévenir que le dîner était prêt. Elle parut peinée, mais pas surprise de me trouver seule. Elle avait préparé des pâtes. Je reconnus la recette de Milo, mais Mae ne l'avait pas aussi bien réussie que lui.

Après le repas, elle nettoya la cuisine et je l'aidai autant qu'elle me le permit. De temps à autre, j'entendais Peter à l'étage, et sentais chaque fois une grande douleur au niveau des côtes. Le fait qu'il soit si proche mais refuse d'être avec moi me dévastait.

Dans le salon, Mae mit les Beatles, prétendant que leur musique pouvait calmer les pires humeurs, puis s'installa sur le canapé. Je m'assis par terre devant elle et la laissai jouer avec mes cheveux. En théorie, c'était supposé me réconforter, mais, tout comme le dîner qu'elle m'avait concocté, il s'agissait surtout pour elle d'une occasion de me materner.

Lorsque Ezra apparut dans la pièce un peu plus tard, je fus soulagée. Il embrassa chaleureusement Mae, m'offrant une chance de m'échapper.

Je m'éclipsai pour aller retrouver Jack. Il était accroupi dans la salle et caressait le ventre de Matilda et je me plaçai devant lui, les bras croisés pour me protéger.

— C'était sympa ton tour en voiture ? lui demandai-je.

Il leva la tête vers moi puis jeta un coup d'œil en direction de Mae et Ezra, occupés à se murmurer des mots doux, dans leur bulle. À cet instant-là, je les détestai à cause de la facilité avec laquelle ils vivaient leur amour.

— Oui. Et toi, tu t'es bien amusée avec Peter ?

Il haussa un sourcil, faisant mine de me taquiner, mais je vis bien que c'était une manière de cacher sa souffrance.

Plus encore, je la ressentis, comme un brûlant regret dans mon arrière-gorge.

— J'ai connu mieux, affirmai-je.

Après mon aveu, son sourire se fit plus naturel, et une partie de la tension entre nous s'évanouit. Il donna une dernière tape affectueuse à Matilda, puis se leva et me dévisagea.

— Tu voudrais bien me reconduire à la maison ? demandai-je.

— Je…

Il laissa sa phrase en suspens et désigna le plafond du menton, en direction de la chambre de Peter, puis secoua la tête.

— Je ne crois pas que ce soit une bonne idée. Du moins pas ce soir.

— Est-ce qu'on t'a interdit de venir me chercher en voiture dorénavant ?

Je n'avais jamais pensé que ses virées à toute allure autour de la ville me manqueraient réellement, surtout après qu'il eut failli me tuer la fois précédente, mais envisager que ça ne se reproduirait peut-être plus jamais m'attrista.

— Non, se moqua Jack, comme si personne ne pouvait lui interdire quoi que ce soit. Je pense simplement qu'il vaudrait mieux que je ne te serve plus de chauffeur pendant quelque temps. Il a besoin de prendre une décision, et toi aussi.

— J'ignorais que j'avais voix au chapitre, reconnus-je en toute franchise.

Selon mon analyse de la situation, j'étais totalement à la merci de Peter et de Jack. Je serais tout ce qu'ils me laisseraient être, aussi longtemps que j'occuperais une place dans leur existence.

— Nous disposons tous d'un libre arbitre, déclara-t-il avant de se pencher plus près de moi avec un regard sérieux. Même toi.

— Tu le penses vraiment ?

— Je n'ai pas le choix. (Son sourire plein d'espoir vacilla, et il se tourna vers Ezra.) Alice est prête à rentrer chez elle.

— D'accord, dit Ezra en se levant d'un bond du canapé, le sourire aux lèvres. Parfois, j'oublie que tu ne vis pas ici.

Ezra plaqua une main sur mes reins et me conduisit loin de Jack. En lui jetant un coup d'œil par-dessus mon épaule, je regrettai de ne pas pouvoir revenir en arrière, quand je ne connaissais ni les vampires, ni Peter, et ignorais que mon sang était destiné à quelqu'un de précis.

Chapitre 17

Dans le bus qui nous amenait au lycée, je décidai d'aborder le sujet. Le trajet n'avait qu'une durée limitée, suivie d'une journée entière de cours pour que Milo ne rumine pas trop longtemps la question.

Assis à côté de moi, un manuel ouvert sur les genoux, il révisait pour une interrogation. Je voulais que tout ait l'air normal, alors j'avais mis mes écouteurs, avec les Yeah Yeah Yeahs en fond sonore sur mon iPod, mais assez bas pour que je puisse parler.

— Hé, Milo ? l'appelai-je en m'efforçant d'adopter un ton aussi décontracté que possible.

— Hein ? grogna-t-il sans lâcher son livre des yeux.

— Qu'est-ce que tu penses des… vampires ?

J'avais hésité à prononcer le mot, comme si le fait de le dire à voix haute à quelqu'un d'autre qu'eux le rendait plus réel.

— Rien du tout, répondit-il catégoriquement.

Il ne semblait pas le moins du monde intéressé par cette conversation, pourtant je poursuivis. Je détestais lui cacher des choses, et il m'était presque inconcevable de garder pour moi un secret qui bouleversait à ce point ma vie.

— Tu ne crois pas qu'ils existent peut-être ?

Je tirai sur les bretelles de mon sac à dos et me mordis la lèvre en attendant sa réaction.

Il me regarda comme si j'étais stupide, ce que j'avais plus ou moins anticipé.

— Non. Est-ce que tu penses que les loups-garous existent ?

— Bien sûr que non, rétorquai-je.

— Exactement, donc les vampires non plus, m'assura-t-il en secouant la tête et en retournant à ses révisions.

— Mais tu ne crois pas qu'il puisse y avoir une chance, même infime, qu'ils existent ? insistai-je.

Il leva la tête et me regarda avec perplexité, se demandant ce qui me poussait à raconter de telles absurdités.

— Des créatures qui ne se nourrissent que de sang et ne vieillissent jamais ? (Il secoua de nouveau la tête.) Ce n'est même pas biologiquement possible. Et en plus, ils dormiraient dans des cercueils ? Ça me paraît inutile.

— Eh bien, peut-être qu'ils ne dorment pas dans des cercueils, suggérai-je en grattant un bout de vernis écaillé sur l'un de mes ongles.

— Ce n'est pas plus crédible pour autant, décréta-t-il en me dévisageant, les yeux plissés. Bon, pourquoi tu parles de ça ? Tu as encore veillé devant ce film d'horreur, *Génération perdue* ?

— Non. (Je me passai la main dans les cheveux, essayant de trouver des justifications.) J'ai fait un cauchemar cette nuit, c'est tout.

— Tu sais, peut-être que si tu ne restais pas toute la nuit dehors à te balader avec Jack, tu pourrais avoir un sommeil normal, dépourvu de rêves ridicules.

— Tu as raison. Toute la nuit, insistai-je, estimant qu'une allusion fonctionnerait sans doute mieux.

— Oui, c'est ce que je viens de dire, s'agaça Milo avant de reporter son attention sur son livre.

— Oui, j'ai rêvé de vampires parce que j'ai passé toute la soirée dehors avec un type très séduisant !

Je tâchai d'insister sur tous les aspects pour qu'il comprenne où je voulais en venir, et quand il releva la tête, je crus que j'avais enfin réussi.

— Attends. Je croyais que Jack ne te plaisait pas ?

— Laisse tomber, soupirai-je en secouant la tête.

Il commença à m'interroger sur la cuisine de Mae, mais je montai le son de mon baladeur. En fin de compte, je n'avais pas réellement envie de parler de vampires.

Pendant la pause-déjeuner, Jane ne manqua pas de me faire remarquer ma mine affreuse et mon comportement bizarre. Elle évoqua Jack pour la première fois depuis des jours, mais je ne voulais pas parler de lui, alors je prétextai un malaise et me rendis aux toilettes.

Lorsque j'observai mon reflet dans la glace, je me trouvai l'air changé. Ma peau était pâle, j'avais des cernes foncés sous les yeux, et j'avais visiblement perdu du poids.

Dans la mesure où je passais presque toutes mes soirées chez Jack et qu'ils ne mangeaient pas, je n'avais jamais songé à m'alimenter. Cela me serait peut-être venu à l'esprit si mon estomac n'avait pas été noué presque en permanence.

J'ignorais combien de temps encore j'allais pouvoir continuer ainsi. Ma vie humaine habituelle me faisait l'effet d'une mascarade, et les moments passés en compagnie des vampires, que j'avais autrefois trouvés plaisants et excitants, devenaient de plus en plus pénibles.

Ils s'étaient tous montrés si gentils avec moi et prétendaient qu'ils tenaient à moi, alors, pourquoi me faisaient-ils autant souffrir ?

Une fois encore, je me remémorai l'histoire de la fille laide dans le village peuplé de gens beaux. Sauf que désormais, je comprenais bien mieux à quel point elle avait dû se sentir épuisée et usée quand ils avaient eu fini de l'aimer.

Après les cours, Milo se lança dans un sermon, me rappelant que je n'étais plus jamais à la maison et que même notre mère commençait à s'en apercevoir. Au moins, il semblait avoir complètement oublié la discussion du matin à propos des vampires, ce qui me rassura un peu.

Je ne pensais pas qu'ils m'en voudraient si j'avouais tout à mon frère, mais simplement que ce dernier me ferait interner dans un hôpital psychiatrique, m'empêchant à tout jamais de les revoir.

Bonne nouvelle. Peter et Ezra sont en voyage d'affaires, m'envoya Jack, et Milo leva les yeux au ciel.

— Tu sais que j'apprécie vraiment Jack, mais est-ce que tu as mesuré les conséquences qu'il a sur ton travail scolaire ? me demanda Milo.

Il était assis à la table de la cuisine, devant ses devoirs, tandis que j'étais étendue sur le canapé, à moitié endormie. Mon manque de sommeil m'incitait à somnoler l'après-midi.

— Non, ripostai-je.

Mes résultats ne me préoccupaient plus vraiment. Je commençais à me dire que j'allais sans doute épouser un homme riche, ou peut-être mourir. Dans les deux cas, les études ne revêtaient pas une grande importance.

Quelle est cette bonne nouvelle ? répondis-je à jack.

J'étais peinée de savoir que Peter serait absent, mais j'en éprouvais également un certain soulagement. Je n'étais capable d'endurer qu'un nombre limité de refus.

On peut se voir et je peux emprunter la Lamborghini. Tu es partante ?

Et comment ! On se rejoint en bas de chez moi ! Dépêche-toi ! tapai-je avant de bondir du sofa.

Milo entreprit de me seriner à propos de l'école et du sommeil, mais je ne fis même pas semblant d'écouter. Après le stress du week-end précédent, une soirée de folie avec Jack m'enthousiasmait au plus haut point.

Je me précipitai dehors au moment où la voiture rouge s'arrêtait devant mon immeuble. J'ouvris la portière d'un coup sec, sautai à l'intérieur et adressai un large sourire à Jack. Il éclata de rire devant mon exubérance, et mon cœur se gonfla de joie à ce son.

— Tu es de bonne humeur aujourd'hui, me lança-t-il, le sourire aux lèvres. (Il ne démarra pas sur-le-champ et me dévisagea pendant un moment.) Qu'est-ce que tu as envie de faire ?

— N'importe ! Tant qu'on y arrive vite ! m'écriai-je.

— Pas besoin de me le dire deux fois, m'assura-t-il, les yeux étincelants.

Il passa la première et accéléra si brusquement que je me retrouvai plaquée contre mon siège.

Nous venions de subir un accident, pourtant je me sentais en sécurité avec lui. Après tout, il m'avait sauvée, même si c'était lui qui avait embouti la voiture.

— Ce week-end m'a paru interminable, déclarai-je d'un ton morne.

— Ne m'en parle pas.

Jack était aussi fatigué et frustré que moi, ce que j'avais facilement tendance à oublier.

En général, je le considérais comme un coupable dans cette affaire, mais il n'était qu'un simple pion, tout comme moi. Nous étions pris au piège dans une lutte impossible contre un phénomène biologique.

— Je veux seulement que tout redevienne normal.

Je m'attendais à obtenir son approbation, mais il se contenta de rire.

— Je suppose que, par « normal », tu veux dire à l'époque où tu te promenais avec ton nouveau meilleur ami vampire, précisa-t-il en souriant. Oui. C'est le critère de référence de la normalité.

— Eh bien, ça paraît plus normal que toute cette histoire prétendant que mon sang est destiné à Peter, marmonnai-je. Comment puis-je, même en partie, être liée à quelqu'un ou quelque chose par le destin ? Qui a décidé cela ?

— Si je le savais !

Ses traits se relâchèrent un instant, puis il secoua la tête.

— Écoute, n'y pensons pas. Tu as l'air épuisée. Et si on consacrait notre soirée à faire un truc sympa et relaxant ?

— Par exemple ? demandai-je en me tournant vers lui avant d'appuyer la tête contre le dossier du siège.

— Je te propose d'aller chez moi pour regarder un film. J'en ai des milliers. Je suis sûr qu'il y en a quelques-uns qui te plairaient.

— Super !

L'idée de passer la soirée pelotonnée quelque part en compagnie de Jack me paraissait vraiment fabuleuse.

— Pendant combien de temps Ezra et Peter seront-ils absents ? m'enquis-je.

— Je l'ignore, répondit-il avec un haussement d'épaules. Une semaine, à mon avis. Pourquoi ?

— Qu'est-ce qu'ils font ? Comme métier, je veux dire. Comment ils ont bâti toute cette fortune ?

J'avais passé tant de temps à discuter surnaturel que je n'avais pas eu l'occasion de poser des questions sur l'aspect pratique de leur existence, comme la façon dont ils subvenaient à leurs besoins.

— Ezra travaille depuis des siècles, et dans divers domaines, du coup il a réussi à se constituer un joli pécule avant même ma naissance. À l'heure actuelle, ils font beaucoup de transactions boursières et financières, et je ne me suis jamais donné la peine de suivre. Ils possèdent deux ou trois sociétés à l'étranger, m'expliqua-t-il. Il y a des transferts et des mouvements en permanence. Ils ne peuvent pas conserver les mêmes relations professionnelles pendant trop longtemps, sinon les gens finiraient par se rendre compte qu'ils ne vieillissent pas.

— Pourquoi tu ne travailles pas ? demandai-je.

— Parce que ce n'est pas vraiment nécessaire. Quand je trouve une activité qui m'intéresse, je me lance, mais nous sommes très riches. Ezra et Peter n'ont même pas besoin de travailler. Mais Ezra part du principe que comme nous allons vivre éternellement, autant y être préparés. (Il haussa les épaules, puis me regarda.) Pourquoi ? Est-ce que ça t'ennuie que je n'aie pas d'emploi ?

— Non, je suis simplement curieuse d'en apprendre davantage sur toi, répliquai-je.

Nous arrivâmes chez lui. Jack remonta l'allée puis me décocha un sourire malicieux en éteignant le moteur.

— Eh bien, tu connais presque tout de ma vie.

Il sortit de la voiture, croyant s'en tirer avec cette réponse complètement mensongère.

— J'ignore presque tout de ton existence ! le raillai-je en courant après lui.

— Je suis un vampire, je conduis trop vite, et je suis un dieu à la Xbox.

Il ouvrit les bras en un geste théâtral, comme si cela expliquait tout.

— Voilà tout ce que tu as besoin de savoir à mon sujet, conclut-il.

— Je doute fort que ce soit vrai, décrétai-je en fronçant les sourcils.

Mon expression le fit rire, mais il secoua la tête et entra dans la maison.

Matilda l'attendait déjà à la porte. Il la gratifia d'une petite caresse mais ne s'arrêta pas, alors elle le suivit.

— Mae, je suis rentré ! annonça Jack en se dirigeant dans la cuisine.

— Je m'occupe du linge ! l'entendit-on crier depuis une pièce près de sa chambre.

— Je déteste quand vous êtes aussi ordinaires, grimaçai-je. Vous êtes censés être des créatures puissantes, sexy et dangereuses.

— Et acheter une nouvelle tenue tous les jours ? Ça ne me semble pas très pratique.

Il s'accroupit pour offrir à Matilda l'attention qu'elle réclamait, tandis que je m'adossai contre le plan de travail.

— Exactement ! Les vampires ne sont pas censés être pragmatiques ! Vous êtes des êtres surnaturels dotés de pouvoirs magiques ! Vous ne faites pas la lessive et ne jouez pas à des jeux vidéo ! Vous sautez du haut des falaises et vous vous envoyez en l'air avec des femmes canon !

— Je vois, affirma-t-il en riant. Moi aussi j'avais cette image, inspirée des films hollywoodiens qui nous peignent sous de belles couleurs. Rien ne peut être séduisant et cool continuellement, encore moins une créature immortelle. Est-ce que tu te rends compte à quel point ce serait lassant et coûteux de porter des vêtements de créateurs et des bijoux hors de prix tous les jours pendant six cents ans ? De plus, quel serait l'intérêt ? Qui tenterais-je d'impressionner ? Je suis un vampire, bon sang ! Je ne vais pas me mettre de l'eye-liner noir et me laisser pousser les cheveux simplement pour que quelques humains stupides me jugent sexy. De toute façon, ils en sont déjà convaincus.

Il m'adressa un clin d'œil exagéré. Je ris, puis commençai à m'éloigner.

— Bon, où sont tes prétendus milliers de films ?

Je me dirigeai vers le salon, même si je n'y avais pas vu le moindre DVD.

— La plupart se trouvent dans ma chambre.

Il m'arrêta devant l'escalier et fit un signe de tête en direction de l'étage.

— Cela va peut-être te surprendre, mais c'est moi le cinéphile de la famille. Enfin, Mae l'est un peu, mais elle n'apprécie que les films avec Ginger Rogers ou Cary Grant, souligna-t-il en levant les yeux au ciel. Parfois, elle se comporte vraiment comme une octogénaire.

— J'ai tout entendu ! s'exclama Mae, en s'approchant de nous avec un panier débordant de linge qu'elle fourra entre les mains de Jack. Ce sont tes vêtements, au fait. Tu avais un bermuda fauve couvert de sang, et je n'ai pas pu le ravoir.

— Ce doit être quand je suis allé en boîte.

Sous mes yeux écarquillés, il commença à fouiller distraitement dans le panier.

C'était une chose de savoir qu'il buvait du sang, mais c'en était une bien différente de découvrir qu'il avait sali ses vêtements en consommant le sang d'un être humain.

Mae, qui avait remarqué mon expression choquée, tenta d'expliquer :

— Parfois, Jack se rend dans ce club vampire sur Hennepin Avenue. Beaucoup des filles qui le fréquentent sont des donneuses, et c'est égal à celles qui ne le sont pas. Mais lorsqu'on touche une artère, ça peut s'avérer un peu salissant.

— Mais dans ce cas-là, elles ne meurent pas ?

L'angoisse devait encore se lire sur mon visage, car Jack s'agaça. Il changea le panier de bras et secoua la tête.

— Notre salive contient des substances chimiques. De même que celle des moustiques et des chauves-souris vampires produit un anesthésiant, la nôtre en génère un aussi, plus puissant, qui permet à la plaie de guérir rapidement. En général, une heure ou deux après la morsure, les marques ont complètement disparu.

Lassé de cette conversation, il se retourna et monta les marches en courant.

— Viens Alice, si tu veux avoir ton mot à dire sur le choix du film.

— Si j'étais toi, je le rejoindrais, ou il est bien capable de te forcer à regarder *Génération perdue*, m'avertit Mae.

— Hé, c'est un bon film ! cria Jack.

J'avais tendance à partager son avis, mais malgré tout, je préférais opter pour un peu moins de suceurs de sang, puisque le but essentiel de la soirée consistait à oublier tous les phénomènes étranges auxquels nous étions confrontés.

Je me dépêchai de le suivre dans l'escalier et réprimai mon envie d'aller dans la chambre de Peter. Rien qu'en passant dans le couloir, je sentis sa puissante et délicieuse odeur, mais je m'obligeai à la chasser de mon esprit avant que mon cœur se mette à battre bizarrement.

— Je range juste mon linge propre en vitesse, m'informa Jack quand j'entrai dans sa chambre. Je ne voudrais pas ternir mon image de vampire en portant des vêtements froissés.

La porte de son imposant dressing était ouverte, et il avait commencé à suspendre certains de ses maillots sur des cintres. Je m'approchai afin de jeter un coup d'œil à l'intérieur, et ne fus pas surprise de découvrir que sa garde-robe se composait presque intégralement de tee-shirts, de pantalons de surfeur et de Converse de différents coloris.

— Tu es milliardaire, et ta penderie ressemble à celle d'un gamin de douze ans.

— Ben, tu vois, ça correspond à ma maturité émotionnelle, alors…

Il me tira la langue et poursuivit son rangement.

— Tu viens de me le prouver.

Je levai les yeux au ciel puis allai m'affaler sur son lit moelleux. Ce dernier était complètement défait, mais jamais je ne m'étais allongée sur quelque chose d'aussi confortable. Les draps étaient sûrement fabriqués dans un luxueux coton égyptien comportant dix millions de fils au pouce carré. Enfin, j'ignorais ce que cela signifiait, mais je savais que cela augmentait la douceur du tissu. Les miens provenaient du supermarché du coin, et ne m'empêchaient pas de bien dormir.

Jack avait fini et revint dans sa chambre.

— Je suis content que mon lit te plaise. Je l'aurais fait si j'avais su que tu allais te vautrer dessus.

— Je ne me vautre pas, grommelai-je, en me redressant toutefois afin de ne pas être tentée de le faire.

Je balayai la pièce du regard. Quelques posters tapissaient les murs bleu nuit, dont l'un d'un concert de The Cure à First Avenue, daté du 12 juillet 1984, et je me demandai si Jack y avait assisté. Sous son impressionnant écran plat se trouvait un meuble audio-vidéo laqué noir jonché de matériel de jeu, mais je ne vis aucun DVD.

— Alors, tu as inventé cette histoire de films ?

— Oh que non ! Vise-moi ça !

Il s'empara d'une télécommande sur le meuble et appuya sur une touche. Toute la partie du mur à gauche de la télévision coulissa, comme une porte escamotable, révélant de nombreuses étagères remplies de DVD.

— C'est cool, hein ? C'est une idée de Mae, parce qu'elle estimait qu'il était « tape-à-l'œil » de laisser autant de DVD en vue.

— Mais Peter possède des tas de livres exposés dans sa chambre, avançai-je.

— Tu l'as remarqué, toi aussi ? (Il secoua la tête et marcha jusqu'à sa collection pour l'examiner.) Les livres sont « raffinés ».

Voilà ce que c'est que de vivre avec des gens qui sont nés avant l'invention de la télévision. Ils ne comprennent pas l'ère moderne.

— Oui, tu n'as pas la vie facile, ironisai-je.

— Hé, je te signale que je viens de perdre mon bermuda préféré ! (Il se retourna vers moi et fit semblant d'avoir le cœur brisé.) C'est une bien triste journée.

— À propos…

Je souhaitais lui poser d'autres questions sur la boîte vampire, même si je n'étais pas certaine que ce soit une bonne idée.

— Je ne l'ai pas tuée, si c'est ce que tu crois, s'empressa-t-il d'expliquer. La plupart des vampires ne tuent pas. Sinon, il serait impossible de nous alimenter. Si les humains mouraient chaque fois qu'on boit leur sang, à eux seuls les vampires de Minneapolis feraient plus d'un millier de victimes par semaine. En moins de dix ans, on finirait par provoquer notre propre famine.

— Je ne pensais pas que tu l'avais tuée, mais c'est bon à savoir.

Pourtant, un frisson me parcourut l'échine.

Pour qu'un millier de vampires puissent s'alimenter, autant de personnes devaient se faire mordre chaque semaine. Même si certains se fournissaient dans les banques du sang, comme Jack et Mae le faisaient la plupart du temps, ce nombre était difficile à admettre.

— Comment est-il possible de mordre autant de personnes sans que cela se sache ? Pourquoi n'en parlent-elles pas ? demandai-je.

— Très peu sont conscientes d'avoir été mordues.

Il refusait de croiser mon regard, et se balançait d'une jambe sur l'autre d'un air gêné.

— On ne passe pas notre temps à leur prendre du sang de force. Elles pensent juste avoir un rendez-vous galant. Beaucoup de vampires, dont je ne fais pas partie, ont des « petites amies » ou « des petits amis » réguliers, mais en fait, c'est comme… être propriétaire d'une vache pour éviter d'acheter du lait.

Cette révélation me coupa le souffle, et je songeai sur-le-champ à Jane. Elle ramenait chez elle toutes sortes de types, du genre sexy et flippants pour la plupart. Elle avait très bien pu servir de vache à un vampire, et plus d'une fois même.

— Mais comment ne s'en rendent-ils pas compte ?

— Eh bien, ils pensent seulement..., commença-t-il, avant de s'interrompre pour se frotter le front et pousser un soupir. Ils croient avoir affaire à des amants extrêmement doués. La sensation est très agréable. Donc, si on combine la morsure à une relation sexuelle, surtout avec des partenaires ivres ou drogués, ils n'en ont aucune idée. Et cela ne leur fait pas vraiment de mal. Les humains se sentent un peu affaiblis et étourdis, mais c'est tout.

J'éprouvai une curieuse jalousie. Savoir que Jack avait été avec une fille et qu'il avait bu son sang me tordit l'estomac.

— Alors, cette fille que tu as mordue... est-ce que tu as couché avec elle ?

— Non, m'assura-t-il avant de se détourner, l'air embarrassé.

Les battements de mon cœur s'accélérèrent, et quand je le vis incliner la tête, je compris qu'il l'avait perçu.

— Mais nous avons fait... des trucs, poursuivit-il. Cependant, ça n'a aucune importance. Je sais que c'est ce que disent les mecs, mais pour nous autres vampires, c'est vrai. Ce n'était qu'un moyen d'obtenir ce que je désirais.

— Parce que pour vous, ce n'est pas le sexe, mais le sang qui est synonyme d'intimité et... d'érotisme.

Lorsque je lui fis remarquer cela, il s'aperçut qu'il avait aggravé son cas, et il grimaça.

— Alors, c'est comment ? demandai-je.

— C'est comme boire du sang, soupira-t-il.

Il se frotta les yeux, et je sentis à quel point ma question le rendait nerveux. Le sujet me préoccupait, et il en avait conscience.

La simple évocation de cet épisode lui donnait soif. Pour couronner le tout, il entendait mon cœur battre de plus en plus vite.

— C'est difficile à expliquer. Tu comprendras quand tu deviendras vampire, finit-il par m'avouer.

— Et du côté de la fille, alors ? Que ressent un humain qui se fait mordre ?

Je m'accroupis et me penchai davantage vers lui. Son désir envahissait la pièce comme un brouillard et s'infiltrait en moi.

— Je n'en sais rien.

Il déglutit péniblement, jeta un coup d'œil dans ma direction, mais s'empressa presque aussitôt de regarder ailleurs.

— Est-ce que ça lui a plu ?

L'idée de cette étrangère partageant avec Jack quelque chose que je n'avais jamais connu me donnait la nausée. C'était peut-être pour cela que je l'interrogeais avec autant d'insistance. Je voulais savoir, poussée par une sorte de curiosité malsaine, mais je pensais aussi qu'il était injuste qu'elle ait eu l'occasion d'éprouver cela avec lui, quand moi, je ne le pouvais pas.

— Oui, enfin, je suppose que ça lui a plu. (Il se passa la main dans les cheveux et me lança un regard affligé.) Pourquoi tu veux savoir cela ? Qu'essaies-tu de découvrir ?

— Qu'est-ce que je ressentirais ?

J'avais parlé d'une voix basse et douce, qui semblait étrangement aguicheuse, surtout à mes propres oreilles. J'ignore si je l'avais prise sciemment, ou si c'était seulement parce que je ressentais les émotions de Jack et que cela me jouait des tours.

— Si tu me mordais maintenant, insistai-je, est-ce que je souffrirais ?

— Pendant une seconde. (Il s'humecta les lèvres, les yeux rivés sur moi, et il respira plus fort.) Et ensuite, tu connaîtrais la sensation la plus exquise au monde. Elle irradie de la morsure, et se propage dans ton corps comme une vague de chaleur, et ton cœur s'emballe tellement que tu devrais avoir mal, mais en fait, pas du tout. Tes sens s'affolent, mais c'est un bonheur absolu…

Il laissa sa phrase en suspens pour déglutir avec peine.

— Et toi, qu'éprouverais-tu ? demandai-je, et je vis les coins de sa bouche se retrousser légèrement.

— La même chose, mais en mieux. Il n'existe rien de comparable.

La lueur dans ses yeux m'évoqua la faim que j'avais vue dans ceux de Peter lorsqu'il avait voulu me mordre. Je me rendis compte que penser à Peter était une mauvaise idée, pourtant je ne pouvais m'en empêcher.

Jack inspira brusquement, conscient des changements qui s'opéraient en moi, de mon cœur qui battait plus vite et plus fort, et de cette odeur spéciale censée le rendre fou.

J'étais en train de me mordre la lèvre, m'efforçant de contrôler mon propre désir quand soudain, une douleur éclata dans ma lèvre inférieure. J'ignore si je l'avais ou non fait exprès, mais Jack le remarqua instantanément. Ses pupilles se dilatèrent et il laissa échapper un souffle tremblant.

Je m'étais mordue jusqu'au sang. Il n'y en avait pas beaucoup, mais à ce stade, même une simple goutte aurait suffi à faire basculer Jack.

Chapitre 18

Il se précipita sur moi si rapidement que je ne le vis même pas bouger. Soudain, son visage surgit juste devant le mien, et ses yeux bleus me transpercèrent. Son regard exprimait la voracité, mais je perçus derrière quelque chose d'autre que le désir.

— Tu vas me tuer, murmura-t-il si lentement que je l'entendis à peine à cause du sang qui me martelait les tempes.

Par défi et par provocation, je levai le menton, dévoilant la peau délicate de mon cou. Je le tentai brutalement, même si je savais que cela entraînerait notre mort à tous les deux.

Il ferma les yeux, se pencha vers moi et, avec tendresse, lécha le sang frais qui avait coulé sur mon menton. Puis il recouvrit ma lèvre de sa bouche et but autant que possible, en gémissant doucement.

Dès que ses lèvres eurent touché la mienne, une faiblesse merveilleuse m'envahit, et je cambrai le dos. Un frémissement intense naquit dans ma poitrine avant de se propager dans tout mon corps, qui fut parcouru de frissons.

Lorsqu'il m'embrassa à pleine bouche, je crus que mon cœur allait exploser. Je sentis le goût de mon sang sur sa langue et l'excitation puissante qui l'accompagnait.

Malgré la force de son désir, son baiser n'avait rien de violent ou de sauvage. Le contrôle de soi qu'il s'imposait faisait trembler ses muscles. Je savais ce qu'il souhaitait me faire, et j'y étais complètement disposée, mais je percevais à quel point il devait lutter pour ne pas succomber.

Il me poussa sur le lit avec précaution, sans jamais interrompre son baiser, puis me plaqua sur le matelas moelleux. Il était allongé sur moi, et je sentais son cœur battre contre le mien.

Je plongeai la main dans ses cheveux pour tenter de l'attirer à moi. Même s'il était tout près, il ne le serait jamais assez pour moi. Je voulais l'avoir sous la peau, et lorsque j'inspirai profondément, ce fabuleux parfum acidulé que j'associais à Peter m'emplit les narines.

Je glissai les mains sous son tee-shirt, voulant à tout prix sentir sa peau. Son épiderme d'ordinaire tempéré me parut brûlant. Savourant cette sensation incroyable, je plantai mes ongles dans sa chair, lui arrachant un gémissement contre ma bouche. Il passa à son tour les mains sous mon tee-shirt, incendiant la peau frémissante de mon ventre.

Il parvint à détacher ses lèvres des miennes et les promena le long de ma gorge offerte. Il les pressa contre mes veines, percevant mon pouls contre sa peau.

Mon désir avait atteint une telle intensité qu'il en était douloureux. Je pressai mon corps contre le sien, le suppliant de boire. Soudain, il grogna et d'un bond, se dégagea de mon étreinte.

— Qu'y a-t-il ? criai-je en me rasseyant.

Il se tenait à l'autre bout de la pièce, haletant et tremblant de tous ses membres.

— Il va te tuer. (Il lâcha un soupir irrégulier, les yeux étincelants de passion.) J'en ai terriblement envie, mais il te tuerait.

J'avais du mal à respirer, et parvins à peine à articuler :

— Et alors ? Ça en vaudrait la peine. Je veux que tu le fasses, peu importe le prix à payer.

— C'est vrai ? hésita-t-il avant d'acquiescer. Moi aussi, ça m'est égal.

J'étais sur le bord du lit, et il courut me rejoindre et me serra si fort dans ses bras que je suffoquai. Mais l'oxygène ne me paraissait plus aussi nécessaire.

Tout ce qui comptait, c'était la sensation de ses lèvres pressées contre les miennes. Il m'embrassa si vigoureusement que ma plaie se remit à saigner, et il poussa un gémissement torturé.

J'enfonçai mes doigts dans ses cheveux et attendis qu'il me morde.

— Vous allez vous faire tuer ! siffla Mae.

Je tournai brusquement la tête et la vis sur le seuil, nous fusillant du regard. Jack avait interrompu notre baiser, mais j'étais peu disposée à me dégager de ses bras.

— Il ne s'est rien passé.

Jack gardait les yeux braqués sur moi, et sa voix était si rauque que je compris qu'il était encore dans un état second à cause de sa soif de sang.

— Pour l'instant, précisa Mae, furieuse.

— En effet, concéda Jack avant de déposer un nouveau baiser sur ma gorge, là où mon pouls palpitait toujours très vite.

Mon corps se détendit dans ses bras, mais Mae se précipita vers nous et donna une grande claque sur le bras de Jack, l'empêchant de passer à l'acte.

— Jack Allen Townsend ! cria-t-elle.

— OK, OK !

Il recula d'un pas, et je m'effondrai sur le lit tandis qu'il levait les mains en un geste de défense, mais Mae le frappa encore.

— Tu peux arrêter maintenant ! J'ai renoncé !

— Encore heureux ! s'exclama-t-elle, ne lui faisant visiblement pas confiance, car elle se plaça devant moi pour lui bloquer l'accès au lit. Tu vas la faire tuer ! C'est ce que tu souhaites ?

— Tu sais très bien que non, protesta Jack.

Un éclair de culpabilité se peignit pourtant sur son visage. L'excitation du moment se dissipait rapidement, et il venait de se rendre compte de ce qu'il avait failli m'infliger, et à lui aussi.

— Mais mince, qu'est-ce qui t'a pris ? demanda Mae.

Il se gratta la tempe et poussa un soupir.

— Ma nature de vampire ? répliqua-t-il d'un ton sarcastique qui masquait une véritable peur, que je ressentais.

— Tu es vraiment un imbécile !

Mae se tourna vers moi pour vérifier que je n'avais pas de traces de morsure. Lorsqu'elle vit le sang sur mes lèvres, elle eut un hoquet de surprise et pivota de nouveau vers Jack :

— C'est toi qui lui as fait ça ? Tu l'as fait saigner ?

— Non ! insista-t-il, les yeux écarquillés. C'est elle ! Elle s'est mordu la lèvre !

— Mais pourquoi ? demanda Mae en se retournant brusquement vers moi.

J'avais enfin retrouvé assez de force pour m'asseoir.

— Tu as une idée de ce que ça provoque en lui ? Est-ce que vous avez envie de mourir tous les deux ?

— C'était un accident, bredouillai-je.

— Il faut que tu ailles prendre une douche et que tu fasses un bain de bouche avec beaucoup de produit. (Elle avait porté la main à son visage et pris un air bouleversé, mais son ton restait détaché.) Si Peter perçoit, même de manière infime, l'odeur de Jack sur ton sang… (Ses yeux s'emplirent de larmes de terreur, et elle désigna la porte de la chambre de l'index.) Sors ! aboya-t-elle. Tout de suite ! Descends dans ma salle de bains !

— Désolée !

Je quittai précipitamment le lit de Jack, ou pour être plus exacte : aussi vite que possible, puisque ma cheville s'empêtra dans les draps.

— Désolée ! répétai-je.

Tandis que je descendais l'escalier d'un pas chancelant, j'entendis Mae crier après Jack.

— Comment peux-tu te montrer aussi imprudent avec sa vie ? Avec la tienne ? le réprimandait-elle. Ce n'est qu'une adolescente, Jack ! À quoi pensais-tu ?

— À rien ! s'exclama-t-il.

— Je comprends à quel point c'est difficile pour toi.

— Ça m'étonnerait ! grogna-t-il violemment, ce qui me fit grimacer.

En l'embrassant, j'avais compliqué les choses. Il ne pourrait jamais être avec moi, sauf si nous voulions réduire notre espérance de vie à quelques heures. Pourtant, ce baiser m'avait permis d'entrevoir à quel point ces heures seraient fabuleuses, et peut-être cela en valait-il la peine…

Je chassai cette pensée de mon esprit et me précipitai dans la salle de bains de Mae. Mon premier geste fut d'ouvrir l'armoire à pharmacie et d'en sortir le bain de bouche. L'alcool qu'il contenait me brûla la lèvre, mais je me gargarisais jusqu'à endormir la douleur.

Après une longue douche durant laquelle je me frictionnai si vigoureusement que j'en ressortis la peau écarlate, Mae estima qu'il était temps d'avoir une longue discussion avec moi.

Elle reconnut qu'elle ne comprenait pas ce que Jack et moi traversions, car elle n'était un vampire que depuis six mois lorsqu'elle avait rencontré Ezra, et qu'ils étaient toujours restés ensemble depuis.

De toute évidence, il se passait quelque chose de très différent entre nous, mais tant que Peter me revendiquerait, je ne pourrais rien faire avec Jack sous peine de mettre nos deux vies en danger.

Jack et moi devions trouver un moyen d'être amis sans céder à nos pulsions, ce qui s'avérerait facile si je ne commettais plus aucun acte stupide comme, par exemple, me mordre la lèvre pour le pousser à boire mon sang.

Je finis par passer la presque totalité de la nuit chez eux. Après cet épisode, il me fut impossible de dormir ; on décida donc de faire comme s'il ne s'était rien passé.

Nous regardâmes *The Crow* puis *Le Chevalier noir*, moi, pelotonnée sur le canapé en compagnie de Mae, tandis que Jack était assis par terre à l'autre bout du salon avec Matilda, car cela paraissait plus sûr.

Malgré tout ce qui était arrivé, Mae autorisa mon ami à me raccompagner. Elle avait décidé de ne pas informer son mari de « l'incident », nous devions donc continuer à nous comporter comme si de rien n'était, ce qui impliquait que nous allions devoir nous habituer à nous côtoyer sans faire de bêtises.

Quand le ciel commença à s'éclaircir, je finis par accepter de rentrer chez moi.

— C'est le moment de la journée que je préfère, songea tout haut Jack en regardant par la vitre de la Lamborghini qui s'éloignait de leur maison et fonçait vers mon immeuble. Le ciel est si beau juste avant l'aube.

— On dirait un rêve, dis-je avant de me tourner vers lui. Je suis sincèrement désolée pour ce qui s'est passé tout à l'heure.

— Ne t'excuse pas. C'était ma faute. Il faut que j'apprenne à maîtriser mes pulsions. Tu ne vas peut-être pas le croire, mais j'ai un peu de mal, souligna-t-il avec un rire dénué d'humour.

— Je me suis mordu la lèvre. Je n'aurais pas dû. Je suis désolée.

Je l'avais fait exprès, même si je n'étais pas forcément prête à me l'avouer. Il le voulait, et je l'avais senti de la même manière que je percevais les battements de mon propre cœur. J'avais décidé de franchir le pas, parfaitement consciente des conséquences.

— Non, ce n'est pas grave.

Il s'arrêta un instant, puis ajouta :

— Ton sang a un goût exquis.

— On n'en parle pas. On n'y pense même pas, le sermonnai-je.

— Pas de souci. Je disais ça histoire d'entretenir la conversation.

C'était ce qu'il prétendait, mais j'avais senti son désir monter lorsque je l'avais interrompu.

— Eh bien, on ne peut pas en discuter. On peut parler de tout, sauf de sang, de morsure et de sexe.

— Bien sûr, ça retire tous les sujets sympas ! grommela Jack.

— C'est pour ta sécurité, et la mienne.

Je lui décochai un regard d'avertissement et il se raidit un peu.

— D'accord, tu as raison. Pardon.

— Tu crois que nous devrions arrêter de nous voir ?

Je n'en avais aucune envie, mais cela aurait été le plus sûr moyen d'éviter les dérapages.

— Non, se hâta-t-il de répondre. (Il poussa un lourd soupir, puis me jeta un coup d'œil anxieux.) Pourquoi ? C'est ce que tu désires ?

— Je n'en sais rien. Enfin, je souhaite encore te fréquenter, mais…

Ma réponse l'avait blessé. Dans de tels moments, je détestais ma capacité à ressentir ses émotions. Quand nous étions dans sa chambre, cela s'était révélé fabuleux, mais ces situations-là étaient infernales. Ses sentiments étaient toujours si bruts et intenses. C'était un domaine dans lequel il manquait cruellement de maîtrise de soi.

— En toute franchise, j'ignore si je pourrais arrêter de te voir, même si je le voulais, finit-il par m'avouer.

Le ciel s'était paré d'une étrange lueur bleu-gris, tandis que le soleil apparaissait à l'horizon, et cette couleur me sembla parfaitement identique à celle des yeux de Jack lorsqu'il les leva sur moi.

— Oui, moi aussi, renchéris-je en m'efforçant de lui sourire.

Pour le meilleur ou pour le pire, ma vie avait changé et je ne pouvais plus revenir en arrière. Si essayer de vivre cette nouvelle existence impliquait que je doive mourir, eh bien, je l'acceptais.

Mais qui pourrait réellement recommencer à réviser pour des interrogations d'histoire et à flirter avec des garçons ivres dans des fêtes, après avoir connu des vampires et l'extase qui accompagne la soif de sang ?

Qui oserait fermer la porte à l'immortalité ?

Jack me déposa devant chez moi, m'adressa un sourire triste et promit de me parler plus tard. Dans l'ascenseur, je songeai que je n'avais pas d'autre choix que de croire que tout allait se résoudre, d'une manière ou d'une autre.

Ezra était extrêmement intelligent, et il possédait des siècles d'expérience. Il allait forcément trouver une solution qui n'impliquerait la mort de personne. Du moins, pas celle de Peter, de Jack ou la mienne.

C'étaient des vampires, après tout. Peu importaient leurs efforts pour tenter de me persuader du contraire, j'étais bien consciente que le taux de mortalité des humains autour d'eux devait être plutôt élevé.

Ce ne fut qu'en ouvrant la porte de chez moi, que je me rendis compte de l'heure. Milo, habillé et prêt à partir en cours, parut soulagé de me voir. Sa joie fut de courte durée, puisque ma mère se racla bruyamment la gorge, et il grimaça.

Assise dans un coin sombre du salon, elle me rappela un méchant de James Bond. La faible lumière du jour qui perçait à travers la fenêtre tombait sur le nuage de fumée au-dessus de sa tête, et une lampe située dans la cuisine n'éclairait que ses pieds chaussés de pantoufles, laissant le reste de son corps dissimulé dans la pénombre. Il ne lui manquait plus qu'un gros chat blanc à caresser et un accent allemand pour compléter le tableau.

— Eh bien, c'est gentil de ta part de passer, me salua-t-elle.

— De rien, répondis-je d'un ton hésitant, malgré le regard d'avertissement que me lança Milo.

— Où étais-tu cette nuit ?

Sa voix était devenue plus cassante. Elle avait donc renoncé à feindre qu'elle était contente de me voir.

Mon absence avait dû contrarier Milo, surtout s'il avait dû gérer notre mère très tôt le matin, mais il paraissait soulagé de voir que j'étais vivante. Et il y avait un risque réel que je ne le sois plus pour très longtemps.

— Pourquoi tu n'as pas répondu à mes textos ? lâcha mon frère.

J'étais certaine qu'il m'avait envoyé des messages pour me prévenir du remontage de bretelles qui m'attendait.

— Désolée. Mon portable était en mode silencieux.

— Ce qui ne m'explique pas où tu te trouvais ! aboya ma mère.

Le soleil s'était enfin levé sur l'immeuble voisin, et sa lumière brillante traversait la fenêtre, dévoilant l'expression furieuse de ma mère. Elle tira une longue bouffée de sa cigarette, attendant une réponse valable susceptible de justifier où je me trouvais jusqu'à 7 heures passées, une veille de jour d'école.

— J'étais chez Jack.

Je croisai les doigts et espérai qu'elle serait encore sous son charme, ce qui m'offrirait au moins une fois encore une porte de sortie.

Malheureusement, elle se renfrogna davantage, et je compris que je n'avais aucune chance.

— Alors tu passes toute la nuit à faire l'amour avec un garçon bien trop vieux pour toi, et je suis censée fermer les yeux ?

Le volume de sa voix avait progressivement augmenté au point qu'elle avait fini sa phrase en criant.

— Oui, répliquai-je, ébahie.

Je n'avais aucun moyen de calmer sa colère, alors je n'essayai même pas. Milo m'interrogea du regard, mais j'ignorais s'il se demandait si j'avais des tendances suicidaires ou si j'avais véritablement couché avec Jack. Le connaissant, c'était sûrement les deux.

— Alice ! s'exclama-t-elle en se levant et en pointant sur moi un doigt accusateur. Va te changer et prépare-toi pour le lycée !

— Non ! protestai-je. Je suis fatiguée. Je vais me coucher.

— Alice, je crois que tu ferais mieux de l'écouter, murmura Milo d'un ton plaintif.

— Moi aussi, je suis épuisée, mais j'ai dû veiller pour t'attendre ! Et si tu penses que tu peux aller te balader comme ça, juste sous prétexte que tu t'es enfin dégotté un petit ami, et bien tu te trompes lourdement ! Tant que tu vivras sous mon toit, tu te conformeras à mes règles !

Elle était dans une fureur telle que ses yeux étaient exorbités, mais après ce dont j'avais été témoin au cours de ces derniers jours, elle ne me paraissait plus aussi effrayante.

— D'accord. Dans ce cas, je vais aller vivre ailleurs, dis-je en haussant les épaules.

Ce n'était plus qu'une question de temps avant que j'emménage avec la famille de Jack ou que je meure, alors je n'avais plus vraiment besoin de conserver cette adresse de toute façon. J'étais absente la plupart du temps. Je n'avais pas encore consulté Mae ou Jack à ce sujet, et par conséquent, je ne savais pas comment ils accueilleraient cette idée, mais j'anticipais le fait qu'ils seraient d'accord.

— Alice ! siffla Milo.

— Tu n'as pas encore dix-huit ans, jeune fille, rétorqua ma mère, sans se laisser démonter un seul instant. Tu n'iras nulle part ! Et si tu y songes, je dénoncerai ton copain à la police pour détournement de mineur.

— Ça ne tiendra pas, argumentai-je. D'ailleurs, pourquoi tu veux que j'habite ici ? Je ne suis jamais là et je te coûte de l'argent, c'est tout. Enfin, tu ne m'as vue que cinq minutes la semaine dernière. Pourquoi tu souhaites que je reste au juste ?

— Ah, tu as tout compris de la vie, alors ? riposta-t-elle en haussant les épaules. Ton petit ami a de l'argent ? Désormais, il va s'occuper de toi ? C'est ça, ton plan ? Tu sais, tu as peut-être oublié, mais moi aussi j'ai eu un petit ami du même genre. Et devine ce que j'ai récolté ? Deux gosses ingrats et pas un centime de sa part ! Alors, n'essaie pas de m'expliquer des choses que tu ignores !

— Ce n'est pas ce que je fais ! Je te dis juste que je suis une charge pour toi ! Tu n'as pas envie que je reste à la maison et je ne veux plus habiter ici, alors à quoi bon ? insistai-je avec force.

Elle parut blessée par mes paroles, mais tout ce que j'avais dit était vrai. On ne se voyait presque pas et elle ne savait rien de moi. Le seul à souffrir de mon départ serait Milo, et je continuerais à le fréquenter.

— Bien, pars, alors, déclara-t-elle posément.

Je commençai à me diriger vers ma chambre, et elle leva la main.

— N'y pense même pas ! Cette pièce est remplie d'objets qui m'appartiennent. Tu n'as jamais payé quoi que ce soit dans ta vie. Alors si tu t'en vas, tu n'emportes que ce que tu as sur toi, point barre.

— Très bien.

Je m'efforçai d'agir comme si cela ne me dérangeait pas de laisser mes effets personnels, mes CD, mes journaux intimes, mes sous-vêtements, et tout ce que je possédais. Mais j'avais pris ma décision, et je ne reviendrais pas dessus.

— Allez, à… peut-être à jamais.

Sur ce, je fis volte-face et quittai l'appartement d'un pas désinvolte.

Milo se précipita sur le palier avant même l'arrivée de l'ascenseur, en traînant son sac à dos à moitié ouvert, et courut vers moi.

— Alice ! Pourquoi tu as fait ça ?

— Ça me semblait vraiment absurde de rester ici plus longtemps.

Je tentai d'éviter de le regarder pour ne pas être confrontée à son expression affligée. Partir de la maison, c'était également l'abandonner, lui.

— Tu vas vraiment aller vivre avec Jack ? demanda-t-il d'une voix à la fois surprise et résignée.

— Je n'ai pas d'autre choix.

Les portes de l'ascenseur s'ouvrirent sur plusieurs occupants. J'en fus reconnaissante. Milo serait moins enclin à me bombarder de questions, et il me serait donc plus facile de laisser les détails de côté.

— Bien sûr que tu as d'autres choix ! insista-t-il, sans se soucier des autres personnes. Je sais que Jack et les membres de sa famille sont sacrément géniaux, mais tu ne les connais pas depuis si longtemps. Je veux dire, ils sont presque trop beaux pour être vrais. Ils cachent forcément un terrible secret.

— Tu n'as peut-être pas tort.

Je me mordis la lèvre pour réprimer un sourire, et me rendis compte avec étonnement que je n'avais plus mal. Je passai ma langue dans ma bouche, en quête d'une bosse ou d'une égratignure, mais en vain. La salive de Jack avait dû guérir la plaie.

— Je t'en supplie, Alice, m'implora Milo lorsque les portes s'ouvrirent. Sois raisonnable.

— Depuis quand je suis raisonnable ? rétorquai-je en le regardant tandis que je sortais de l'ascenseur, mais il se contenta de lever les yeux au ciel.

Nous sortîmes dans le froid, et je resserrai mon pull contre moi pour me réchauffer. Je ne possédais plus désormais que les vêtements que je portais sur moi et mon téléphone dans ma poche, et il y avait de très fortes chances pour que les seuls chauffeurs sur lesquels je puisse compter soient deux vampires qui venaient certainement de se coucher.

— Alors ? demanda Milo en se dirigeant vers l'arrêt de bus.

N'ayant rien de mieux à faire, je l'accompagnais.

— Ça y est ? C'est la dernière fois que je te vois ? ajouta-t-il.

— Non, bien sûr que non !

— Réfléchis, m'ordonna-t-il en rajustant les bretelles de son sac qu'il avait mis sur son dos. Tu vas emménager chez lui, vivre de fabuleuses aventures et oublier complètement mon existence.

— Tu es mon frère, Milo. Je ne pourrai jamais t'oublier.

C'était vrai, mais un doute m'assaillit : il n'était probablement pas si loin que cela de la vérité.

— Écoute, je ne te dis pas que rien ne va changer ou que je vais te voir aussi souvent qu'avant. Mais ce ne sera pas forcément une mauvaise chose.

— Tu pourrais peut-être dormir là-bas pour une seule nuit par exemple, me suggéra Milo. Laisse maman se calmer, et ensuite tu pourras revenir à la maison. Mais elle n'est pas totalement à côté de la plaque, Alice. Tu es restée dehors jusqu'à 7 heures, un jour d'école. Je me fiche de ce que tu faisais ou pas avec Jack, enfin, si, ça m'intéresse, et tu devras tout me raconter plus tard. Mais peu importe. Tu es encore lycéenne. Il faut que tu sois rentrée avant le lever du soleil et que tu étudies.

— Je suis bien trop fatiguée pour t'écouter me faire la morale à propos de l'école, d'accord ? marmonnai-je.

— Promets-moi que tu y réfléchiras, d'accord ? demanda Milo, tandis que le bus approchait.

Comme je ne voulais pas risquer de me faire embarquer par le chauffeur, je commençai à m'éloigner de Milo.

— Et allume ton portable ! s'exclama-t-il. Si tu ne reviens pas ce soir, tu auras peut-être l'occasion de récupérer certaines de tes affaires quand maman sera au travail.

— OK !

Je lui fis un signe de la main, puis me retournai et me mis à marcher, laissant derrière moi mon immeuble, mon appartement, mon frère et ma vie.

Chapitre 19

Je me promenai dans les rues bordées d'arbres. Le printemps s'annonçait. Les températures devenaient plus agréables et les jours rallongeaient. Les nuits allaient également raccourcir, et je me demandai comment Jack s'adaptait à ce phénomène.

Malgré le froid et la fatigue, j'étais encore bien trop énervée par tout ce qui s'était passé. Le baiser que j'avais partagé avec Jack me brûlait toujours les lèvres, et je désirais vaguement savoir si j'aurais jamais l'occasion de l'embrasser à nouveau.

Partir de chez ma mère avait été un acte irréfléchi, je l'admettais, et sa colère se justifiait. Simplement, je n'avais plus assez de force pour gérer ce qui ne revêtait plus aucune importance à mes yeux.

J'aurais peut-être réagi un peu moins vivement, si les paroles de Jack ne m'étaient pas restées gravées en tête, comme un souvenir inconscient. Lorsque je lui avais demandé ce que ressentait un vampire lorsqu'il mordait, il m'avait répondu que je comprendrais quand j'en deviendrais un.

Il me semblait tout à fait naturel d'évoluer ainsi. Même si je n'emménageais pas avec eux ce jour-là, je finirais par le faire. S'ils m'avaient accueillie à bras ouverts, il y avait une raison, et comme Jack l'avait déclaré de manière si inquiétante avant que je découvre ce qu'ils étaient, ils souhaitaient me voir devenir l'une des leurs.

Je m'assis sur un banc et repliai mes genoux sur la poitrine. Les rayons du soleil, qui brillait au-dessus des immeubles, me réchauffaient la peau. Je me demandai combien de temps encore, j'allais pouvoir profiter du soleil ainsi.

Vivre avec eux impliquerait de renoncer à beaucoup de choses, mais ce n'était pas mon impression. J'obtiendrais tellement plus en retour.

Je sortis mon téléphone, en espérant que Jack serait encore debout. La fatigue et le froid commençaient à m'incommoder.

— Allô ? décrocha Jack d'une voix ensommeillée.

— Excuse-moi, je te réveille ?

— Non, mais j'étais sur le point de me coucher. Pourquoi ? Qu'y a-t-il ?

Il bâilla, manifestement épuisé.

— Je... je me demandais si je pouvais m'installer chez vous un petit moment.

Je grimaçai dès que j'eus prononcé ces mots. J'en attendais peut-être trop d'eux. Je devrais peut-être retourner à la maison et me réconcilier avec ma mère avant qu'elle change les serrures.

— Bien sûr, pas de souci. Quel est le problème chez toi ? répondit Jack sans même réfléchir.

— Je me suis disputée avec ma mère parce que je suis rentrée trop tard, et je ne suis plus vraiment la bienvenue là-bas.

— Oh, mince, je suis désolé, s'excusa-t-il. Oui, tu peux rester chez nous aussi longtemps que tu voudras. Tu as besoin que je vienne te chercher maintenant ?

— Ce serait gentil, mais tu n'es pas obligé.

Je n'avais pas encore bien compris quels effets le soleil avait véritablement sur les vampires, et j'ignorais s'il pouvait conduire en plein jour pour passer me prendre.

— Non, c'est bon. Je serai là dans cinq minutes environ.

Il bâilla une nouvelle fois, puis j'entendis un bruissement de tissu lorsqu'il se leva, ce qui signifiait qu'il était déjà couché.

— Je ne suis pas chez moi, expliquai-je, mais sur un banc à deux pâtés de maisons de mon immeuble.

Je balayai les alentours du regard, en quête d'une plaque de rue pour lui indiquer à quel croisement je me situais précisément, mais il réussissait toujours à me trouver.

— Cool. Ne bouge pas.

Il raccrocha, et je rangeai mon portable dans ma poche.

Je me sentais soulagée de ne pas avoir à rester coincée toute la journée sur ce banc comme une sans-abri, mais j'avais encore du mal à savoir si j'avais pris la bonne décision.

Rien dans ma vie ne m'avait préparée à gérer de telles situations. Jusque-là, mon existence se résumait à rester à la maison avec Milo, à me rendre à des fêtes, à faire les boutiques ou encore à me dénigrer en compagnie de Jane, et c'était à peu près tout.

J'avais à peine embrassé un garçon, je n'avais jamais conduit et n'avais jamais voyagé en dehors de la région. Mon père était parti avant mes deux ans, et ma mère travaillait sans relâche pour nous permettre de survivre.

Je ne connaissais rien de la vie, et voilà qu'à présent, je m'apprêtais à y renoncer en échange de quelque chose que je ne comprenais pas entièrement non plus.

Jack s'arrêta devant moi moins de six minutes après mon coup de fil et je fus stupéfaite de sa rapidité. Mais il était bel et bien là, m'adressant un sourire las, les yeux dissimulés derrière d'immenses lunettes noires. Je montai dans la voiture, décidant que j'étais trop épuisée pour poser des questions. J'avais juste envie d'aller chez lui et de dormir d'un long sommeil réparateur.

À notre arrivée, Jack me montra ma chambre. Il s'agissait de la chambre d'amis située à l'étage, au bout du couloir, dans la tour. J'eus l'impression d'être Juliette ou Raiponce.

La pièce disposait d'un balcon. Ses murs arrondis étaient d'un doux lilas étrangement identique à la couleur de ma chambre chez ma mère, et un luxueux édredon blanc recouvrait le lit à baldaquin. Mae avait même déposé un pyjama en satin dessus.

— Waouh, c'est vraiment parfait, m'extasiai-je en admirant la pièce et en caressant les couvertures. Cet endroit me ressemble tant !

— C'est le but, m'assura Jack avant de bâiller.

Il se tenait sur le seuil, appuyé contre le chambranle, pour s'assurer que je ne manquais de rien.

— Mae l'a décorée pour toi, reprit-il.

— Quand ? Là, maintenant ? Je t'ai appelé et elle a repeint les murs ? demandai-je, en fronçant les sourcils sous le coup de la perplexité et de l'incrédulité.

— Non, s'esclaffa-t-il en secouant la tête. À l'origine, elle pensait que tu dormirais avec Peter, puis quand cette option est devenue moins envisageable, elle a redécoré cette chambre pour toi. De toute manière, tu allais finir par venir ici, n'est-ce pas ?

J'acquiesçai, mais trouvai étrange d'apprendre que quelqu'un avait préparé mon arrivée avant même que je sache que je m'installerais ici.

— Mae aime s'occuper de la maison. (Remarquant mon malaise, il me sourit pour me calmer.) C'est son truc. C'était simplement sa façon de faire son nid. Tu vois, elle n'a pas souvent l'occasion de décorer pour des filles.

— J'imagine.

— Bon, eh bien, je vais aller dormir. Mais je suis à côté si tu as besoin de moi.

Il recula et me décocha un sourire malicieux.

— Mais ne te fais pas des idées ! ajouta-t-il.

— Oui, je vais essayer, répliquai-je d'un ton sarcastique, mais je savais que j'allais devoir réellement me retenir.

Il rit et se retira dans sa chambre, qui n'était séparée de la mienne que par une mince cloison. Peter était absent, et Mae dormait en bas. Il serait presque trop facile de se rendre dans la pièce voisine pour terminer ce que nous avions commencé la veille...

Mais heureusement, mon corps décida de me rappeler à quel point il était fatigué. Je fermai la porte, enfilai le pyjama prêté par Mae et m'endormis dès que ma tête eut touché l'oreiller.

Le lendemain, lorsque je repassai chez moi récupérer des vêtements, Milo me serra une centaine de fois dans ses bras, les yeux pleins de larmes. Jack avait attendu dans la cuisine pendant que je faisais mes bagages. J'avais cru que sa présence remonterait le moral de mon frère, mais cela avait provoqué l'effet inverse, en lui rappelant que non seulement, il allait moins me voir, mais aussi moins voir Jack.

Lorsque je parvins enfin à convaincre Milo que nous nous reverrions, il m'étreignit une fois encore pour la forme, puis je m'esquivai.

— Nous aurions pu t'acheter de nouveaux habits, me fit remarquer Jack pendant le trajet de retour chez lui. Cela aurait sans doute été plus facile et moins douloureux.

— Je sais, mais Milo avait besoin de me voir. Il fallait que je lui prouve que je ne l'oublierais pas.

Je jetai un coup d'œil à Jack pour voir s'il comprenait mes sentiments, mais il continua à regarder droit devant lui et garda le silence.

— Je vais le revoir, insistai-je.

— Je ne veux pas me disputer avec toi.

Ce n'était pas le cas, mais son ton contredisait mon affirmation.

— Tu ne crois pas que je le reverrai. (Le simple fait d'exprimer cela à haute voix me fit mal au cœur.) Pourquoi me laisser promettre une telle chose à Milo si tu savais que c'était faux ?

— Je ne sais rien du tout, dit Jack. Mais je pense en revanche qu'Ezra sera là à notre retour. Et qu'il serait peut-être judicieux que tu lui parles.

— Tu en sais toujours plus que ce que tu laisses entendre, grommelai-je en croisant les bras et en m'enfonçant dans mon siège. Tu fais semblant d'être plus bête que tu l'es en réalité.

— As-tu déjà envisagé que j'étais peut-être réellement aussi bête que je le paraissais ? me taquina-t-il.

— Oui. À de nombreuses reprises.

Il éclata de rire, mais ne parla plus jusqu'à notre arrivée. De toute façon, il n'y avait pas grand-chose qu'il puisse dire pour me réconforter. Je me rendais compte, peu à peu, que j'avais peut-être sous-estimé le prix à payer pour vivre avec lui.

Dès notre arrivée à la maison, il appela Ezra et Mae, qui apparurent presque instantanément dans le salon. Mae fondit sur moi pour m'embrasser comme si elle ne m'avait pas vue depuis des lustres, alors qu'en réalité une heure à peine s'était écoulée.

Ezra m'adressa un sourire chaleureux, qui me fit, bizarrement, encore rougir. Il avait écourté son voyage d'affaires, affirmant qu'il n'avait pu supporter d'être si longtemps loin de Mae, mais Peter, quant à lui, prolongeait son séjour de quelques jours. Manifestement, il pourrait supporter d'être loin de moi jusqu'à la fin des temps.

— Alors, on m'a informé que nous allions t'héberger un moment, annonça Ezra.

Je tentai de déterminer si sa voix contenait une note de désapprobation.

Il s'assit sur le canapé et Mae se pelotonna contre lui. Ils n'avaient été séparés que quelques jours, mais la présence de son mari l'enivrait.

Je me demandai si Peter réagirait de la même manière à son retour, mais je m'estimerais déjà chanceuse s'il daignait regarder dans ma direction. Mon cœur se serra douloureusement, et je fus stupéfaite de découvrir que mon désir pour lui persistait malgré tout.

Je pris place sur le fauteuil en face d'eux, et Jack s'installa à mes pieds pour gratter le ventre de Matilda.

— Alors, vous êtes d'accord pour que je m'installe ici ?

— Je ne vois pas pourquoi nous ne le serions pas.

Ezra jouait distraitement avec une longue mèche de cheveux de Mae, et cette dernière enfouit sa tête contre le torse de son époux. Je m'aperçus que je détestais les gens qui vivaient un amour sans nuages, surtout lorsque ma vie « amoureuse » s'enlisait à cause de toutes sortes de restrictions inutiles.

— Que va-t-il se passer ? demandai-je sans détour.

— Sois plus précise. Beaucoup de choses sont encore incertaines te concernant.

Il ne faisait pas de sous-entendus, mais je me sentis piquée au vif.

Rien n'était figé à mon sujet, ce qui aurait dû me soulager, mais cela ne me plaisait pas d'être dans une situation aussi instable et précaire.

— Exactement, commençai-je, avant de prendre une grande inspiration. Vais-je rester ici pour toujours ? Qu'arrivera-t-il quand Peter rentrera ? Il ne souhaite pas me voir dans les parages. Est-ce que je devrais même rester ici avec lui ? Et s'il continue à me rejeter ? Suis-je censée revenir à ma vie d'avant ? Prévoyez-vous de me changer en vampire un jour ?

—Tu peux rester ici tant que tu veux, indépendamment des sentiments de Peter. Il peut aller vivre ailleurs si nécessaire. Tu es devenue un élément indispensable à notre famille.

Ezra consulta Mae du regard et choisit ses mots avec soin.

—Peter... Peu importe ce que nous ressentons, il existe un lien entre Peter et toi, qui ne se brisera pas facilement. Pour son bien comme pour le nôtre, il est essentiel que tu fasses toujours partie de notre vie. (Il posa ses yeux brun-roux sur moi pour me rassurer.) Et dans ce cas, en effet, ta transformation serait dans l'intérêt de tous.

Je regardai le sol, expirai et tentai vainement de freiner les battements frénétiques de mon cœur. J'avais conscience qu'ils pouvaient tous les entendre, et que Jack y était particulièrement sensible.

L'idée de devenir une vampire, qui m'avait traversé l'esprit bien plus souvent que je l'aurais imaginé, m'enthousiasmait et me terrifiait à la fois, mais c'était bien normal. Avec eux, presque tout était simultanément excitant et effrayant, et j'avais l'impression que je ne parviendrais jamais à concilier ces deux émotions.

—Alice, c'est vraiment génial d'être un vampire, intervint Jack gentiment. Tu m'as vu. Je suis fabuleux.

—Jack! le réprimanda Mae.

—Ce n'est pas une décision qui se prend à la légère, poursuivit Ezra.

Le visage de Mae avait pris une expression particulièrement grave. Je n'en saisissais pas la raison, d'autant plus qu'elle aimait réellement m'avoir à ses côtés.

—Cela change tous les aspects de ton existence, et c'est irréversible. Si tu décides de te transformer, tu ne pourras pas retourner en arrière. Mais si tu décides de rester humaine, nous ne t'en voudrons pas.

—Cependant, ça te compliquera la vie, renchérit Jack.

—Jack! aboya Mae. Tu ne peux pas décider à sa place!

—Ce n'est pas ce que j'essaie de faire! s'écria-t-il avant de pousser un soupir exagéré et de secouer la tête.

—Si tu te transformes, la soif est quelque peu envahissante, comme Jack peut en témoigner, poursuivit Ezra en désignant son frère, qui acquiesça lourdement. Tous tes sens deviennent beaucoup plus aiguisés, et chacun de tes mouvements paraît amplifié. Tes émotions sont aussi exacerbées. Elles sont à fleur de peau, et tu es lunatique. Ta libido augmente, comme ton désir en général.

—C'est presque comme retomber en enfance, expliqua Jack. Tout te semble inédit, et tu es maladroit.

—Ton corps doit s'accoutumer à toutes ces nouveautés. Ce n'est pas un processus simple, continua Ezra. Au début, le plus dur à gérer est la soif de sang. La faim, telle que tu la ressens actuellement, n'a rien de comparable avec celle que tu connaîtras. Il est difficile d'apprendre à la contrôler, mais ensuite, elle reste raisonnable.

—Alors, vous avez toujours faim? m'inquiétai-je.

—En quelque sorte, avoua Ezra. Mais ce n'est pas si intense que cela. Sinon, tu n'aurais pas survécu aussi longtemps.

—Merci.

Comment pouvais-je me sentir à ce point en sécurité en leur présence?

—Ne le prends pas comme une menace, dit Ezra en riant. Les choses sont ainsi. La condition de vampire est en grande partie un don merveilleux et fabuleux. Mais deux aspects sont à double tranchant: d'abord, le sang. Il peut donner la vie, et aucun mot ne peut décrire la sensation qu'il procure. Mais lorsque tu ne peux pas te nourrir sur une longue durée, par exemple plusieurs semaines, tu endures la douleur la plus atroce qui soit. Avant de la maîtriser, cette frénésie de sang peut avoir d'épouvantables répercussions. C'est un plaisir infini, mais tant que tu ne la contrôles pas correctement, elle s'avère dangereuse et dévastatrice.

— C'est bon à savoir, répliquai-je en déglutissant péniblement.

— Je la domine dans une large mesure, et pourtant je contrôle très mal mes pulsions, tenta de me rassurer Jack.

— La deuxième chose, c'est l'immortalité.

Ezra prit une profonde inspiration et baissa les yeux sur Mae. Elle avait un regard triste et lointain, que j'aurais voulu que l'on m'explique.

— Nous ne sommes pas complètement immortels. Si nous subissons des dommages au cerveau ou au cœur, ou si nous restons trop longtemps sans boire de sang, nous mourons. Mais à moins qu'un autre vampire nous attaque, très peu de chose peut nous tuer. Par conséquent, nous sommes peu enclins à engendrer de nouveaux vampires. Donc, je t'en prie, ne crois pas que nous t'offrons une invitation ordinaire.

Je me sentis toute petite. Je n'avais pas vraiment songé que le club des vampires comptait un nombre limité de membres, mais c'était extrêmement flatteur de savoir qu'ils pensaient à moi.

— Mais en contrepartie il y a un prix considérable à payer, poursuivit gravement Ezra. Tout autour de toi mourra. Même cette ville changera, et les objets que tu aimais et auxquels tu étais attachée seront détruits. Tu survivras à tout. C'est un fardeau beaucoup plus lourd que tu l'imagines.

— Est-ce que cela signifie que je ne pourrai plus voir mon frère ? Ou seulement qu'il sera difficile de le voir vieillir ? demandai-je d'une faible voix chevrotante, les mains tremblantes.

Ezra et Mae échangèrent un regard, et cette dernière hocha la tête, puis se leva avant de me dire qu'elle devait me montrer quelque chose.

— Tu vas l'emmener là-bas ? grogna Jack en se mettant debout. Elle n'a pas besoin de voir ça.

— C'est ce que tu prétends parce que tu penses qu'elle va changer d'avis, lui rétorqua Mae.

— Eh bien oui !

— Si ça se produit, qu'il en soit ainsi ! déclara-t-elle d'un ton hargneux. Si elle n'a pas toutes les cartes en main parce que tu lui en dissimules certaines, et qu'elle prend une décision qu'elle regrettera ensuite, alors elle passera le reste de l'éternité à t'en vouloir. Est-ce réellement ce que tu souhaites ?

— Non, marmonna Jack en se frottant la nuque.

— Qu'y a-t-il ? m'inquiétai-je en me levant.

Mae s'efforça de me sourire.

— Je vais t'emmener voir quelque chose, dit-elle avant de se retourner vers Ezra pour l'embrasser. On ne devrait pas être parties très longtemps.

— D'accord. Sois prudente.

Il semblait triste de la voir s'en aller, mais il m'adressa un sourire rassurant.

— Tout ira bien.

— Que se passe-t-il ? demandai-je à Jack, soudain envahie par une crainte étrange, tandis que je suivais Mae hors du salon.

— Je suppose que tu dois y aller, soupira-t-il avant de se rasseoir. On se voit tout à l'heure.

— Où allons-nous ?

J'étais juste derrière Mae, mais je distinguais tout de même ses traits tirés, et m'interrogeais avec angoisse sur ce lieu où nous allions et qui lui causait un tel chagrin.

— Je t'expliquerai dans la voiture.

Chapitre 20

Je montai dans la Jetta, les nerfs en pelote. Ce qu'elle avait prévu de me montrer pouvait me dissuader de devenir une vampire. Je m'attendais à moitié à voir un monstre épouvantable, un charnier ou quelque chose d'aussi perturbant. Quoi d'autre serait susceptible de me faire complètement changer d'avis ?

Les douces mélodies de Nina Simone qui s'élevaient de l'autoradio ne contribuèrent guère à me remonter le moral, et je scrutai Mae avec appréhension. De son côté, elle regardait droit devant elle, avec un air assez accablé.

— Je suis née à Reading, en Angleterre, en 1928, commença-t-elle d'une voix si triste qu'elle semblait presque celle d'une étrangère. Quand j'étais très jeune, la Seconde Guerre mondiale a éclaté. Vers la fin, les soldats américains étaient stationnés à travers tout le pays. Je n'avais jamais rencontré un homme aussi charmant que Philip. (Cette évocation la fit légèrement sourire, mais ses yeux ne s'éclairèrent pas.) Malgré tous mes efforts pour rester pure, j'ai fini par tomber enceinte à l'âge de seize ans, et comme Philip était honnête, il m'a épousée. Mon premier enfant, un fils que j'ai appelé Samuel, est né tandis que son père combattait encore.

Cinq mois plus tard, à la fin de la période de service de mon mari, nous avons déménagé aux États-Unis, dans un petit appartement à Saint-Paul, d'où sa famille était originaire, poursuivit-elle. Les premiers mois qui ont suivi notre installation ont été merveilleux. Puis, une nuit, trois semaines avant le premier anniversaire de Samuel, je suis allée vérifier s'il dormait bien, et il ne respirait plus.

Une larme glissa sur sa joue, mais elle ne l'essuya pas et poursuivit.

— La douleur ne s'atténue jamais. N'écoute pas ce que tout le monde prétend. La perte d'un enfant… on ne s'en remet pas.

— Je suis navrée, articulai-je, sans savoir quoi dire.

— Tous les gens me disaient sans cesse qu'au moins, j'étais encore assez jeune pour essayer d'en avoir un autre, déclara-t-elle avec un sourire amer, avant de me dévisager. Mais je n'avais pas envie de retomber enceinte. Après la mort de Samuel, je suis restée prostrée dans mon lit pendant des mois. Ma famille, tout ce que je connaissais et aimais se trouvait à des milliers de kilomètres de là, et mon mari, en dépit de tout l'amour que je lui portais, était lui aussi très jeune et travaillait beaucoup pour nous assurer un avenir…

Son regard se perdit un instant dans le vague, puis elle se souvint de ma présence et se secoua.

— J'étais à peine plus âgée que toi, alors tu peux imaginer ce que ce serait.

Elle me lança un regard chaleureux, dans lequel je décelai toutefois un avertissement désagréable.

— Je comprends combien la perspective de se voir offrir une toute nouvelle existence par un bel inconnu semble excitante. Mais cela t'isole de tout ton entourage, tu sais.

— Je ne me sens pas seule, rétorquai-je sans conviction.

Je m'efforçai de saisir ce qui l'avait poussée à me raconter cette histoire. À mon avis, nous nous dirigions vers la tombe de Samuel, et elle souhaitait me faire comprendre la perte incommensurable que subit une personne lorsqu'elle survit à tous les êtres et les choses qui l'entourent.

Mais, vampire ou non, elle aurait vécu plus longtemps que son bébé. Cela n'avait aucun rapport avec les choix qu'elle avait faits.

Elle avait de nouveau les yeux rivés droit devant elle, et ses jointures blanchissaient à force de serrer le volant.

— Pourtant, Philip, dans sa grande bonté, est resté près de moi, tandis qu'un homme de moindre valeur m'aurait peut-être renvoyée chez moi en bateau pour que mes parents se chargent de moi. Finalement, j'ai réussi à sortir de ma dépression et à poursuivre ma vie. J'ai trouvé du travail chez un traiteur pour m'occuper et je me suis fait quelques amis. Et un jour, j'ai décidé qu'il était temps d'essayer de nouveau de fonder une famille. Ma grossesse a été une véritable période de grâce. Sentir ce petit être se développer en moi…

Elle avait pris un air plutôt béat, mais ses yeux se durcirent lorsqu'elle les posa sur moi.

— C'est une chose à laquelle tu devras renoncer, tu sais. Les vampires ne peuvent pas se reproduire. Ils n'ont pas d'enfants. Si tu choisis cette vie, tu n'auras jamais de famille.

— De toute façon, je crois que je ne désire pas avoir d'enfant.

En réalité, j'y avais très peu songé, mais dans l'ensemble, l'idée ne me séduisait pas tant que ça.

— Eh bien, il se pourrait que tu te ravises quand tu seras privée de cette possibilité, répondit Mae d'un ton prévenant. C'est quelque chose que tu dois prendre en considération.

— Je n'y manquerai pas, lui promis-je, doutant que cela affecte ma décision.

Même si elle avait raison, et si un jour je regrettais de ne pas avoir eu d'enfants, je ne pouvais opérer mon choix qu'à présent, en fonction de mon état d'esprit actuel. Et en l'occurrence, cette question ne me paraissait pas d'une importance cruciale.

— La naissance de ma fille a été le plus beau jour de ma vie, poursuivit-elle avec un large sourire et des larmes de joie dans les yeux. Elle était si belle, avec de grands yeux bleus, comme ceux de Philip. Et de petites boucles toutes douces, les mêmes que moi bébé. Je me souviens de la première fois où je l'ai tenue dans mes bras, et de la sensation de son corps tiède et souple… Je lui ai juré que je ne laisserais jamais rien de mal lui arriver.

Elle poussa un long soupir, et la tristesse gagna progressivement son regard.

— Je l'ai prénommée Sarah, comme ma mère, continua-t-elle en s'essuyant la joue pour empêcher une larme de tomber. Chaque jour avec elle était un bonheur absolu. Je suis certaine que chaque mère pense que son enfant est parfait, mais elle l'était réellement. Elle pleurait rarement, et elle se réveillait toujours avec un merveilleux sourire. J'ai démissionné pour pouvoir passer le plus de temps possible avec elle. Je ne voulais perdre aucun instant et chérissais chaque minute en sa compagnie.

» Un soir, pendant que je préparai le dîner, je me suis rendu compte que nous n'avions plus de lait. On nous en livrait régulièrement, mais avec un jeune enfant à la maison, nous en consommions plus que d'habitude. Sarah avait presque deux ans, et j'avais cessé de l'allaiter peu de temps auparavant.

» Philip venait de rentrer du travail, alors je n'ai pas voulu qu'il ressorte pour acheter du lait. En outre, l'épicerie n'était pas loin et il faisait bon.

» Je me rappelle que je portais une jolie robe printanière à fleurs bleues que j'avais confectionnée à partir d'un patron.

C'était l'une de mes préférées, et j'avais prévu de fabriquer la même en plus petit pour Sarah dès que j'aurais eu du tissu.

Elle hésita avant de reprendre la parole, et je crus presque qu'elle n'allait pas poursuivre son récit. Ce qu'elle avait l'intention de me dévoiler était devenu trop pénible, mais elle finit tout de même par continuer :

— Il était si séduisant que je l'aurais suivi n'importe où, dit-elle avec amertume, plus en colère contre elle-même que contre lui. J'étais à peine arrivée au bout de la rue quand il a surgi de nulle part.

» Avec le recul, il n'était pas aussi beau qu'Ezra, mais à mes yeux d'humaine, c'était un apollon. Je n'ai même pas résisté. Quand il m'a entraînée vers une zone arborée, j'étais trop grisée par lui pour songer à Sarah. Il a enfoncé ses dents dans la chair de mon cou, et j'étais persuadée que j'allais mourir, mais la sensation était si divine que je ne m'en souciais même pas. J'aurais dû l'implorer de m'épargner, pour Sarah, mais j'ai juste…

— Tu ne pouvais rien faire, tentai-je de la réconforter.

Sans avoir jamais été confrontée à cette situation précise, je savais à quel point il était impossible de réfléchir lorsqu'un vampire désirait votre sang.

— Ce n'était pas ta faute, ajoutai-je.

— Mais j'aimais ma fille ! insista-t-elle farouchement. J'avais envie de passer le reste de mes jours à la regarder grandir, j'avais envie de faire partie de sa vie ! Et au lieu de cela, je suis allée dans un massif d'arbres et j'ai permis à un vampire de me mordre. Il a bu mon sang, mais au lieu de me laisser récupérer et retourner dans ma famille, il m'a offert de boire le sien. Il m'a dit que mon sang avait un goût trop exquis pour le gaspiller dans une existence humaine. Je n'ai pas compris ce qu'il entendait par là, et j'étais encore complètement sous son charme, alors j'ai fait comme il me disait.

Elle esquissa un sourire empreint de souffrance et leva les yeux au ciel au souvenir de son ignorance.

— J'ai eu le choix ! (Sa voix se brisa brutalement.) Contrairement aux autres. Ezra a été forcé, et Peter et Jack l'ont fait pour sauver leur vie. Mais moi, on m'a posé la question. Je n'ai pas mesuré ce que ça impliquait, et pourtant j'ai donné mon accord. De mon plein gré.

— Mais tu ne pouvais pas savoir.

J'envisageai un instant de tendre la main pour la toucher, mais elle était trop en colère.

— Pendant les deux jours suivants, je suis restée allongée au pied des arbres, craignant de bouger. Le virus attaquait mon corps, provoquant la transformation et la mort de toutes mes cellules. J'étais faible, je souffrais et n'avais aucune idée de ce qui m'arrivait. Enfin, j'ai retrouvé des forces, bien plus grandes qu'auparavant. Et j'ai ressenti cette soif inextinguible. Tout le temps que j'avais passé à me tordre de douleur, je n'avais pensé qu'à Sarah et à quel point je voulais la rejoindre. Mais dès que la soif est apparue, j'ai su que je ne pourrais jamais retourner auprès d'elle. Je ne me faisais pas confiance.

» Au cours de mes premières heures en tant que vampire, j'ai failli tuer notre voisin tant j'avais faim. Une fois ma soif étanchée, je me suis sentie capable d'aller vérifier comment se portait Sarah. Je me suis cachée dans le jardin et j'ai regardé par la fenêtre.

» Avant même de m'approcher de la maison, j'ai entendu les pleurs de ma fille. Philip la berçait pour essayer de la calmer, et lui répétait : « On va retrouver ta maman. Elle va revenir. »

De nouvelles larmes ruisselèrent sur ses joues, et elle commença à ralentir.

Nous étions dans une rue de la banlieue que je ne connaissais pas. Mae se gara le long du trottoir, sous un arbre.

— Le jour, je dormais dans les bois, et la nuit, je m'asseyais sur le rebord de la fenêtre pour contempler Sarah. Elle m'a réclamée en pleurant pendant un mois, tous les soirs. Philip avait signalé ma disparition à la police, alors je devais prendre des précautions pour ne pas me faire repérer.

Elle poussa un lourd soupir.

— J'ai vécu ainsi pendant plus de six mois, gardant la même robe et me nourrissant du sang de notre voisin, puisqu'il était à proximité. Si Ezra ne m'avait pas trouvée, j'ignore ce que je serais devenue. Peut-être que je vivrais toujours dehors, derrière cette maison.

— Qu'est-il arrivé à ta famille ? demandai-je doucement.

— Philip a fini par se remarier avec une fille que j'avais connue chez le traiteur. Elle était très gentille, et je me plais à croire qu'elle l'a rendu heureux. Ils ont eu deux enfants ensemble, et au bout de quelque temps, Sarah a commencé à l'appeler « maman ». Je ne sais même pas si elle se souvient de moi. C'est sans doute mieux ainsi.

Mae désigna d'un signe de tête la maison en face de nous, et je distinguai la silhouette d'une femme d'âge mûr à travers la fenêtre. Elle portait un petit garçon sur la hanche, et semblait heureuse. Quelque chose en elle me paraissait familier, sans que je puisse identifier précisément quoi.

Soudain, je compris. Ses cheveux ondulés grisonnants, sa peau pâle, et même son sourire : tous ses traits venaient de Mae.

— C'est ta fille ! dis-je, le souffle coupé en me tournant vers elle.

— En effet, répondit-elle, manifestement satisfaite que j'aie découvert leur ressemblance. Elle est institutrice. Elle était mariée, mais son époux l'a quittée il y a plusieurs années. Ezra a menacé de lui infliger une bonne leçon, mais je l'en ai dissuadé. Sarah doit mener sa propre vie. Elle a cinquante-quatre ans désormais.

Elle a une fille, Elizabeth, et le petit garçon qu'elle tient dans ses bras est son petit-fils, Riley. Mon arrière-petit-fils. (Elle esquissa un sourire triste.) La semaine, elle garde ses petits-enfants quand Elizabeth part travailler. Riley a trois ans, et Daisy vient d'en avoir cinq.

— Alors, tu viens ici et tu les observes ? l'interrogeai-je.

— C'est le seul moyen que j'ai trouvé pour la regarder grandir, expliqua-t-elle avec mélancolie. Quand elle était petite, je me glissais dans sa chambre la nuit et la contemplais dans son sommeil. J'ai fait la même chose avec Elizabeth pendant un certain temps, mais Ezra affirme que je dois commencer à tourner la page. Sarah a une existence merveilleuse, et je devrais m'en réjouir.

» Je sais qu'Ezra a raison. Cela va se révéler de plus en plus difficile quand elle va vieillir et devenir fragile. Et je vais la voir mourir. (Elle déglutit péniblement.) Je n'ai pas envie de lui survivre. J'ai déjà survécu à mon premier enfant, et me suis juré de ne plus jamais revivre cela.

Elle se tourna vers moi et murmura d'un ton âpre :

— La mort de ceux que tu aimes est bien plus horrible que la tienne. L'immortalité est plus une malédiction qu'une bénédiction.

— Mais tu as Ezra, Peter, et Jack, tentai-je de la réconforter. Je suis consciente que ce n'est pas la même chose qu'un enfant à qui on a donné naissance, mais tu les aimes également, et tu vas passer l'éternité en leur compagnie.

— Je sais, et je suis heureuse de les avoir. Sans Ezra, je n'aurais jamais tenu aussi longtemps.

Elle avait de nouveau les yeux rivés sur sa fille. Grâce à un rideau ouvert, on apercevait Sarah courir après une fillette aux douces boucles blondes.

— Philip est mort il y a trois ans. J'ai eu bien plus de chagrin que je pensais en éprouver après toutes ces années. Mais il avait toujours été bon avec moi, et a été un père merveilleux pour notre fille.

» C'est à cette époque qu'Ezra a fait construire la maison dans laquelle nous habitons, et il a déclaré que ce serait notre dernière résidence à Minneapolis, soupira-t-elle. Il n'aime pas rester dans la même ville pour une aussi longue période, surtout quand il y a de la famille. La mère de Jack a lancé un avis de recherche après la transformation de son fils, mais les autorités ont fini par conclure qu'il était tombé dans un lac gelé, en état d'ivresse, comme d'autres adolescents avant lui.

— Que ressent Jack à l'idée de s'éloigner de sa mère et de sa famille ? demandai-je.

Il n'avait jamais mentionné sa famille, et Mae non plus, alors qu'elle comptait beaucoup pour elle.

— Il a rompu tout contact avec sa mère après être devenu vampire, expliqua Mae. Il n'avait jamais été très proche d'elle de toute manière. Elle est partie quand il était enfant, n'emmenant que sa sœur, et c'est son père qui l'a élevé. D'après ce que j'ai compris, cet homme n'était pas non plus un individu plaisant ; il a eu un cancer, alors sa mère a dû reprendre Jack. Honnêtement, je crois qu'il a été plutôt heureux de disposer d'une excuse pour ne plus la voir.

— Dans ce cas, pourquoi êtes-vous restés aussi longtemps ici ?

J'avais posé la question, même si je me doutais de la réponse.

— J'ai refusé de partir, dit-elle simplement. Mais les garçons commencent à s'impatienter. Jack n'a jamais vécu ailleurs. Peter aime voyager et dormir dans des endroits différents, mais il n'a jamais eu de véritables attaches. Je n'aurai pas d'autre choix que de déménager, et je suppose qu'il vaut mieux pour moi me souvenir de ma fille telle qu'elle est aujourd'hui, encore pleine d'énergie.

— Où irez-vous ?

— Je ne sais pas encore. Jack a dressé une liste des endroits qu'il aimerait visiter, mais nous avons parlé de nous installer en Angleterre, puisque Ezra et moi y sommes nés et que je n'y suis pas retournée depuis l'âge de seize ans. (Elle me décocha un regard grave.) Dans deux ou trois ans tout au plus, nous partirons d'ici, et nous quitterons le Minnesota pour toujours. Nous ne reviendrons peut-être pas en Amérique avant de nombreuses années.

— Je ne comprends pas pourquoi c'est une mauvaise chose, renchéris-je.

La perspective de changer de pays m'enthousiasmait. Je ne comprenais pas pourquoi elle présentait cela comme une menace.

— Tu ne pourras plus jamais revoir ton frère, m'expliqua-t-elle d'une voix douce. Même si nous restions dans la région, le mieux que tu puisses espérer serait de le regarder vieillir de loin. Malgré tout le temps passé à observer ma famille, je ne suis jamais entrée en contact avec eux. Après ta transformation, tu ne pourras plus jamais parler à Milo.

— Mais…

Je laissai ma phrase en suspens, m'efforçant de trouver un argument susceptible de la faire changer d'avis.

— Mais il vous a tous rencontrés ! Et pourquoi ne pourrais-je pas tout simplement lui révéler votre nature ? Ce que je serais devenue ? Il comprendrait. Et il ne le répéterait à personne.

— Le dire aux humains ne fait que compliquer leur vie, m'annonça-t-elle avec sérieux. Si tu décidais de ne pas devenir vampire, ou si nous ne te l'avions pas proposé, peux-tu imaginer ce que tu ressentirais ? Dans un an ou deux, nous déménageons et te laissons tomber. Sachant ce que nous sommes, sachant que nous existons.

» Chaque fois que tu tomberas amoureuse d'un garçon, tu te demanderas si ce n'est pas un vampire. Tu vieilliras, tu te demanderas ce que cela aurait été de rester éternellement jeune, si finalement tu n'as pas inventé toute cette histoire et si tu n'es pas folle.

— Alors, selon toi, il vaut mieux que Milo croie que j'ai été assassinée ou kidnappée ou un truc de ce genre ? lançai-je, incrédule. Ce serait la meilleure solution ?

— Fais-moi confiance, ce serait affreux de le voir mourir, Alice ! insista-t-elle, les larmes aux yeux. Je sais que ton amour pour lui est différent de celui que j'éprouve pour ma fille, mais la simple nouvelle du décès de Philip m'a bouleversée. Il est difficile d'abandonner sa famille, vraiment, et tu douteras toujours de ta décision. Mais tu n'as pas d'autre choix. L'immortalité exige de tout laisser derrière soi.

— Donc, tu t'attends à ce que je renonce à tout cela, à tout ce que vous avez à m'offrir, parce que Milo va mourir ? Ça arrivera dans tous les cas ! Le fait que je reste humaine ne le fera pas vivre éternellement ! ripostai-je. En revanche, Jack, Peter et toi ne mourrez pas et je ne vois pas comment je pourrais reprendre une vie normale en sachant que vous existez quelque part et que vous êtes loin de moi.

— Il fallait que tu sois consciente de tout cela, répondit-elle avec un regard sincère. Il fallait que tu prennes bien la mesure de ce à quoi tu t'apprêtes à renoncer. Il n'était pas juste de te demander de faire une chose sans que tu en comprennes toutes les implications. Je voulais te donner une chance de changer d'avis, pour que tu ne commettes pas la même erreur que moi.

— Es-tu en train de me dire que tu ne veux pas que je me transforme ? demandai-je d'une voix rauque.

— Non, non, bien sûr que non, ma puce. (Elle tendit la main pour me caresser la joue.) Rien ne me plairait plus que de passer l'éternité à te voir devenir la femme merveilleuse que je suis certaine que tu seras. Mais je connais mieux que quiconque le prix à payer pour cette transformation, et si je peux t'épargner du chagrin, je n'hésiterai pas.

— Mais même si je demeure mortelle, les gens autour de moi finiront par mourir, argumentai-je.

Elle laissa retomber sa main, mais garda ses yeux tristes plongés dans les miens.

— Je serai bien plus confrontée à la mort en restant humaine qu'en devenant vampire. Au moins, toi et les garçons, vous ne mourrez pas, poursuivis-je.

— C'est vrai. Mais cela ne facilitera pas pour autant la séparation d'avec Milo, dit Mae, avant de sourire, de redémarrer la voiture et de s'éloigner de la maison de sa fille. C'est simplement un aspect auquel je voudrais que tu réfléchisses.

— Merci, répliquai-je en m'enfonçant dans mon siège.

Je contemplai l'obscurité, regardant les habitations et les arbres défiler derrière la vitre. Mae chantonna d'une voix douce sur la musique de l'autoradio afin d'apaiser sa propre tristesse durant tout le trajet de retour. Elle m'avait laissée avec un choix impossible à faire. Abandonner mon frère, ou les abandonner, eux.

Chapitre 21

Je m'étais complètement enfouie sous les couvertures pour tenter d'échapper à la lumière du jour. Pourtant, lorsque je sortis la tête, je ne vis aucun rayon de soleil se déverser dans la chambre. C'était dû en partie aux épais rideaux qui recouvraient toutes les fenêtres de la maison, mais surtout, m'aperçus-je en consultant le réveil sur ma table de chevet, parce qu'il était plus de 18 heures et que le soleil était déjà couché.

Le soir précédent, je m'étais endormie tard. Avec Jack, on avait visionné des séries de science-fiction en DVD, évitant délibérément d'aborder le sujet tabou, à savoir, si je comptais ou non devenir vampire.

Il m'était impossible de saisir toutes les implications d'une telle décision, alors même que j'avais encore du mal à croire à toute cette histoire. La veille, j'avais passé la soirée à regarder la télé en m'évertuant à ne pas inciter un vampire à me mordre.

Comment réussir à réconcilier ces deux choses ? Le tout à fait banal et le surnaturel poussé à l'extrême ? L'un de ces deux aspects n'était pas à sa place.

Au lieu de ressasser ces pensées, je roulai sur le lit et attrapai mon téléphone sur la table de chevet. Je me souvenais vaguement de l'avoir entendu sonner dans mon sommeil, mais j'avais été trop fatiguée pour répondre. Lorsqu'on est encore humain, enchaîner les nuits blanches peut s'avérer épuisant.

Il s'agissait d'un texto de Jane :

Alors ? T'es vraiment malade ou quoi ?

Suivi d'un autre :

Oh ! Tu m'évites ?

Cela signifiait au moins qu'elle se préoccupait encore de moi. C'était assez surprenant.

J'avais trois SMS de Milo, et je les lus à contrecœur. Je n'avais pas envie de penser à lui, seul en permanence dans l'appartement. Il n'avait pas réellement d'amis, et pour couronner le tout, il se posait des questions sur sa sexualité. Il traversait une période très difficile. Ce serait cruel de ma part de l'abandonner à un tel moment.

Tu as tiré un trait sur le lycée maintenant ? Maman m'a demandé de tes nouvelles. Elle s'inquiète. Tu devrais peut-être lui présenter des excuses. Je me fais du souci moi aussi. Tu rentres quand à la maison ?

Je gémis et ramenai de nouveau les couvertures sur ma tête. Que répondre à cela ? Je ne reviendrais probablement jamais et ne lui adresserais sans doute plus la parole.

Mais je ne pouvais pas le lui dire. Je ne le souhaitais pas. Pas plus tard que la veille, je lui avais promis qu'il ferait toujours partie de mon existence, et visiblement, c'était un mensonge absolu.

— Tu es réveillée ?

La voix enjouée de Jack me fit supposer qu'il se tenait sur le seuil de ma chambre.

— Tout dépend de ce que tu entends par « réveillée ».

— Je considère donc que oui.

Je sentis le matelas s'affaisser quand il sauta sur mon lit, et j'écartai les draps juste assez pour lui jeter un coup d'œil.

La pièce était quasiment plongée dans le noir, si l'on exceptait le peu d'éclairage fourni par la lumière du couloir, et je distinguai à peine le sourire insolent qu'il arborait.

— Bonjour !

— Si tu es de si bonne humeur, tu peux t'en aller, maugréai-je.

Il éclata de rire, et je détestai la façon merveilleuse dont ce son résonna et les picotements agréables qu'il provoqua en moi. Je n'avais pas envie d'être aimable. Je voulais être grognon, rester couchée toute la journée et éviter tout le monde, jusqu'à ce que quelqu'un d'autre prenne une décision pour moi.

Cette possibilité de choisir quelque chose d'aussi essentiel que le reste de ma vie représentait une bien trop grande responsabilité pour moi.

— J'en déduis que tu n'as pas très bien dormi ?

Il se redressa en s'appuyant sur un coude afin de me décocher un petit sourire satisfait.

— En fait, j'ai très bien dormi. Milo m'a envoyé des textos, ajoutai-je en tendant mon bras vers lui pour lui montrer mon portable que j'avais toujours dans la main.

— Je vois. (Il prit l'appareil et fit défiler les messages.) Jane te parle toujours ? Je croyais que tu avais fait une croix sur elle.

— Je n'ai jamais dépendu d'elle. On déjeune ensemble au bahut et on se fréquente comme ça, dis-je pour balayer son ton désapprobateur. Bref, ce n'est pas à cause d'elle que je déprime.

— Tu n'as pas répondu à Milo.

— Pour lui dire quoi ? lançai-je avec franchise.

— Comme tu voudras, rétorqua-t-il en haussant les épaules avant de me rendre mon téléphone. C'est ton frère.

— Pfff, tu ne m'es d'aucune aide !

— Est-ce que tu vas retourner chez toi ? me demanda-t-il posément.

— Non. Je n'en sais rien. (Je détournai les yeux.) Je n'ai aucune idée de ce que je vais faire !

— Tu devrais te lever et prendre une douche. Tu te sentiras sans doute mieux après. Et puis, tu n'es pas obligée de décider quoi que ce soit maintenant.

Il roula hors du lit et me regarda avec l'air d'attendre quelque chose.

— Allez ! Debout !

— Oui, tu as sûrement raison, reconnus-je en m'extirpant des couvertures avec lenteur.

— Tu vois, j'aimerais vraiment que tu comprennes que j'ai toujours raison.

Il alluma la lumière pour m'inciter à bouger plus vite, et je plissai les yeux en réaction à cette soudaine clarté.

— Sors d'ici pour que je puisse me laver.

Ma chambre avait une salle de bains attenante. Je chassai Jack et commençai à sélectionner ma tenue. Comme les autres, je bénéficiais d'un grand dressing, dans lequel ma maigre garde-robe paraissait encore plus pitoyable que d'habitude. Mae avait proposé de m'emmener faire les boutiques, mais, gênée par leur générosité, j'avais décliné.

Une fois habillée, je m'allongeai sur le lit et m'efforçai de réfléchir à une réponse pour Milo. Même si un jour, je devrais le rayer de mon existence, je n'y étais pas encore prête, à l'heure actuelle.

Mais cela ne signifiait pas pour autant que j'étais disposée à rentrer chez moi et à faire comme si rien ne s'était passé. Ma vie avait changé, et il m'était impossible de revenir en arrière et de prétendre que les choses comptaient, alors que je m'en moquais. Milo avait encore de l'importance à mes yeux, mais le lycée et les couvre-feux n'en avaient plus aucune.

— Tu as terminé ?

Jack frappa à la porte et l'entrebâilla sans attendre que je réponde. Il s'appuya contre le chambranle et me sourit.

— Tu t'es déjà recouchée ? Tu viens de te réveiller !

— Je ne dors pas. Je réfléchis.

J'observai mon portable dans le creux de ma main, comme si l'appareil allait par magie apporter une solution à tous mes problèmes existentiels.

— Eh bien, j'espère que cela ne te dérange pas, mais je suis venu interrompre tes pensées.

Il ouvrit la porte en grand et avança d'un pas, si bien que je pus voir qui était derrière lui. L'air plutôt penaud, Milo se tenait sur le seuil. Il me salua timidement d'un petit geste de la main.

— Je me suis dit que tu avais besoin de compagnie, souligna Jack.

— Milo ! m'exclamai-je avant de me redresser et de lui sourire. Qu'est-ce que tu fais ici ?

— Jack m'a appelé pour savoir si je voulais venir passer un moment avec toi, répondit-il en haussant les épaules, avant d'entrer dans la chambre. J'espère que ça ne t'embête pas.

— Non ! C'est super !

Ce fut seulement lorsque je le vis s'approcher du lit, avec ses yeux marron inquiets et ses joues rebondies, que je pris conscience à quel point il m'avait manqué. Je n'étais partie que depuis deux jours, mais comme je le voyais très peu, même quand j'habitais encore à la maison, j'eus l'impression que cela faisait beaucoup plus longtemps.

— Je pense que je vais vous laisser en tête-à-tête, annonça Jack en reculant sur le palier, tandis que je lui offrais un sourire reconnaissant.

Il se contenta de m'adresser un signe de tête et referma la porte.

— Sympa la piaule !

Milo admira ma nouvelle chambre, et je savais qu'il partageait mon opinion : elle me correspondait de manière troublante.

— Est-ce qu'ils l'ont préparée exprès pour toi ?

Je haussai les épaules.

— Je crois que Mae a refait un peu la décoration.

— Alors, comment te traitent-ils ?

Il s'assit timidement sur le bord du lit, comme s'il craignait que je le jette dehors d'une minute à l'autre parce qu'il ne respectait pas ma vie privée.

— Très bien. Ils sont visiblement contents de m'héberger. (Je fis tournoyer mon portable dans ma main et dévisageai mon frère attentivement.) Comment va maman ?

— Bien. Tu lui manques, je pense. Enfin, elle ne l'exprime pas, mais elle veut que tu reviennes.

Lorsqu'il me regarda, je vis dans ses yeux que son inquiétude s'était muée en tristesse.

— Est-ce que tu vas rentrer ? me demanda-t-il avant de balayer la pièce d'un regard narquois. Non, je parie que non. Tu ne peux pas abandonner tant de belles choses pour notre petit appartement. Là-bas, il n'y a que moi. Ici, tu as Jack.

— Ce n'est pas ça.

Une vague de culpabilité me submergea. Je m'imaginai Milo assis tristement dans cet appartement, cuisinant des plats exotiques pour une seule personne, et j'eus envie de pleurer.

— Bon, comment est-ce ?

Il n'était pas en colère, mais désirait simplement savoir ce qui se passait de mon côté.

— Pour être franc, j'ai été un peu surpris que Jack et toi dormiez dans des chambres séparées. Ou c'est juste une façade ?

— Tu n'y es pas, marmonnai-je en évitant son regard insistant.

— Alice, pourquoi es-tu ici ? s'enquit-il d'un ton las.

Cette question était au cœur de toute la situation, et j'étais incapable d'y répondre précisément. Même s'ils m'avaient raconté des histoires en affirmant que j'étais « destinée » à Peter, « liée » à Jack et, dans une moindre mesure, à Ezra, aucun de ces arguments ne constituerait une explication recevable pour Milo. J'avais l'impression que je devais rester ici, avec eux, mais si je le présentais ainsi à mon frère, il me questionnerait davantage.

— C'est l'endroit où je me sens bien pour l'instant, finis-je par articuler.

Cela ne me parut pas assez convaincant, et l'expression sur le visage de mon frère me le confirma.

— Ils sont très gentils avec moi, poursuivis-je.

— Parce que moi, je ne l'étais pas ? rétorqua-t-il, à la fois blessé et incrédule. Enfin, si tu ne sors pas avec Jack et que ce n'est pas pour l'argent, dans ce cas… que fais-tu ici pendant toute la nuit ? Est-ce que tu bois ? Ou tu te drogues ?

— Non, non, je ne fais rien de tout cela, lui assurai-je en secouant la tête, mais je dus réprimer un sourire machinal quand il me demanda si je « buvais ».

— J'essaie juste de comprendre pourquoi tu refuses de rentrer ! (Puis, il me supplia presque, ce qui me brisa le cœur.) Je peux faire en sorte que maman te lâche les baskets, si tu t'efforces de rentrer avant elle. Et tu n'es pas forcée de passer tout ton temps avec moi, mais je t'aiderai pour tes devoirs et je te préparerai à dîner. Ensuite, tu pourrais venir ici pour les voir. Tu n'es pas obligée de vivre ici.

— Je n'habite pas ici.

Je déglutis péniblement en essayant de ne pas croiser son regard. Quand il était triste, il avait l'air si jeune. Il avait de grands yeux innocents, si malheureux.

— J'ai seulement besoin de rester quelque temps ici pour réfléchir, d'accord ? Mais je te défends de croire que je vais t'abandonner. Tu es trop important à mes yeux pour que je te laisse tomber, pas même pour un mec sexy et riche.

— Tu as besoin de réfléchir à quoi ?

Il avait les sourcils froncés, mais je constatai qu'il s'était un peu détendu.

Je décidai de lui dire la vérité, cette fois.

— À ce que je vais faire de ma vie.

— Tu envisages d'aller à la fac ?

Cette perspective le réjouissait, et je compris que, sans le faire exprès, je venais d'ouvrir la porte à toutes sortes de discussions à propos de l'université, que je n'avais aucune envie d'entendre.

— Entre autres.

Cette idée d'entrer à l'université m'avait vaguement traversé l'esprit, puis je m'étais dit que si je devenais une riche vampire, j'échapperais à la corvée des études.

— Je sais que tu vas te moquer de moi, mais j'ai commencé à me renseigner sur la fac de médecine et la psychiatrie pour toi, et la région offre de splendides opportunités, car nous sommes à proximité de la clinique Mayo.

Il avait entamé sa digression : il agitait les mains et parlait avec animation.

— Milo, tu connais mes notes, répliquai-je pour tenter de tuer son enthousiasme dans l'œuf. Je ne pourrai jamais entrer en fac de médecine.

— Tu as le temps de redresser la barre, dit-il pour balayer mes objections. L'université du Minnesota propose aussi de très bons cursus, et si tu t'appliques dans ton travail pendant les deux prochaines années, ce serait sensationnel pour toi.

— Je n'en doute pas, grommelai-je.

Je décidai de le laisser continuer. Je hochai la tête et acquiesçai lorsque la conversation l'exigeait. Il était heureux de discuter d'un sujet qu'il maîtrisait, et qui, de plus, m'incluait encore dans son avenir.

Après un moment, il finit enfin par s'essouffler et m'informa qu'il m'avait apporté quelques restes. Mae était allée faire des courses la veille, de sorte qu'il y avait de la nourriture pour moi dans la maison, mais ce n'était rien, comparé à ce que concoctait mon frère, d'autant plus que personne ici ne savait cuisiner.

Lorsque je descendis avec Milo pour manger, Jack nous rejoignit, et prétendit bien sûr qu'il avait déjà dîné. Il s'assit à table avec nous, grattant la tête de Matilda et bavardant avec mon frère.

Ce dernier n'avait pas eu de véritable conversation depuis plusieurs jours, et il avait donc plein de choses à nous raconter : comme un niveau impossible à franchir dans *World of Warcraft*, une histoire d'orcs et d'abréviations qui nous sembla parfaitement incohérente, mais qui paraissait très sérieuse dans la bouche de Milo, et à quel point Jane se comportait comme une garce depuis mon départ.

Il nous fit part également d'une anecdote assez croustillante à propos de ce garçon au lycée, Troy, qu'il nous décrivit comme « ultra sexy », avant de rougir comme une pivoine.

Apparemment, le jeune homme en question avait plus ou moins fait des avances à Milo pendant le cours de sport, mais mon frère ignorait comment y répondre. Jack lui conseilla de ne rien entreprendre au sein du lycée, au cas où il aurait mal interprété les choses, pour éviter une humiliation publique. Milo admit qu'il vaudrait mieux qu'il procède d'abord à quelques vérifications sur Twitter et Facebook avant de peut-être monter d'un cran en lui envoyant des messages.

Il commençait à être tard, et Milo mentionna une interrogation dans le cadre du module « Introduction à l'entreprise » pour laquelle il devait réviser, alors Jack le ramena à la maison. Je les accompagnai, juste pour le plaisir, et Milo jacassa encore tout le long du trajet. Il nous expliqua les subtilités de la gestion d'une petite entreprise, et Jack parvint à se montrer intéressé par le sujet.

— C'était sympa, me lança-t-il en souriant quand Milo fut sorti de la voiture.

— Je ne sais pas si tu es sarcastique ou non, mais ça m'a fait très plaisir de voir mon frère. (Je lui adressai un sourire reconnaissant.) Merci. Il m'a vraiment manqué.

— On dirait bien que c'était réciproque.

Il poussa un soupir triste. Nous nous étions tous bien amusés et, je ne compris pas tout de suite ce qui était si déprimant.

— La coupure ne va pas être aussi facile pour toi qu'elle l'a été pour moi.

— Tu veux dire : la séparation d'avec ta famille ? demandai-je.

Mae m'en avait parlé, mais c'était la première fois qu'il abordait le sujet. Il m'avait seulement dévoilé qu'il venait de Stillwater.

— Oui. Mon père était un salaud, mais de toute façon il était mort. Ma mère me détestait parce qu'elle haïssait tous les hommes, et ma sœur me connaissait à peine. Il n'y avait rien à regretter, rien à abandonner. (Il serra les lèvres et se tourna vers moi.) Pas comme toi. Il va être effondré quand tu partiras.

— Je sais.

Les larmes me montèrent aux yeux, et je cillai pour les refouler.

— Ne crois pas que je te dise ça parce que je ne veux pas que tu deviennes l'une des nôtres. Tu sais que je le désire plus que tout.

Il prononça ces mots sur un ton impatient, mais je comprenais.

— Mais je m'aperçois que ce ne sera pas facile pour toi, poursuivit-il. Et je n'ai pas envie que tu prennes ta décision en fonction de moi ou de quelqu'un d'autre.

— Je ne le ferai pas.

Mon cœur balançait entre deux directions opposées, et la seule solution semblait être de le déchirer en deux.

Peter n'était pas rentré de son voyage d'affaires, et je n'avais pas encore fait de choix. J'avais l'impression que ma vie entière se trouvait dans une impasse.

Pour me distraire, Jack m'avait emmenée au zoo et voir une pièce de théâtre, mais cela n'avait pas contribué à alléger mon humeur. Tout paraissait en suspens, et je savais qu'il me fallait gérer les choses avant que l'incertitude me tue.

Dès mon réveil, je me précipitai en bas, en pyjama, les cheveux en bataille et les yeux encore bouffis de sommeil. Ezra lisait, installé sur la méridienne, et Mae, assise à ses pieds, faisait un grand puzzle sur le parquet.

Quand je m'étais levée, j'avais entendu l'eau couler dans la salle de bains de Jack, donc je supposais qu'il était sous la douche. Il était occupé ailleurs. Ainsi, la conversation serait plus facile.

Ezra me jeta un coup d'œil.

— Y a-t-il un problème ?

— Ça va, ma puce ? intervint Mae, l'air aussi inquiet que son mari.

— Quand Peter va-t-il revenir ? demandai-je.

— Je n'en suis pas sûr, répliqua Ezra en se redressant. Tu veux que je l'appelle pour savoir ?

— Que se passera-t-il à son retour ? (Je croisai les bras sur la poitrine et m'efforçai de prendre un air intraitable, même si je me rendais compte que c'était aussi ridicule que ma façon de le dire.) Alors ?

— Nous ne savons pas exactement, répondit Ezra d'un ton circonspect.

— Il me déteste.

Prononcer cette vérité tout haut me faisait souffrir, mais cela ne changeait rien à la situation.

— Ou, si vous préférez : il déteste ce qu'il ressent pour moi. Et ça ne changera pas quand il reviendra, n'est-ce pas ?

— Nous ne comprenons pas ce qui se produit entre vous deux. Je suis incapable de te répondre, éluda Ezra.

— Qu'essaies-tu de savoir ? s'enquit Mae.

— Si Peter me rejette, quel est l'intérêt pour moi de devenir vampire ? rétorquai-je.

Ils échangèrent un regard, mais ne s'exprimèrent pas immédiatement.

— Est-ce que vous vous attendez à ce qu'il ait changé d'avis comme par magie à son retour ?

— Pas vraiment, reconnut Ezra avec honnêteté.

— Dans ce cas, à quoi ça sert, tout ça ?

Je désignai d'un geste ce qui m'entourait, me demandant ce qu'ils retiraient à m'héberger et à me côtoyer ainsi.

— Tout quoi ? intervint Jack qui entra dans le salon en coup de vent, en passant la main dans ses cheveux mouillés.

Je grimaçai intérieurement. J'avais choisi d'avoir cette conversation à ce moment-là parce je savais qu'il ne serait pas présent.

— Elle veut savoir ce qui se passera une fois que Peter sera rentré, expliqua Ezra lorsqu'il vit que manifestement, je n'allais pas m'en charger.

Mal à l'aise, je me tortillai et regardai Jack, qui soudain, sembla très angoissé. Ses yeux bleus se posèrent brusquement sur moi, puis il se retourna vers Ezra et Mae pour obtenir de l'aide.

Ezra avait abandonné son livre sur la méridienne et Mae nous adressa un sourire impuissant. Je savais qu'ils ne pouvaient pas m'apporter de réponse satisfaisante. Les choses étaient en marche et, s'ils n'avaient vraiment aucun plan pour les changer, ils n'avaient aucun motif de les faire progresser davantage.

— Il ne voudra pas de moi, Jack, me lamentai-je. À quoi bon me transformer ?

— Et les autres, quel intérêt ont-ils à devenir vampires ? répliqua-t-il avec dédain avant de détourner le regard. Arrête, Alice ! Tout cela n'a aucun sens !

— Il y en a forcément un ! criai-je, surprise par ma voix chevrotante.

Je commençais seulement à prendre conscience de ce que je racontais, de ce que je rejetais, et d'après la stupéfaction et la douleur qui se lisait sur son visage, je m'aperçus qu'il s'en rendait compte lui aussi.

— Je ne vais pas détruire l'existence de mon frère sans raison !

Jack se frotta le front et ferma les yeux.

— Tu ne vas pas gâcher sa vie ! Qu'est-ce que ça fait si Peter ne change jamais d'avis ? Tant mieux ! J'espère que c'est ce qui se passera ! Ils veulent que tu sois là ! Et moi aussi !

— Raison de plus pour que je reste humaine, non ?

Je lui décochai un regard sévère. Le baiser que nous avions partagé voulut se rejouer dans mon esprit, mais je ne pouvais pas le permettre, sous peine que Jack réagisse à mes battements de cœur.

— Tu dis n'importe quoi.

Il faisait mine de ne pas comprendre, mais le mouvement rapide de ses yeux me portait à croire le contraire. Notre baiser avait été extraordinaire, et le risque que cela se reproduise était trop grand. Il m'aurait mordue si Mae n'était pas entrée dans la chambre, et nous ne pouvions pas espérer qu'elle intervienne pile à temps chaque fois que nous nous retrouverions seuls tous les deux.

— Jack, il n'est bon ni pour toi ni pour moi que je reste ici, lui déclarai-je, les larmes aux yeux.

— Non ! insista-t-il farouchement. C'est stupide ! J'ignore ce qui a cloché. Je ne sais pas pourquoi ton sang lui est destiné, mais c'est une erreur ! D'accord ? Tu n'es pas censée être pour lui !

Et il doit bien y avoir un moyen de contourner ce problème ! Cela prendra peut-être du temps, mais nous avons l'éternité pour le trouver ! Tu as envie de tout envoyer valser juste parce que je n'ai pas la solution pour l'instant ?

— D'abord, pourquoi me l'avoir présenté ? lâchai-je. Si je ne l'avais jamais vu, ça ne serait pas arrivé ! Cela n'aurait eu aucune importance ! Pourquoi m'as-tu poussée vers lui ?

— Je ne t'ai jamais poussée vers lui ! Jamais !

Il s'avança d'un pas vers moi, puis se ravisa et recula. Il secoua la tête et prit une profonde inspiration.

— Écoute, je n'étais pas au courant de toute cette histoire. Je réagissais bizarrement à toi, et ils ont pensé que tu étais faite pour Peter. Et je ne me suis pas aperçu que je…

Il n'acheva pas sa phrase et baissa les yeux vers le sol.

— Vous êtes liés tous les deux, d'une façon qu'aucun d'entre nous n'avait mesurée, développa Ezra. C'est seulement quand Jack a commencé à se sentir menacé par Peter que nous avons compris ce qui se passait, et il était déjà trop tard.

Il se leva lentement et marcha jusqu'à nous, s'efforçant d'apaiser quelque peu la tension qui régnait.

— Personne ici n'essaie de te pousser à prendre une décision rapidement, mais Jack a fourni des arguments valables, poursuivit-il. Ta transformation n'a pas de rapport avec Peter, et ne doit pas se faire en fonction de lui. Tu as un avenir en notre compagnie, si tu le désires.

Il me fit un signe de tête puis en adressa un autre, presque imperceptible, à Mae, qui s'empressa de se lever. Ils quittèrent le salon, me laissant seule avec Jack.

Nous étions supposés régler les choses et parvenir à une décision, mais je ne voyais pas comment. Avant de lui crier après, je n'avais pas compris à quel point cela m'avait blessée que Jack ait voulu que je sois avec Peter.

Depuis qu'Ezra avait déclaré que Jack était tombé amoureux de moi, je doutais de tout. Car s'il m'aimait réellement, pourquoi m'avait-il poussée dans les bras de son frère ?

— J'ai commis de nombreuses erreurs avec toi, avoua Jack d'un ton calme. Mais laisse-moi une chance de les corriger. Si tu me donnes du temps, je te jure que je me ferai pardonner.

Il me regarda et je vis dans ses yeux bleus attristés qu'il me suppliait de rester.

Je désirais plus que tout au monde être avec lui, mais cela en vaudrait-il vraiment la peine ? Il me faudrait renoncer à mon frère, et je serais toujours coincée dans une situation pénible et inextricable avec Peter. Nous ne pouvions pas être ensemble, peu importait la décision que je prendrais.

— Si tu m'accordes du temps, je suis convaincu qu'entre Ezra, Peter et moi, nous trouverons une solution à ce problème.

Jack s'avança vers moi et hésita un instant à me toucher avant de se raviser.

— Je te le promets. Il existe un moyen pour nous d'être ensemble, m'assura-t-il.

— Ça ne répond pas à tout, dis-je.

En vérité, cela ne répondait presque à rien. Il s'agissait juste d'une vague promesse de dénouer quelque chose un jour, mais c'était tout de même une proposition à laquelle il était difficile de résister.

— Milo est ton frère, et c'est un gamin intelligent. Il n'aura pas éternellement besoin de toi, souligna-t-il avec gentillesse. Dans quelques années, lorsqu'il commencera à avoir des petits amis et à fréquenter la fac, il ne voudra même plus de ta présence. C'est maintenant qu'il a besoin de toi.

— C'est sûrement vrai.

J'allais lui rétorquer que cela ne changeait rien, quand soudain, je compris où il voulait en venir.

— Je suis encore très jeune. Je pourrais rester auprès de Milo trois ou quatre ans de plus. Je pourrais toujours devenir vampire par la suite tout en restant plus jeune que toi.

— Et nous ne sommes pas obligés de déménager avant trois ans environ, acquiesça Jack. D'ici là, tu as la possibilité de continuer à vivre avec ton frère, tandis qu'Ezra et moi chercherons une solution.

— Tu serais d'accord ? demandai-je en levant les yeux vers lui.

— Bien sûr, pourquoi pas ?

Il haussa les épaules, suffisamment apaisé pour être capable de sourire à cette perspective.

— Ce n'est que quelques années. Cela représente une goutte d'eau pour nous.

— Tu te fiches de ce que je dis, tant que je suis d'accord avec toi, lui fis-je remarquer en souriant.

— Tu as probablement raison.

— Et si je décidais de rester mortelle ? Et que je devenais toute vieille et ridée ? Est-ce que tu voudrais toujours de ma compagnie dans ce cas ?

— Ridée à quel point, au juste ? me taquina-t-il.

Je fis mine de le frapper, mais il m'attrapa le bras et m'attira vers lui. Il m'enveloppa de ses bras musclés et rassurants, puis il posa une main sur ma joue pour m'obliger doucement à croiser son regard. Sa peau se réchauffait, mais il tenta d'en faire abstraction.

— Ça finira par marcher. D'une façon ou d'une autre, me promit-il.

Après en avoir discuté avec Mae et Ezra, ils acceptèrent que je diffère ma décision. Le temps ne revêtait pas d'importance pour eux, et Mae désirait que j'en aie davantage pour réfléchir.

Ils reconnurent également que, pour mon bien comme pour celui de Jack, il valait mieux que je reste chez moi jusqu'à ce que les choses se règlent concernant Peter. Mae avait informé Ezra du baiser, et il nous réprimanda d'avoir pris un tel risque. Peter était un vampire bien plus puissant que Jack et représentait une lourde menace pour nous deux.

Quand je franchis la porte de l'appartement avec mon gros sac de toile sur l'épaule, Milo était assis devant l'ordinateur. Dès qu'il m'aperçut, son visage s'illumina. Il se précipita vers moi, et manqua de me renverser en me serrant très fort dans ses bras.

— Tu es revenue ! s'écria-t-il d'une voix aiguë.

— Eh oui ! (Je me dégageai de son étreinte, en souriant de son exubérance.) Tu crois que ça va déranger maman ?

— Je ne vois pas en quoi !

Il semblait sur le point d'exploser de joie. Il avait vraiment cru que je n'allais pas rentrer avant un long moment, et moi aussi.

— Elle est au travail pour l'instant, mais je suis persuadé qu'elle s'en fichera.

— Je l'espère.

Je savais que je devrais faire amende honorable devant elle, mais je n'avais pas hâte. Je n'étais pas non plus impatiente de me lever tôt pour me rendre en cours le lendemain matin, surtout après avoir veillé la majeure partie des nuits précédentes pour me conformer aux horaires décalés des vampires.

— Pourquoi es-tu revenue ?

— Je me suis dit qu'il te fallait quelqu'un pour prendre soin de toi.

Je tendis le bras et lui ébouriffai les cheveux. Il s'écarta aussitôt de moi, comme je l'avais anticipé.

— Je ne suis pas un bébé.

Il se lissa les cheveux du plat de la main, même si je ne l'avais pas vraiment décoiffé.

— Je passe plus de temps à m'occuper de toi que l'inverse, précisa-t-il.

— C'est vrai ! lui répondis-je en souriant.

Milo n'avait jamais réellement eu besoin de l'aide de quiconque. Mais il ne voulait pas être seul, et au moins, je pouvais lui offrir ma compagnie.

— À ce propos, je devrais certainement nous préparer un repas.

Il se dirigea vers le frigo en évoquant avec enthousiasme le dîner luxueux qu'il envisageait de nous concocter. Adossée contre le plan de travail, je l'observai cuisiner et sus que j'avais eu raison de rester avec lui.

Le lendemain, au lycée, Jane parut contente de mon retour. J'étais devant mon casier, en train de jongler avec mes manuels, lorsqu'elle passa devant moi, en me décochant l'un de ses sourires aguicheurs, avant de me murmurer qu'elle était heureuse de me revoir.

Certes, je n'avais raté que trois jours d'école, mais je n'étais pas sortie avec elle depuis bien plus longtemps, et j'avais à peine été actrice de ma propre existence. Au lycée et à la maison, je m'étais comportée comme un zombie.

Pourtant, les deux volets de ma vie n'étaient pas séparés. Ils faisaient partie intégrante de moi et de ce que je faisais. J'allais en cours, restais avec mon frère, commérais avec Jane et, pendant mon temps libre, je fréquentais des vampires.

Je n'avais pas réellement changé, et malgré le caractère extraordinaire des événements qui s'étaient produits au cours du mois précédent, j'étais toujours fidèle à moi-même, et allais le rester. Du moins, pendant quelques années supplémentaires.

Alors quand Jane me dépassa, je rassemblai mes livres et me précipitai derrière elle. J'avais vraiment dû lui manquer, parce qu'elle s'arrêta pour m'attendre lorsque je criai son prénom. Après quelques petites piques amicales sur ma disparition, je lui racontai du mieux possible ce qui s'était passé dans ma vie, en passant volontairement sous silence les éléments relatifs aux vampires.

Le soir à la maison, je laissai Milo m'aider à faire mes devoirs de maths, ce qui n'était pas du tout nécessaire. Je m'étais donné pour mission de ne jamais trouver une manière d'utiliser ces informations-là, à n'importe quel prix. Mon frère cuisina un délicieux repas à base de saumon et m'éclaira sur ses progrès, ou plutôt son absence de progrès avec Troy, le garçon qui lui plaisait.

Dans l'ensemble, j'avais l'impression d'avoir trouvé mon rythme, et peut-être pouvais-je en effet être à l'aise avec toute cette situation.

Jack m'envoya un message pour me dire qu'il passerait me chercher vingt minutes plus tard. Je me préparai, et Milo me rappela que je devais me lever tôt pour aller en classe. Je lui promis de rentrer avant 1 heure. Cela lui sembla pourtant trop tard, et six heures de sommeil ne me paraissaient pas suffisantes, mais il me fallait trouver un horaire intermédiaire qui satisfasse tout le monde.

Pendant que je patientais sur le trottoir, quelque chose me surprit : j'étais bel et bien en train d'attendre Jack. D'habitude, j'avais beau me dépêcher, il arrivait toujours le premier. Mais cette fois-là, je poireautais depuis si longtemps que j'avais eu un peu froid, au point de mettre mon pull.

Je sortis mon portable pour lui envoyer un SMS, lorsqu'une Audi gris métallisé s'arrêta devant moi, et mon cœur se serra d'angoisse.

À travers la vitre teintée du véhicule, je vis le regard vert de Peter me transpercer. Cette attraction qui s'était progressivement estompée au cours des jours précédents revint de plus belle.

Je me mis à trembler de tout mon corps, mais pas à cause du froid. Les battements de mon cœur s'accélèrent de la façon qui rendait Jack fou, et je me demandai si Peter ressentait la même chose. J'ouvris la portière et montai dans la voiture, m'apprêtant à le découvrir.

Chapitre 22

Au lieu de m'adresser la parole, Peter s'éloigna du trottoir dans un crissement de pneus, les yeux rivés sur la route, les mâchoires serrées et les doigts crispés sur le volant.

Son odeur enivrante remplissait tout l'habitacle, et je me mis à saliver. Nous ne nous étions jamais trouvés dans un espace aussi confiné, et j'eus l'impression que ce n'était pas une bonne idée.

Malgré cette proximité physique, mon cœur m'incitait à me rapprocher encore plus près de lui, à tendre le bras pour frôler sa peau parfaite. Je choisis donc de joindre les mains.

— Je viens de rentrer, dit-il enfin.

Il s'ensuivit un long silence pesant, mais j'étais incapable même de réfléchir à ce que je pourrais dire pour le briser. La tête me tournait. Je ressentais cette envie de lui, brûlante et éperdue, comme une montée d'adrénaline, mais bien plus grisante. J'allais être complètement excitée par lui avant d'avoir atteint sa maison.

— Il faut qu'on parle, murmura-t-il d'une voix rauque, autorisant son regard obsédant à se poser brièvement sur moi.

— Je sais.

J'avais imaginé cette conversation dans ma tête, un millier de fois. Cependant, depuis mon baiser avec Jack, mon scénario prévoyait que je rejetterais Peter au lieu de le persuader de se mettre avec moi.

Mais une fois en sa compagnie et imprégnée de son désir, il m'était impossible d'envisager ma vie sans lui. Chaque fibre de mon corps hurlait que j'étais réellement faite pour Peter, peu importait ce que mon cœur m'avait dicté en son absence.

Même s'il avait affirmé que nous devions discuter, il demeura muet pendant le reste du trajet.

Je ne pouvais détacher mes yeux de lui, remarquant à peine son manque d'intérêt pour moi. Au cours des jours passés loin de lui, j'avais oublié son incroyable beauté.

Lorsque nous arrivâmes chez lui, la minuscule partie de moi qui n'était pas entièrement amoureuse éprouva une appréhension à l'idée de voir Jack. J'ignorais totalement quelle serait sa réaction, mais heureusement, il n'était pas là. Je supposai qu'il se trouvait quelque part dans la maison, mais comme Peter éclipsait tout le reste, je ne perçus pas s'il se dissimulait tout près, anxieux.

Mae et Ezra étaient dans le salon, mais je notai tout juste le regard indécis qu'ils nous lancèrent, lorsque nous nous dirigeâmes vers l'escalier pour monter dans la chambre de Peter. Ce dernier ne m'avait toujours rien dit, mais je grimpai les marches juste derrière lui, comme s'il me tenait en laisse.

— Je ne sais pas ce qu'ils t'ont raconté pendant mon absence, commença-t-il enfin, mais ça ne peut pas fonctionner.

Je m'étais assise au bord de son lit, tandis qu'il se tenait de l'autre côté de la pièce, les bras résolument croisés sur la poitrine et refusant de me regarder.

— Quoi ?

Je tentais de feindre l'ignorance, mais sentais déjà un élan de désespoir monter en moi. Cela semblait ridicule, puisque j'avais survécu sans lui pendant tout ce temps. En éprouvant certes une douleur sourde en permanence, mais dont j'avais fini par m'accommoder.

En revanche, lorsque j'étais avec lui, l'idée de son absence me paraissait insurmontable.

— Ce n'est pas la même chose qu'avec Élise, expliqua-t-il doucement. Ce que je ressens pour toi n'est pas normal. Mon corps soutient que c'est toi, mais mon esprit… Je crois qu'il vaut mieux que nous prenions nos distances, dit-il en secouant la tête.

— Est-ce que tu m'interdis votre maison ?

Je commençais à peine à accepter ce qui se passait, et voilà qu'il allait me priver de tout.

— Je pense que la situation est inextricable, répliqua-t-il en levant sur moi des yeux pleins de désir et de souffrance. Je ne peux pas être avec toi, et Jack non plus. Il a essayé de me dissimuler ses sentiments à ton égard, mais je sais qu'il en éprouve. Aucun de nous deux ne peut être avec toi, si bien que ta présence ici serait une torture.

— C'est injuste !

Je bondis sur mes pieds. Des larmes chaudes ruisselaient déjà sur mes joues. Son ton péremptoire m'avait anéantie.

— Ils sont tous du même avis que toi ? demandai-je. C'est impossible ! Ezra…

— Ils soutiennent ma décision, m'interrompit-il d'une voix autoritaire. Ils t'adorent, mais ça ne peut pas fonctionner. Et comme tu « m'appartiens », c'est à moi de déterminer notre conduite te concernant.

— Ce que vous faites de moi ? sanglotai-je. On parle de ma vie ! Pourquoi le choix de mon avenir devrait-il te revenir ?

— Ton existence est la mienne. C'est ainsi.

— Dans ce cas, ta vie est la mienne, non ?

Je serrai les poings, m'efforçant de trouver des arguments pour ma défense, en vain.

— Cela ne marche pas de cette manière, persista-t-il en secouant la tête. Tu es humaine. Tu n'as aucune influence sur nous.

— Alors vous allez tous…

La chambre se mit soudain à tournoyer, et je posai la main sur le lit pour ne pas m'écrouler. Il allait tout me retirer. La façon insistante dont mon corps le réclamait, la façon dont mon cœur désirait Jack, le réconfort que Mae et Ezra m'apportaient, et le futur merveilleux que je m'étais tracé.

Avec ses mots simples et froids, il m'arrachait tout. Le sol sembla se dérober sous mes pieds, et je dus avaler ma salive pour m'empêcher de vomir.

— Alice, nous n'avons jamais eu l'intention de te faire du mal.

Il avait l'air attristé, mais je le distinguais à peine à travers mes larmes.

Une partie de moi avait envie de traverser la maison en courant à la recherche de Jack. Je savais qu'il se battrait pour moi et les ferait changer d'avis, mais je me sentais trop faible. Pire encore, si Peter ne voulait pas de moi, à mes yeux, le combat n'en valait pas la peine.

— Tu me tues, bafouillai-je.

Soudain, je compris. J'eus l'impression qu'il me tuait littéralement. Tout mon être souffrait, physiquement et mentalement. Mais je savais qu'une soif primale de moi le tenaillait. J'avais perçu son intensité dans le regard de Jack, et elle était forcément amplifiée chez Peter.

— Peter, et si tu me mordais ? suggérai-je, le souffle court.

— Non, répondit-il d'une voix rauque. C'est une très mauvaise idée.

— Non, Peter ! Écoute-moi !

Je m'approchai de lui, obligeant mon cœur à battre plus vite et plus fort pour que ce son le submerge.

— Je sais que tu en as envie ! Mords-moi, et tout sera fini. Je sortirai définitivement de votre existence, et je m'en moquerai. D'ailleurs, je n'ai aucune importance à tes yeux. Je ne suis qu'une de ces fragiles et stupides mortelles. Tu en as déjà tué tant.

— Je ne vais pas te tuer.

Il essayait de paraître dégoûté, mais sa faim transparaissait. Lorsqu'il détourna les yeux, je lui saisis le bras et le forçai à me regarder.

— Je t'en prie, l'implorai-je.

Il résistait toujours. Je me souvins alors de ce qui avait fait basculer Jack. Je me mordis la lèvre de toutes mes forces, et avant même d'être sûre que je saignais, je vis ses pupilles se dilater. Il était incapable de lutter contre mon odeur et le goût de mon sang.

— C'est vraiment ce que tu souhaites ? murmura-t-il d'une voix rauque.

Ses yeux trahissaient à la fois sa voracité et sa tristesse.

— Est-ce que tu mesures bien ce que tu me demandes ?

— Je sais que je ne peux pas continuer à vivre sans toi.

Si mon esprit n'avait pas été à ce point troublé et bouleversé parce que j'étais sous l'emprise de Peter, j'aurais peut-être pu mieux gérer les choses. Mais même si mon corps n'avait pas affirmé combien Peter était indispensable à ma survie, cela m'aurait tout de même dévastée.

Je comptais réellement passer l'éternité avec Jack. Je serais incapable d'aller en cours, puis à la fac, de mener une vie insignifiante et ennuyeuse, de vieillir chaque jour un peu plus, de tomber malade et de mourir en m'efforçant de les oublier. Je ne pouvais pas faire cela et n'avais même pas envie d'essayer. Cela faisait bien trop mal.

— Pardonne-moi, susurra-t-il.

Avant que je puisse ajouter quoi que ce soit, je sentis ses lèvres se plaquer avec passion sur mon cou, puis une vive douleur me transperça, comme la piqûre d'une aiguille. Elle céda rapidement la place à un plaisir chaud et merveilleux qui m'envahit. C'était si exquis que je ne pouvais même pas imaginer avoir jamais ressenti de la douleur.

Mon corps trembla et se relâcha dans ses bras. Je m'entendis gémir. Une vague d'extase me submergea, et j'aurais voulu que ce moment ne s'arrête jamais.

Je me rendais vaguement compte de ma faiblesse. Au début, c'était parce que la jouissance m'avait frappée de plein fouet, mais même si la sensation demeurait extraordinaire, je sentais que je m'épuisais et que la vie me quittait.

Au fond de moi, je savais que j'étais en train de mourir, mais cela n'avait rien de terrifiant ou de négatif. Je me sentais étonnamment en paix, et je succombais à l'assoupissement parfait qui me gagnait.

Mes pensées s'effilochèrent. Des images incohérentes défilèrent : le soleil étincelant au-dessus des toits des immeubles, les yeux verts de Peter, le rire de Jack. Je songeai à mon frère, espérant qu'il comprendrait.

Rien n'existait plus, excepté mon impression d'être ensevelie sous une couverture chaude. Mon cœur avait considérablement ralenti, et mes poumons me semblaient vides.

La souffrance atroce de la séparation me frappa brutalement, accompagnée d'une sensation de froid intense. Mon cerveau était étrangement alerte, mais je n'avais pas assez de forces pour ouvrir les yeux.

J'eus conscience d'un remue-ménage autour de moi. Peter ne me tenait plus, mais j'ignorais où je me trouvais. Tout ce que je savais, c'était que ses bras ne m'enveloppaient plus et que sa bouche n'était plus contre mon cou. Il s'était arrêté trop tôt, et j'étais toujours en vie.

Je perçus des bruits de coups et des bruissements de pieds. Des voix hurlaient, et il me fallut une minute avant de me concentrer sur elles et les distinguer clairement.

Jack criait après Peter et l'insultait copieusement, tandis que Peter ne disait pas grand-chose pour sa défense. Puis la voix d'Ezra retentit dans la pièce, et l'agitation cessa. Il avait interrompu leur bagarre.

— Il a essayé de la tuer ! s'exclama Jack, à la fois terrifié et désespéré.

— Mais elle n'est pas morte, tenta de l'apaiser Ezra.

Je sentis ses mains puissantes sur mon visage. Ezra cherchait mon pouls et évaluait les dégâts. J'avais envie de leur hurler de me laisser mourir, mais j'avais à peine la force de respirer, et encore moins de parler.

— Elle a perdu beaucoup de sang.

— Elle était consentante, marmonna Peter.

Un bruit de claque assourdissant suivit ces paroles.

— Jack ! Peter ! rugit Ezra. Si vous voulez lui sauver la vie, vous devez m'écouter !

— J'ignore si j'en ai envie, leur avoua doucement Peter.

Ezra lâcha mon visage pour se précipiter et séparer de nouveau ses deux frères. J'entendis leurs corps s'entrechoquer violemment et Jack grogner avec hargne.

— Peter, sors d'ici, lui ordonna Ezra. Et dis à Mae que nous avons besoin d'O négatif. Il devrait y en avoir dans le frigo en bas.

— Est-ce qu'elle va s'en remettre ? pleurnicha Jack.

— Peter a raison…, parvins-je à articuler, à bout de souffle.

Jack s'accroupit à côté de moi, et je perçus à quel point il se sentait anéanti et impuissant.

Il s'adressa à moi, mais j'avais épuisé ce qu'il me restait d'énergie pour parler. Autour de moi, tout retomba dans l'obscurité et le silence.

Avec une certaine réticence, je me sentis lentement remonter vers la surface. Je cillai plusieurs fois pour laisser mes yeux s'accommoder à la faible lumière de la pièce. Je m'attendais assez à me retrouver au purgatoire.

Mais j'étais en fait dans la chambre située dans la tour, celle que l'on m'avait attribuée.

Une étrange fatigue me submergea, comme si j'étais sous une épaisse et lourde couverture et je ressentais encore un peu les effets du plaisir intense que la morsure de Peter m'avait procuré.

Sans savoir pourquoi, j'éprouvais aussi du soulagement et de l'appréhension. Ces émotions détonnaient par rapport à ce qui s'était produit, mais je bougeai un peu, et en identifiai la source.

— Salut, murmura Jack. Comment te sens-tu ?

Il était installé dans un fauteuil dans un coin de la chambre, mais quand il vit que je me réveillais, il se leva, s'approcha et s'allongea à côté de moi.

— Très, très fatiguée, répondis-je d'un ton las.

Lorsqu'il sourit, je remarquai des larmes dans ses yeux.

Il écarta des mèches de cheveux de mon visage, et promena ses doigts le long de ma joue, puis descendit sous mon menton, pour s'attarder sur la marque de morsure laissée par Peter sur ma gorge. Ses traits se durcirent, et je déglutis avant de détourner le regard.

— Est-ce que je vais devoir partir ? demandai-je.

— Tu peux rester ici aussi longtemps que tu le souhaites, m'assura-t-il en retirant sa main de mon cou pour la poser sur la couverture, au niveau de mon ventre.

— Peter a dit que je n'aurai plus le droit de vous voir, lui expliquai-je d'une voix enrouée.

À cette pensée, mon cœur se serra, et même sans la présence de Peter pour m'embrumer l'esprit, le suicide ne me sembla pas une si mauvaise idée que cela.

— Non, ça n'arrivera pas, me promit-il avec détermination. J'avais donné mon accord à cela, mais de manière provisoire, jusqu'à ce qu'on ait arrangé les choses. Peter était persuadé qu'il ne pouvait pas être avec toi, et manifestement, il n'était pas loin de la vérité.

La simple mention de son frère faisait resurgir une colère profonde chez Jack, et je sentis une jalousie protectrice émaner de lui.

— Après ce qui s'est passé, nous sommes convenus que nous avions eu tort d'avoir pris cette terrible décision. Par conséquent, Peter est parti.

— Comment ça, « parti » ?

Je lançai un regard plaintif à Jack, qui tenta de masquer sa douleur de m'entendre demander des nouvelles de Peter.

— Il va vivre seul pendant un moment. Ce ne sera pas la première fois, précisa-t-il en haussant les épaules, comme s'il était inutile que je me fasse du souci. Simplement, nous estimons tous qu'il vaut mieux pour lui qu'il ne te côtoie pas, du moins, tant que tu seras humaine.

— Donc il ne vous verra pas pendant les trois ou quatre prochaines années ?

Je déchirais leur famille, ce qui ne contribuait pas à m'apaiser. Certes, je voulais plus que tout rester auprès d'eux, mais pas si cela impliquait de gâcher leur existence.

— Non, c'est toi qu'il ne verra pas pendant cette période, rectifia-t-il. Et peut-être moi, également. Mais crois-moi, pour l'instant, cela me convient parfaitement.

— Ce n'est pas sa faute, insistai-je calmement. (Jack éclata d'un petit rire dédaigneux et détourna le regard.) C'est vrai. C'est moi qui lui ai demandé de le faire.

— Il a commis une erreur, dit-il en secouant la tête, l'air grave. Il sait à quel point…

Le simple fait de penser à ma mort le bouleversait.

— Si tu n'avais pas survécu, je l'aurais tué. Son geste aurait anéanti tout ce que nous avions ici, et il en était conscient.

— Tu ne peux pas le tuer à cause de moi. Je ne veux pas être la cause de la destruction de ta famille.

— Dans ce cas, ne fais rien de stupide comme te laisser tuer.

Il avait voulu plaisanter, mais son ton me parut plutôt suppliant.

— Il est trop tard, Alice, poursuivit-il. Tu comptes déjà beaucoup trop pour nous. Et ta mort n'y changerait rien.

— Comment ai-je survécu ? demandai-je pour faire diversion.

— Ezra t'a transfusée grâce aux poches de sang dont nous disposons, expliqua-t-il d'un air détaché.

— Il peut faire ça ?

J'étais stupéfaite. Ce n'était sans doute pas la procédure médicale la plus compliquée à effectuer, mais il m'avait tout de même sauvé la vie.

— Il sait tout faire, dit-il en balayant mon étonnement d'un geste de la main, le sourire aux lèvres. Au bout de trois cents ans, et lorsque ton existence tourne autour du sang, tu grappilles quelques informations à ce propos.

— Et maintenant ?

— Il faut que tu te reposes, parce que l'hémorragie t'a fatiguée et affaiblie. Ensuite, je te reconduirai chez toi demain matin pour que tu ailles au lycée.

Il plongea ses doux yeux bleus dans les miens et, pour la première fois, je sentis à quel point il m'aimait. J'avais l'impression d'être à l'abri, emmitouflée dans une couverture tiède, et je tentai de faire abstraction de ce pincement dans la poitrine que Peter me procurait.

— Merci, murmurai-je.

— Tu n'as aucune raison de me remercier.

Il se tourna sur le lit et m'attira vers lui, m'entourant de ses bras. Rassurée, je posai la tête sur son torse et écoutai les lents et légers battements de son cœur.

Je me sentais totalement en sécurité avec lui, et je voulais qu'il en soit toujours ainsi. Nous n'avions pas réellement résolu la situation entre nous. Pour le moment, la meilleure solution consistait à éloigner Peter, mais qui savait combien de temps il serait réellement parti ?

Jusqu'à ce que tout se mette en place, il me faudrait mener une vie la plus normale possible. Aller en cours pour faire plaisir à mon frère et à ma mère, et continuer à fréquenter Jane, afin que Jack ne devienne pas trop indispensable à mon bonheur, même s'il me semblait bien que c'était déjà trop tard. Puisque j'en avais l'occasion, je passerais autant de temps que possible avec Milo.

Mais en réalité, tout allait changer. Ce n'était qu'une question de temps. Je me blottis davantage contre Jack et m'efforçai de penser à autre chose en attendant.

CPI
AUBIN IMPRIMEUR

Achevé d'imprimer en mai 2012
N° d'impression 1204.0126
Dépôt légal, juin 2012
Imprimé en France
36231053-1